피스터의 방앗간
—여름방학 공책

인문 서가에
꽂힌 작가들
빌헬름 라베 선집
02

피스터의 방앗간
—여름방학 공책

Wilhelm Raabe
Pfisters Mühle. Ein Sommerferienheft

빌헬름 라베 장편소설
권선형 옮김

문학동네

차 례

피스터의 방앗간　009

주　215
해설　227
빌헬름 라베 연보　249

일러두기

1. 이 책은 브라운슈바이크 판版 '라베 전집' 제16권(*Wilhelm Raabe: Pfisters Mühle*, in: Ders.: *Sämtliche Werke. Braunschweiger Ausgabe.* Bd. 16, Bearbeitet von Hans Oppermann, Göttingen, 2. durchgesehene Auflage 1970, S. 5-178)을 저본으로 삼았다.
2. 주는 브라운슈바이크 판과 레클람 문고판을 토대로 역자가 선별하고 추가·보완하였다.
3. 독일어 표기는 대개 국립국어원 외래어 표기법에 따랐으나, 일부는 현지의 발음에 가깝도록 적었다. ex) 에베르트→에버트

전반적으로
울음이 아니라 웃음을
멈추지 못하는 정신이
더 강한 정신이다.
세네카, 『마음의 평정에 관하여』

첫번째 종이
옛 기적과 새 기적에 대하여

아, 19세기의 마지막 사반세기인 지금 다시 한번 신선한 공기를 들이마실 수 있다면! 다시 한번 히포그리프에 안장을 얹고 올라탈 수 있다면! 아, 옛 사람들, 그들이 알았더라면, 백 년 전 사람들, 그들이 예감할 수 있었더라면! 후손이 어디에 가서 '예전의 낭만적인 땅'을 찾게 될지를![1]

이제는 결코 바그다드에 가서 찾지 않는다. 바빌론 술탄의 황궁에서 찾지 않는다.[2]

바빌론에 안 가본 사람도 사진과 사진을 토대로 만든 목판조각, 영사관의 보고, 『쾰른 신문』[3]의 전보를 통해 그곳에 대해 제법 정확하게 알고 있어서 굳이 직접 가보려고 하지 않는다. 우리는 이제 기적에 관한 이야기를 찾아 동양으로 가지 않는다. 히포그리프와 함께 지구를 한 바퀴 돌았고, 이제 그 말을 쫓아 출발점으로 되돌아온 것이다.

우리는 크게 실망한 채 말에서 내렸다. 이성적인 사람들이 절룩거리고 헐떡이는 짐승을 마구간으로 데려간다. 이성적인 사람들을 높이 평가해야 하리라, 만약 그들이 고개를 설레설레 젓고 한숨을 내쉬면서 아무 말 없이 말을 데려간다면. 그리고 밑지는 장사를 한 모범적인 기수의 말투로 자신의 실망을 토로하지 않고 그저 코웃음을 치면서 이렇게 말한다면.

"또 속나봐라!"

또는

"내가 바보지!"

이런 이성적인 사람들 저편에 어떤 사람들이 있다. 우리 자신이 그들 속에 섞여 있었기에 그들이 몹시 비이성적인 사람들인지 아닌지 알 수도 말할 수도 없다. 비이성적인 사람들은 천마天馬의 고삐를 손에 쥐고는 어디로 가야 할지 몰라 자식들과 손자들을 생각하며 고개를 설레설레 젓는다. 거대한 로크가 날아다니고, 백조가 끄는 마차를 탄 오베론이 용감한 휘온과 예쁜 레지아, 충실한 시동 셰라스민과 씩씩한 유모[4]를 태우고 다녔던 그 황무지 위로 철로가 깔리고 전봇대가 세워졌다. 키드론[5] 냇물은 제지 공장을 돌리고, 에덴에서 흘러나와 갈라진 네 개의 강가[6]에는 더욱 유용한 '공장들'이 세워졌다. 태고의 기적 위로 깔린 안개를 누가 오늘 우리의 눈앞에서 사라지게 할 수 있을까?

누가, 라고?—어쩌면 무엇이? 이렇게 묻는 게 더 맞을지도 모른다. 영혼의 심연에서 올라온 가벼운 숨을 이 안개 속에 대고 불면 안개는 1780년[7]과 마찬가지로 오늘도 여전히 사라져버릴 것이다. '예전의 낭만적인 땅'은 한낮의 햇빛 속에 우리 앞에 새로이 펼쳐져 있다. 하지만 우리는 머나먼 곳에서 헛되이 찾아 헤맸던 그 '태고의 기적'이 세월이 흐르고 상황이 변하면서 이제 아주 가까운 곳, 바로 우리의 코앞에 펼쳐져 있는 것을 보고 화들짝 놀랄 것이다. 그렇게 놀라는 것도 무리는 아니다.

그 기적들은 우리 집 대문에서 열 걸음도 채 안 되는 곳에 놓여 있다. 십 년, 이십 년, 삼십 년 떨어진 곳에. 그때는 이웃 마을에 기차가 서지 않았다. 경지 정리를 한답시고 목장과 밭에 둘러친 울타리를 철거하기 전이었고, 거위들이 놀던 목초지가 농부들에게 분배되어 별 소출도 못 내는 호밀밭으로 바뀌기 전이었다. 시냇물을 끼고 있는 목초지는 건재했고, 그 시냇물은……

시냇물에 대해서는 앞으로 많은 것을 이야기하게 되리라! 시냇물은 나와 개인적으로 아주 가까운 태고의 기적 사이를 의미심장하게 흐른다. 이제 태고의 기적에 대해 이야기하려 한다. 시냇물의 존재에 대해서는 그저 몇 마디 말로 슬쩍 지나갈 수 없기 때문이다.

†††

"뭘 그렇게 열심히 써요, 생쥐 양반?" 젊은 아내가 물었다. 젊은 남편은 아내가 어깨에 기대자 고개를 깊숙이 숙인 채 방금 독자가 읽은 것을 한 번 더 곁눈질하면서 대답했다.

"정말 아무것도 아니에요, 나의 귀여운 고양이. 자세히 들여다보면, 유감스럽게도 예전에 당신이 비교적 열심히 공부해서 상세하게 알아낸 것 이상의 이야기는 없어요. 말하자면, 아무개 씨는 오늘 같은 이런 근사한 아침에도 으뜸가는 바보짓을 하는 '소인배 중에서도 가장 형편없는 사람'이라는 것, 한마디로 '지긋지긋한 사람'이라는 거지요."

"그럼 그런 한심한 공책일랑 덮어놓고 이리 내려와요. 나머지는 밖으로 나와 나한테 이야기하고요. 자기는 지겹지만 오늘 아침은 정말 멋지거든요. 들비둘기들은 여전히 나무에 앉아 꾸꾸거리고 있고요. 내 사랑, 그대에게 엄중히 명하노니, 이제 더는 그렇게 웅크리고 앉아서 불평을 늘어놓지 마시오. 에버트, 이리 내려와요.

> '냇물은 솨솨 소리 내며 숲으로 흘러가네,
> 서늘하게 숲을 적시며 솨솨 흘러가네.
> 난 이 쓸쓸한 물방앗간에
> 어떻게 오게 된 걸까?'"[8]

사랑스러운 아내는 애수를 자아내는 아름답고 운율적인 그 시구에 나름의 리듬을 넣어 낭랑하고 명랑한 목소리로 낭송했다. 그러니 나는 정말 까닭 모를 나의 작문 아래에 얼룩 세 개를 표시해둘 수밖에. 아마도 인쇄될 때 그곳에는 세 개의 십자가가 남아 있으리라. 아무튼 나는 오래된 마로니에 아래에 있는 아내 곁으로 기어들어가야 했다. 여름 아침 들비둘기들은 마로니에 우듬지에 앉아 여전히 꾸꾸거렸다.

두번째 종이
빈 탁자들과 벤치들에 부쳐

지금부터 이야기하는 방앗간에는 뭔가 특별한 것이 있었다. 방앗간은 숲속에 있는 것도 아니고 버려진 것도 아니었다. 난 다만 그것을 팔았고, 팔아야 했다. 하지만 여름 사 주 동안 한 번 더 내 소유로 삼을 수 있었다. 새 주인들은 그런 다음에야 비로소 온전한 권리를 행사하게 되어 있었다. 문서상으로 동의를 구할 수 있는 일은 아니었으나, 지금의 주인들은 나의 '기이한 생각'에 이의를 제기하지 않았다. 오히려 나와 아내를 매우 다정하게 초대해주었다. 그들 소유의 대지 위에 거대한 공장을 짓는 신축공사가 시작되기 전까지는, 주인처럼 편하게 지내라고 했다. 그래서 나는 방앗간을 한 번 더 나를 위해 소유할 수 있었다. 세상에 태어나 처음 눈을 뜬 순간부터 알고 지냈고 그것과 더불어 최고의 추억들을 간직하며 자라왔던 것처럼, 그렇게 방앗간을 소유할 수 있었다. 물론 나중에는 새로운 주인들이 자기들 마음대로 할 것이다. 나와 아내는 거기에 대고 무슨 토를 단다거나 불평을 늘어놓을 수 없었다. 현재의 소유주들에게 엄청난 계획이 있다는 것은 진작 알고 있었다. 하지만 이제 유감스럽게도 아버지의 유산은 태고의 위대한 기적, 사랑스럽고 유쾌하며 우울한 기억 속의 그림 이상은 아니었다. 그래서 나는 결혼 첫해인 올해 여름휴가에 스위스나 튀링겐이나 하르츠산지가 아니라, 나의 쓸쓸한 방앗간으로 어린 아내를 데려왔다. 만약 아내가 남편이 지닌 최고의 기억을 공유하지 못한다면 어떻게 될까? 그녀는 기차를 타고 베를린에서 여기로 오는 동안, 내가 '끊임없이 중얼거린' 슈네츨러의 시를 엿들어 제법 잘 따라하게 되었다. 그러면서 몇 번이나 말했다. "생쥐 양반, 이젠 나도 다 외울 지경이에요!" 그리고 이렇게 덧붙였다. "자기, 자기 아버지 고향 생각으로 되게 흥분돼요."

내 아버지의 고향! 나는 내가 그곳에 체류한다는 것과 돌이킬 수 없는 작별을 해야 한다는 생각으로, 흥분해 있었는지 아니면 긴장해 있었는지 말할 수 없다. 사랑하는 이의 입술, 아니 사랑스럽고 달콤한 작은 입술로 한 표현이지만 아무래도 석연치가 않았다. 하지만 증기기관차의 바퀴 소리와 기적 소리, 혼잡한 역들 때문에 그것을 어떻게 고쳐주어야 할지 알 수 없었다.

유년 시절과 청소년 시절, 나의 물레방아를 돌리던 그 냇물은 솨솨 소리를 내며 숲으로 흘러들고 있지는 않았다. 물레방아는 드넓고 환한 평원에 있었다. 푸르긴 하지만 숲과 수풀이 상당히 헐리는 바람에 조금은 황량해진 평원에. 시내에서 한 시간 남짓 떨어진 마을 옆이었다. 방앗간은 남쪽에서 작은 강이 흘러온 덕에 존재할 수 있었다. 사방이 독일의 중부 산악지대로 둘러싸여 있었지만 그 작은 강의 발원지는 산이 아니라 평지였다. 초원과 곡식 들판이 아주 멀리까지 뻗어 있으며, 여기저기 유실수 사이로 교회 탑이 보였고, 마을이 군데군데 흩어져 있었다. 이리저리 굽이치는 포플러 가로수

길과 사방으로 뻗어 있는 들길과 수렛길, 그리고 간혹 연기를 내뿜는 공장 굴뚝도 있었다. ―아버지의 방앗간에서는 발꿈치를 들지 않고도 이것들을 볼 수 있었다. 하지만 이 그림의 주된 부분은 우리 마을의 북동쪽에 있는 탑들과 뿌연 연기였다. 내게는 특히 더 그랬다. 시골 청년은 자연과 호의적인 관계를 맺고 있기에, 자연을 너무 많이 이용해먹는다거나 당연하지 않은 그 어떤 것으로 여기거나 하지 않는다. 하지만 도시―그래 도시는 그 어떤 것이다!―는 이런저런 방식으로 극복해내야만 하는, 젊은이들에게 행사하는 자신의 위력을 조금도 꺾지 않는 대립적인 것이다.

오늘 내가 보고할 수 있는 것은 모두 다 도시로 드나드는 이 길에서, 이 포플러 가로수 길에서 체험한 것이다!

이 도시는 예외적으로 방앗간의 우리와 좋은 관계를 유지하고 있었다!

우리의 마로니에와 보리수 아래, 수풀과 정자, 안락한 풀밭에 있는 수십 개의 탁자와 벤치가 이를 증명해준다. 이들은 곧 썩어없어지리라. 오늘 에미와 나는 이 안락한 자리 가운데 어디든 마음대로 앉을 수 있고 탁자와 벤치 전부를 독차지할 수 있다. 이제는 아버지의 정원에서 그늘이나 양지를 찾아 책과 담배, 뜨개질감과 커피 잔을 들고 몇 발짝 옆으로 움직이는 데 방해가 될 만한 거라곤 아무것도 없다. 하지만 전에는 달랐다.

그때 에미가 왔더라면, 방앗간 정원에서가 아니라 도시에서 온 대학생들 사이에서 자리를 찾아야 했을 것이다. 그렇다고 대학생들만 있었던 것은 아니다. 그때에는 시원한 맥주와 저렴한 값에 커피를 마실 수 있는 뜨거운 물, 그리고 새콤달콤한 우유를 제공해준 내 아버지의 명성보다 더 기분 좋은 명성은 없었다. 나이가 많든 적든, 배웠든 못 배웠든, 신분이 높든 낮든, 우리 방앗간을 모르는 도시 사람은 아무도 없었다.

우리는 조상 대대로 그렇게 살아왔다. 마을의 농부들과 도시의 제빵사들에게 밀가루뿐 아니라 다른 것들도 제공하며 세상의 보편적인 안락에 보탬이 되어왔던 것이다. 독일어가 사용되는 곳에서는 매주 설교단에 서는 이들 외에도 학생조합원[9] 출신이 오늘도 여전히 대성당과 재판관석, 병상에 있다. 교실과 법정과 병실의 그들에게, '기독교 청중'의 헛기침 소리와 콧숨 소리 사이로 시공간적으로 아득히 먼 곳에서 노래가 들려온다.

> "벤데, 뇌르텐, 보벤덴
> 그리고 라젠 방앗간,
> 이곳은 안락함이 느껴지는
> 그런 곳이라네."[10]

지금 말하는 방앗간은 물론 라젠 방앗간이 아니다. 하지만 다행히 좋은 것과 유쾌한 것은 다른 장소에서 다른 이름으로 그 명맥을 유지하고 있다. 아버지의 방앗간도 예전 대학생들의 노래에 자주 등장한다. 그리고 우리, 피스터 방앗간의 피스터 가문은 계속 노래를 불러나갈 후세대가 이제 우리 방앗간을 더는 노래하지 못하게 되더라도 어쩔 수 없다.

세번째 종이
사데 교회 같아요, 여보![11]

　나는 그 한심한 공책을 덮었다. 내가 그렇게 하는 데 정말 어떤 설득의 기술이나 완력이 필요한 건 아니었다. 에미는 오늘 아침 자신과 나를 위해 냇가의 낡은 정자에 자리를 잡았다. 정자 안으로 드리운 그늘에 앉으면 활기차게 흐르는 냇물에 비친 햇빛과 찬란한 아침햇살이 비치는 저편의 초원을 내다볼 수 있었.
　위에서는 들비둘기들이 구구거렸고, 갈대밭에서는 오리 떼가 꽥꽥거렸다. 오리들은 우리를 주시하면서 우리의 아침식탁에서 떨어질 먹잇감에 주의를 기울였다. 냇물 저편에서는 황새 한 마리가 햇볕을 받으며 산책하고 있었다. 에미가 말했다.
　"저것 좀 봐요! 혼자 여기 가만히 앉아서 벌써 삼십 분이나 저 녀석을 관찰했어요. 가끔 저 녀석도 이쪽을 쳐다보면서 이렇게 말하는 것 같아요. '응, 난 단지 그림책에만 나오는 것도, 주중에 입장료 몇 푼 내면 구경할 수 있는 동물원에만 있는 것도 아니야. 나는……'"

"하나의 현실이야. 실존하는 진정한 현실 말이야. 난 개구리뿐 아니라 아이들도 잡아먹는다고. 현명한 부인들과 박식하면서도 영리한 남편들은 전통뿐 아니라 자신의 경험에 근거해서 분명하게 알려고 하지……"

"내 말 좀 들어봐요, 괴짜 양반." 이번엔 나의 열아홉 금발 마님이 말을 끊고 내게 좀더 달라붙으면서 말했다. "아이들 이야기나 동화, 자기의 영악한 부인들과 잘난 체하는 남편들이 배우려드는 경험과 자연사, 전통 같은 건 이제 그만 저기 옆 벤치에 밀어놓아요. 우리에겐 선택권이 있어요. 나는 아침 내내 홀로 고독에 잠겨 선택권에 대해 이런저런 생각을 해봤어요. 자기, 나를 만나기 전에 여기서 굉장한 주막을 운영했지요?"

"아주 굉장하고—경이롭고—대단한 주막을 운영했지!"

"남아 있는 걸 보면 알 수 있어요. 자기는 예전에 내가 가정부 크리스티네처럼 자기와 한집에 살지 않고, 자기 식구들의 굉장하고 대단한, 그 경이로운 장사를 함께하지 않은 게 하나도 안 속상하지요?"

나 에버하르트 피스터는 누구에게든, 그러니까 모든 수컷 피조물에게 묻고 싶다. 이런 질문에 어떻게 대답할 것인지.

그때 다행히도 크리스티네가 지금 여기의 살림살이 때문에 어린 신부를 불렀다. 그녀의 목소리와 말투는 부드럽고 사랑스러웠다. 내가 어렸을 때 그녀의 목소리가 언제나 이런 것은 아니었다. 에미는 애교 섞인 목소리로 대답했다. "금방 갈게요, 금방. 좋은 분!" 그녀는 뜨개질하던 것을 내게 내팽개치더니 잘 자란 마로니에 아래 하느작거리는 빛과 그림자를 지나 우리의 방앗간까지 장난 섞인 매혹적인 자태로 살랑살랑 걸어갔다. 나는 그녀의 앙증맞은 무릎

인사와 손 키스를 받았고, 이곳 주막에 대한 예전의 기억 속에 남겨졌다.

아, 방앗간에서 주막을 하던 때가 불과 얼마전이었건만! 방금 아내가 미끄러지듯 들어간 저기 저 문에 아버지가 서서 아내와 똑같이 명랑하고도 순수하게 "금방 갈게요!"라고 외치던 일이 몇 해 되지 않았건만. 아버지는 시내 옆 잔디밭의 푸른 나무 아래에 있던 탁자와 벤치, 집 사이를 오가면서 "손님!"이라고 덧붙이셨다. 세상에서 가장 쾌활했던 분. 아, 바로 그런 가장 쾌활한 사람들이 때때로 맞게 되는 가장 쓰라린 종말이 없다면 얼마나 좋을까!……

모두가 그를 알았다. 명문 귀족과 평민, 학생조합원 출신과 교수, 대학생 들이 그를 알고 있었다. 당신의 집과 정원을 통솔하던 아버지를. 물론 대학생들이 아버지를 알게 된 건 최근 들어서이다. 만약 수많은 탑이 있는 저 도시에서 오늘도 여전히 많은 사람이 나를 알고 내게 다정한 인사를 건넨다면, 그건 오로지 피스터 방앗간과 그곳에 계셨던 내 조상들, 고인이 된 아버지 베르트람 고틀리프 피스터와 그분의 탁월한 주막 덕분이다. 우리 집안의 성에 대해 말하자면, 우리의 시조께서는 확신컨대 존경할 만한 제빵사조합의 조합원이셨다고 한다. 슈말칼덴전쟁과 삼십년전쟁 사이에 '방앗간 주인 Pistor' 또는 '제빵사Pistorius'라는 라틴어 이름을 사용했던 우리 집안의 어떤 조상은 예술학 석사이자 신학 박사였다는 것이 증명되었다.[12] 하지만 우리는 18세기 초부터 피스터라는 이름으로 이곳 피스터의 방앗간에 정착했다. 이제는 사라진 무덤에 누워 계신 근래의 경애하는 조상 중 한 분은 방앗간이 더는 존재하지 않을 거라는 소식에 자리를 박차고 일어나실지도 모른다.

하지만 다행히도 에미는 이런 이유로 슬퍼하지는 않는다. 나 또한 법률상 그래야 하는 것만큼 그렇게 많이 슬퍼하지 않은 지 이미 오래이다. 아내는 매혹적이며 우리 둘은 건강하고 젊다. 그리고 베를린은 거대한 도시다. 두 눈 부릅뜨고, 나머지 네 개의 감각[13]을 한데 끌어모으고, 머리에 이상한 게 들어 있는 것만 아니면 그곳에서 많은 것을 이룰 수가 있다. 우리 두 사람은 세상을, 가장 예쁘고 아름답고 가치 있고 소중한 우리의 희망을 선별해서 앞에 모아놓았다. 우리에게는 방앗간을 가장 가까이 있는 태고의 기적으로 간주할 수 있는 완전한 권리가 있다. 만약 이에 대해 어떤 이의도 제기하지 않는 사람이 있다면, 그것은 바로 사랑하는 나의 늙은 아버지, 피스터 방앗간의 마지막 피스터일 것이다. 그는 마을 교회묘지에 묻힌 조상들 곁에, 아직 허물어지도 실종되지도 않은 초록색 무덤 속에 누워 있다.

나는 이제 그에 대해, 아버지에 대해 말할 것이다. 그러는 동안 에미와 크리스티네는 아버지의 커다란 아궁이 앞에서 머리를 맞대고 점심식사를 준비한다. 아버지는 그 아궁이 위에서 매우 훌륭한 그로크주酒와 글뤼바인[14]을 만들었다. 한 푼이라도 아끼려는 가정주부들과 소시민 가정의 예쁘고 어린 딸들은 그 아궁이에서 뜨거운 물을 떠다 커피를 타마셨다. 그리고 아버지는 그 아궁이 주위에서 흐뭇한 얼굴로 미소를 머금고 기쁨에 들떠 있는 수많은 아이의 얼굴을 쓰다듬었다.

"피스터 아버지, 저 먼저요!"

태어나서 피스터 방앗간 손님 사이에 섞여 아버지의 버릇없는 단골손님이 된 이래, 이 외침이 얼마나 자주 주변의 온갖 쾌활한 소음을 뚫고 내 귀에까지 들려왔는지!

아버지의 단골손님! 우리는 유감스럽게도 일찍 어머니를 여의었다. 그래서 나는 가엾게도 어머니에 대한 기억이 전혀 없다. 나는 지상의 손님으로나 방앗간의 손님으로 아주 어릴 적부터 아버지에게 의존했다. 그리고 가정부 크리스티네에게! 어머니는 피스터 방앗간의 젊은 주인과 결혼한 지 얼마 안 되었을 때 크리스티네를 만나 집으로 데려왔다. 어머니는 임종하기 전 크리스티네에게 이렇게 말했다고 한다. "얘야, 만약 너를 알지 못했더라면, 네가 착한 심성과 튼튼한 팔을 지녔고 세상에 피붙이라곤 단 한 명도 없다는 걸 몰랐다면, 난 지금처럼 편하게 죽지 못했을 거야. 살림하는 방법과 사람들 대하는 방법은 네게도 가르쳐주었어. 그러니 쓰디쓴 근심에 사로잡힌 내게 베개를 똑바로 받쳐주고, 방앗간과 나의 방앗간 주인을 위해 굳건하게 버티어다오. 그리고 이제 마지막으로 내가 보는 앞에서 불쌍하고 외로운 젖먹이를 나의 요람에서 꺼내다오. 네가 그 아이를 언제나 다정하게, 최선을 다해 보살펴주리라는 것을 내게 한 번 더 보여다오. 네가 잘되게 하려고 필요할 땐 너를 호되게 꾸짖기도 했어. 이제 두려움에 떨고 있는 이 아주머니에게 감사의 표시로 키스해주렴. 혹시 가능하다면 언제까지나 너와 네 행동을 지켜볼게……"

"아들아, 그래서 너를 품에 안고 네 어머니의 침대맡에서 무릎 꿇고 키스했어. 그것으로 방앗간과 약혼한 거지. 이후로는 어떤 남정네도 거들떠보지 않았어! 다른 여인네들처럼 마을이나 도시 출신의 좋은 배필을 만나 팔자 고칠 기회가 여러 번 있었지만 말이야." 크리스티네는 이 이야기를 내게 수천 번도 더 했다. 그리고 언제나 똑같이 흥분 상태에 젖어들었다. 오늘도 그 이야기를 듣겠지만 난 정말 조바심을 내진 않을 것이다. 솔직하고 우울한 그 회상이 오늘 하루의 사건, 그러니까 짜증나기도 하고 기분좋기도 한 일들과 기이한 방식으로 섞여들지라도.

크리스티네가 없었다면 어머니가 돌아가신 뒤에 아버지가 어떻게 버틸 수 있었을지 상상도 할 수 없다. 아마도 어떻게든 버티긴 하셨겠지만, 좋은 게 좋은 거라고 도시와 주위 사람들에게도 가정부 크리스티네가 없는 피스터 방앗간은 상상할 수 없었다. 앞으로 그녀가 대도시 베를린에서 우리의 새살림을 도맡아하면서 어떻게 될지, 나는 감히 예단하지 않으려 한다. 최선을 다해 그녀를 기분좋게 해주고 새로운 생활이 가능한 한 덜 힘들게 해주겠다고 굳게 다짐하긴 했다. 에미가 그런 나를 도와주려 하고 전에도 몇 번이나 나이 든 여자들을 대하면서 훌륭하다 싶을 정도로 침착한 모습을 보여주었기에, 마음이 훨씬 가볍다.

해가 떠오른다. 아버지의 마지막 단골손님이 상속받은 나무 그늘에서 아침의 몽상을 지속하기 위해서는 자리를 옆 벤치로 옮겨야 했다. 하지만 대도시 베를린에서 거리의 응달 쪽에 살던 우리는 유년 시절 고향의 햇살을 그리워한 적이 한두 번이 아니었다. 그래서 이런 기분좋은 이른 아침 고향 한가운데로 쏟아지는 햇살을 피하지는 않았다. 나는 다음 소유주들이 이곳에 세우게 될 거대한 공장의 단면도와 기타 다른 설계도를 본 적이 있다. 그래서 내년이면 벽돌 담과 높은 굴뚝 때문에 빛과 온기가 얼마 남지 않게 된다는 걸 잘 알고 있다. 이런 상념 또한 나를 그 자리에 굳게 붙잡아두었다. 지금 나는 오늘의 햇빛과 나뭇잎 그늘 속에서 그 어느 때보다 더 아버지의 마지막 단골손님으로 여겨진다. 여기 정원 탁자에서 많은 이가 유쾌하다고 할 수 있는 작은 황홀경을 자아냈다. 하지만 어떤 훌륭한 음료수도 요 며칠 동안 나를 사로잡은 이런 빛과 그림자, 회상에 젖은 도취 상태를 다른 손님에게 느끼게 한 적은 없을 것이다.

"여보, 내 방앗간이 「요한계시록」에 나오는 사데 교회 같아요." 나는 얼마 전 기차의 객실에서 에미에게 한숨을 쉬며 말했다. "방앗간이 살아남았다고들 하지만 실제로는 끝났어!"[15]

"맙소사! 그럼 우리 어디 다른 데 가서 쉬는 게 낫지 않아요?" 어린 아내는 성경에 나오는 이 슬픈 인용에 영향받아 불안해하며 대꾸했다. 그런데 지금은 그 어떤 것도 그녀와 내게 피스터 방앗간보다 더 생기 있게 여겨지지 않는다.

그것은 그녀에게는 새롭고 사랑스러우며 익숙하지 않은 낯선 삶이었고, 내게는 알던 것과 익숙한 것으로, 유년 시절부터 대단했던 청소년기를 지나 최근의 왕성했던 성년의 삶에 이르기까지 그 모든 것이 가장 잘 농축되어 현존하는 것이었다.

날이 좋든 궂든, 햇빛이 비치든 비가 오든, 내 주위의 모든 건 이 기이한 여름 휴양지에서 낮이고 밤이고 살아 있는 이름을 가졌을 뿐 아니라 실제로 살아 있었다. 그런데 이 훌륭한 장소의 마지막 실제 주인은 어떻게 안개와 무無에 녹아들 수 있었을까? 그의 마지막 단골손님이 여전히 탁자 옆 벤치에서 자기 자리를 고수하고 있는데도.

네번째 종이
거위 목초지에서 집으로

"여러분, 여기 보세요. 맥주통을 땁니다!" 나는 목마른 정원의 손님들과 같이 그 호탕한 외침을 듣는다. 동시에 피스터 방앗간의 어리석은 꼬마 토박이로서 둥근 지붕의 시원한 복도에서 변함없는 관심으로 그 과정을 지켜본다. 나는 빈 맥주통을 굴려서 집 뒤쪽 언덕 아래 맥주통들이 있는 헛간으로 가져가도 좋다고 허락받는다. 커다란 정자에서 들려오던 〈우리 즐겁게 지내자〉라는 대학생들의 노래가 내게는 마치 요람에서 들려오는 노래 같다. 방앗간의 우리 모든 피스터들은 대대로 대학생들의 노래책을 암기하고 있었다. 최근에는 나 자신이 다른 정자와 정원, 선술집, 주류판매권을 갖고 있는 방앗간들에서 그것을 활용한 유일한 사람이었을지도 모르지만 말이다. 어리석고 들뜬 머리에 학생조합원 모자를 쓰고 손에는 펜싱검을 든 채.[16]

나의 아버지, 그는 자신과 자신의 집, 자신의 정원이 세상에서 누리던 명성에다 무언가를 첨가했다. 우리 집 벽에는 학생조합원의 문장紋章, 대학생 손님들의 실루엣, 사진 등이 빼곡히 걸려 있었다. 그리고 젊은 식자층과 그에 결부된 모든 것에 대한 아버지의 애착은 나 자신의 삶에 가장 큰 영향을 끼쳤다. 도시와 대학이 매일같이 보내주었던 젊은 (또는 늙은) 사람들과의 교제를 통해 그들의 다소 요란한 대화에 즐겨 끼어들거나 의견을 표명할 수 있었던 아버지는, 나의 인생을 두고 온갖 상상을 하셨다. 그 결과 내 인생 항로는 피스터 방앗간의 소유주들에게 대대로 친숙했던 것과는 다른 방향을 택하게 되었다.

그는 희멀건 방앗간 주인이자 현명한 남자였다. 하지만 그도 모든 걸 한꺼번에 다 숙고할 수는 없었고 이질적인 것들을 조화롭게 할 수는 없었다. 그러니 현재의 마지막 방앗간 주인이 방앗간 주인 자격으로 더는 피스터 방앗간에 앉아 있지 못하는 것에 대한 책임이 그에게도 있다. 나의 유일한 위로는 아버지가 임종석상에서 내 목을 껴안아 끌어당기고 했던 말이다. "아들아, 너를 거위 목초지에서 불러들여 책을 읽게 했을 때 마치 내가 냄새를 미리 맡기라도 했던 것 같지 않느냐? 세상은 자신의 이익과 쾌락을 위해서 있는 그대로의 우리를 더는 원치 않았어. 누구에게도 강요해서는 안 된다. 이제 이렇게 된 게 정말이지 가장 잘된 것 아니겠니……"

그래, 맞다. 나는 그때 학교에 다니고 있었다. 부세 선생님이 가르치는 마을학교에. 그리고 솔직히 말하면 건성으로 다니고 있었다. 그때 아버지가 다른 멍청한 녀석들과 함께 거위 목초지에서 맨발로 뛰놀고 있는 나의 목덜미를 움켜쥐고 집으로 데리고 들어왔다. 그러고는 나보다 조금 나이 많고 공부 잘하는, 오갈 데 없는 아이 하나와 같이 공부하라고 묶어주었다. 아버지는 그 아이의 목덜미도 움켜쥐었다. 그러니까 예전부터 그에게 외상해주었던 일의 힘을 이용해서 간접적으로 그렇게 했다.

"아셰 군, 이 계약이 체결되면 분명 우리 두 사람 모두 다 득을 볼 걸세. 아담, 선천적으로 그런 체질이 아닌 한, 세계 정부가 자네의 체중이 불어나는 걸 막지 않는 한, 이 계약 때문에 자네 체중이 줄어들진 않을 걸세." 아버지가 말했다.

그런데 이것은 두번째 형상이다. 그 형상은 피스터 방앗간의 탁자와 벤치, 빛과 그림자, 온갖 소란, 이런저런 소리와 대학생들의 노랫소리에서 분리되더니 친숙하면서도 기이한 모습으로 이 꿈의 영상 속으로 느릿느릿 걸어들어온다. 머리카락에 지푸라기를 꽂고 있었지만, 그렇다고 머릿속에 지푸라기가 들어 있을 만큼 멍청한 건 아니었다. 그 형상도 거위 목초지에서 온종일을 보낸 것 같았다. 어쩌면 피스터 방앗간의 냇가 갈대밭, 오리들이 꽥꽥거리는 소리와 방아가 덜컹거리는 소리 저편에 있는 들판의 호밀 볏단 위에 누워서 더 편안한 하루를 보낸 것 같기도 했다.

"한번 테스트해볼게요, 피스터 아버지! 저 개구쟁이를 제게 맡겨보세요. 누가 먼저 지루하다고 싫증내며 나자빠질지 금방 드러날 거예요. 아버지인지 저인지 아니면 이 복 많고 멍청한, 희멀건 피조물인지 말이에요. 이 아이를 점심때마다 구울 수 있어요. 매주 수요일과 일요일에 라틴어 초급과정을 가르쳐주는 대가로 좋은 집에서 먹고 자게 해주시고 용돈도 주시는데 그걸 왜 마다하겠어요? 제게 꼭 안성맞춤인걸요. 이 아이를 녹초가 되게 만들게요. 안장용 깔개로 삼기에 딱 좋은 이런 어린 로마인을 크리스마스나 생일 선물로 달라고 아주 오래전부터 빌고 또 빌었어요. 당장 오늘부터 시작할까요? 혹시 이 녀석도 계약에 대해 할 말이 있을까요? 다음 안식일부터 얻어맞는 걸 더 원하진 않겠지요?"

당시 나는 먼저 아버지의 얼굴을 쳐다보았다. 다정하고도 영리한, 흡족해하는 얼굴을. 그런 다음 철학 박사 아담 아셰의 얼굴을 쳐다보았다. 그리고 이를 악물고 말했다. "오늘부터!" 나중에 나는 피스터 방앗간의 마지막 진정한 주인 역시 자기 앞에 있는 사람이 누구인지, 자신이 무슨 일을 하는 건지 정확히 알았다는 것을 확신하게 되었다.

에미는 내가 최초로 공부라는 걸 했던 그 어두침침하고 음산한 온실을 알고 있다. 처음 그 안을 들여다보고는 "으으!"라고 했다. 하지만 나중에는 내 감정이 너무 다치지 않게 하려고 덧붙여 말했다. "오, 오늘처럼 이렇게 무더운 날에는 되게 시원했겠어요!" 내 연인의 말이 전적으로 옳았다. 그 골방은 여름에 정말 시원했다. 그리고 겨울에는 유감이지만 난방이 안 됐다. 대학생 아셰는 우리가 그 방에 자리를 잡은 첫날 이런 말을 했다. "네가 이 세상에 존재할 가치가 없는 놈이라고 생각하면 목 졸라 죽일 수도 있어! 밖이 얼마나 더 편한지 잘 알지만, 이제 여기서 숨을 한번 크게 들이마신 다음 라틴어를 배워야 해. 응, 아셰와 함께 있는 이 자루 속의 얼간이 너에게 신이 은혜를 베푸시길! 자자, 아들아, 나를 그렇게 바보 같은 눈망울로 바라보지 마! 우리 함께 참아내야 한다고!"

그리고 우리는 피스터 방앗간 뒤쪽과 바깥쪽으로 문이 나 있는 이 골방에서 함께 견뎌냈다. 정원의 그 유쾌한 분위기에서 가장 멀리 떨어진 방앗간 뒤쪽 골방에서. 아버지는 책상을 창가로 밀어놓았지만, 그렇다고 그 유쾌한 소음이 전혀 안 들리는 건 아니었다. 그리고 터빈 창고에서 나는 덜컹거리는 소리와 쏴쏴 하는 물소리는 더더욱 막지 못했다. 아버지는 책상 위에 잉크와 펜, 종이 등 온갖 필요한 물건을 마련해주셨다. 나는 그곳에서 로마어 기초지식뿐 아니라 이런저런 많은 것을 나의 친구―아담 아셰에게서 배웠다.

라틴어가 내게 얼마나 유용했는지는 지금 매우 잘 안다. 반면에

'이런저런 것'이 내게 얼마나 유익했는지는, 지금도 매일같이 체험하고 있기에 그 가치를 정확히 산출하기까지 시간이 더 필요하다.

당시에 그는 깡마르고 볼품없는 작은 남자였다. 두상은 더벅머리 거인의 검은 머리가 그의 양 어깨 위에 떨어진 것 같았다. 그는 자신의 말마따나 나를 상대하느라 '좋은 시간을 허비했고' 한숨 쉬며 중얼거린 것처럼 내게서 '조금이라도 더' 끄집어내리려고 내 털옷을 힘껏 움켜쥔 것도 여러 번이었다. 그가 말한 것처럼 그, 철학과[17] 학생 A. A. 아셰―아담 아우구스트 아셰는 '굉장히 선량한' 부모님 사이에서 태어났다. "피스터 아버지, 약속드릴게요." 그가 말했다. "제 아버님이 좋거나 나쁘게 여기는 관점을 아들의 안위에 대해서는 좀더 많이, 세상의 번영을 위해서는 조금 덜 지니셨더라면, 아드님께 어문학의 맛을 보여주기 위해 이렇게 여기 앉아 있어야 하는 일은 없었을 거예요."

"아셰 군, 이 세상에서 자네에게 최고로 위로가 되는 것을 말실수로 잃어버리지 말게나." 아버지가 말했다. "자네 아버님을 잘 알기에 오랫동안 생각했네. 사과는 나무에서 먼 곳에 떨어지지 않는다, 라고. 그래서 자네를 신뢰하게 되었고 저기 밖에 정원에서 신나게 놀고 있는 자네를, 저기 밖의 초원과 건초 더미 위에 한량없이 누워 있는 자네를 안으로 불러들인 걸세. 그리고 자네의 외상 장부를 말끔히 지워주고 적당하게 보상도 해주는 대신 내 혈육인, 저 어미 없이 자란 개구쟁이이자 게으름뱅이를 자네 곁에 앉혀 놓은 걸세."

"피스터 아버지, 말로 목숨을 잃지 마세요." 나의 친구이자 후원자인 박사 아담 아셰가 웃으면서 말했다.

다섯번째 종이
제분기 뒤에서, 마로니에 아래서

　이곳에서 보낼 수 있는 여름날이 며칠 안 남은 지금, 피스터 방앗간의 좋았던 옛 시절에 대해 꿈꾸고 기록하는 일이 내겐 얼마나 기이하게 여겨지는지! 대도시에 있는 단단하고도 아늑한 우리 집에서 함께 살면서, 지금은 우리의 옛 부엌에서 일하는 늙은 크리스티네와 사랑하는 어린 아내와 함께 꿈꾸고 기록하는 이 일이! 현재는 햇살과 희망이 가득하긴 하다. 하지만, 그럼에도 방앗간 뒤쪽과 바깥쪽으로 문이 나 있는 이 어두운 골방에서 지낼 수 있는 얼마 안 남은 날과 시간이 어떻게 해서 '좋았던 옛 시절'이 되었는지!

　유식한 친구 아셰의 말마따나 그가 내게 '통에서 직접 따라준' 라틴어에 대해서 말해야만 하리라. 내 라틴어 실력이 어땠는지는 아직도 잘 모르겠다. 하지만 분명한 것은, 당시 우리는 꼭 필요한 부분에 국한해서 라틴어를 공부했다는 사실이다.

　"피스터 아버지, 이 아이는 아버지 아들이에요. 그러니까 어느 정도는 원하시는 대로 키우실 권한이 있어요. 기초과정은 다 가르쳤어요. 아이가 나중에 그 위에 무엇을 더 쌓아올릴지는 아버지와 아들의 문제니까요." 대학생 아세가 말했다. "저에 관해 말씀드리자면, 아시다시피 제 아버님은 낙천가였고 파산한 상태에서 돌아가셨지요."

"하지만 자네가 내 좋은 벗인 자네 선친으로부터 기술과 학식, 마음씨를 물려받았다는 것도 알고 있네. 자네는 그것을 사용할 수 있을 테고, 경우에 따라서는 다른 사람들도 이롭게 할 수 있을 걸세. 최상의 것을 동시에 다 가지는 것은 드문 일일세. 예를 들면, 세상의 오성과 세상의 행복 따위를 동시에 갖는 것 말이네. 돌아가신 아버님을 욕보이려했던 거라면 자네 자신이 손해를 보게 될 걸세, 아세 군."

"천부당만부당한 말씀입니다!" 조용하고도 확신에 찬 대답이 흘러나왔다. "세상의 사물을 아름답게 미화하는 아버님의 재능을 아주 조금이라도 물려받지 않았더라면, 천애의 고아인 제가 지금 어떤 모습이겠으며 앞으로 어떻게 되겠어요? 피스터 아버지, 잘 아시는 것처럼 채권자들이 재산을 다 뒤져서 가져갈 때에도 저 혼자 그 유산에 대해서 아무 권한도 제기하지 않았어요."

맞는 말이다. 우리의 뒤쪽 골방에서 나를 가르친, 시골 선생님 그 이상이던 나의 첫 스승만큼 지상의 역경들에 그럴듯한 색을 덧입히는 재능이 있는 사람을 나는 두 번 다시 보지 못했다. 그는 '숲과 들, 초원과 피스터 방앗간에서 즐기던 게으름'을 '마른하늘에 날벼락' 같이 아무런 준비도 되어 있지 않은 상태에서 방해받은 것도 극복해냈다. 아버지 때문에 갇혀 지낸 그 시간은 처음 공부를 시작할 때 생각했던 것보다 훨씬 수월하게 빨리 지나갔다. 지금도 몇몇 문법규칙을 또렷하게 기억하고 있는 것은, 확신컨대 멀찍이 떨어진 정원에서 들려오던 흥겨운 소리와 물레방아 바퀴에서 나던 덜커덩거리는 소리와 어우러져 그 문법규칙이 귀에 생생하기 때문이다.

"네시 사십오분이야! 이제 십오 분 남았어. 조금만 더 버티면 이 고생도 또 끝이 나. 그러니 한 번 더 두 손으로 머리를 꽉 움켜쥐고 머릿속에 든 것을 한번 제대로 짜내봐! 저것 봐, 밖은 이미 시끌벅적 난리법석이네. 언제나 그렇듯 코로도 낌새를 챌 수 있어. 검은 까마귀―코르부스 니게르corvus niger.[18] 아늑한 정원(오늘날에는 튜튼족[19]이라는 이름의 학생조합 학생들이 그런 정원에서 고래고래 소리를 질러대며 어린 소녀들에게 허풍을 떤다!)―호르투스 아모에누스hortus amoenus. 까다로운 용무―네고티움 디피실레 negotium difficile. 나중에 우리가 먹게 될 부추를 넣은 계란 케이크도 완전히 무시할 수는 없어. 코로 지혜의 성에 들어가는 일이 남았군. 잘 짜내, 잘. 배고픈 배는?"

"알부스 아-비-두스alvus a-vi-dus, 아세 씨."

"바보야, 아비다avida란 말이야! 예외 없는 규칙은 없단다, 아들아. 커다란 사료 덮개는?"

"바누스 마그나vannus magna!"

"아주 잘했어. 자, 이제 오늘 수업 마무리로 전체를 한 번 더 시적으로 말해보자. 에르 이르 우르 우스Er ir ur us는―?"

......남성,
움um은 중성이라 홀로 서 있네.

"좋아. 이런 쓸데없는 예외들도 그렇게 정열적인 방식으로 암송할 수 있다면 너 자신은 물론 나도 정말 기쁠 거야. 젊은 키타라[20] 연주자여, 칠현금에 맞추어 노래하듯 암송해보시게. 하지만 수업이 끝나기 전까지는 언제든 산 채로 네 가죽을 벗길 수도 있다는 걸 명심해. 도시들과 나무들은……"

대학생 A. A. 아셰가 이동식 파이프오르간의 손잡이를 돌리듯 탁자 옆에서 손으로 원을 그리는 동안, 나는 칠현금에 맞추어 노래하듯 암송한다.

> 우스us가 붙은 도시들과 나무들은
> 여성으로만 사용해야 하네.
> 다른 단어 중 주의해야 할 것은
> 알부스alvus, 콜루스colus, 후무스humus, 바누스vannus.
> 단어 비루스virus, 펠라구스pelagus는
> 우스us가 붙은 유일한 중성명사이고
> 불구스vulgus 또한 대부분
> 중성으로 사용된다네……

"만세! 다시 불구스, 그러니까 민중 속으로. 가능한 한 완벽한 중성으로!"

친구 아셰는 큰 소리로 외치지 않고 독특한 무음의 목소리로 한숨 쉬듯 내뱉는다. 마치 마을에서 들려오는 저녁 종소리 때문에 치명적인 무료함에서 깨어난다기보다는, 교육의 기쁨 덕분에 침잠 상태에서 깨어나기라도 하는 것 같았다. 그리고 나의 선친은 문틈으로 영민하고 다정한, 미소 띤 얼굴을 들이밀며 말한다.

"자, 애들아? 열심히 했니? 착실하게 공부했겠지?"

"둘 다 아주 착실히 공부했어요, 피스터 아버지."

"그렇다면 고맙네, 아세 군. 자, 이제 나오너라. 정말 멋진 저녁이야. 밖에 정원은 손님들로 발 디딜 틈이 없어. 손님들이 울타리까지 꽉 들어차 있거든. 얘들아, 공부방에 있는 너희 의자도 갖고 나오너라. 사람들이 집에 있는 의자란 의자는 죄다 꺼내다가 냇가까지 가서 앉았단다. 아담 군, 자네 같은 대학생들은 앉아 있던 의자를 예의 바르게 부인들에게 양보했다네. 대신에 텅 빈 맥주통과 널빤지 몇 개를 가져다가 저쪽에 앉았지. 이런 날씨가 계속된다면 정원에 이층을 올리는 길 말고는 다른 도리가 없겠어. 그러니까 나뭇가지들 위에다 말이야. 이미 몇몇 신사는 나뭇가지 위에 올라가 앉아서 올려주는 음료를 받아 마시고 있으니……"

나는 이 모두를 오감을 다 이용해 느껴본다.

예상했던 대로 날이 몹시 무더워졌다. 해가 중천에 걸릴수록 점점 더 구름 한 점 없는 파란 하늘이 펼쳐진다. 그리고 냇물 저편 초원의 귀뚜라미들은 점점 더 몰아의 경지에 빠져들었다. 귀뚜라미의 환호 소리가 점점 더 다성부로 날카로워져서 귀가 따가울 지경이었다. 오리들은 맞은편 갈대밭에서 한가로이 노닐고 있다. 무거운 날갯짓으로 저 멀리 숲을 향해 가는 커다란 독수리의 그림자가 지상에 드리우자, 전에는 매우 활기찼으나 지금은 버려지고 고요해진 피스터 방앗간 정원의 마지막 손님은 어안이 벙벙해져 자기도 모르게 손을 들고 주위를 돌아본다. 무덥고 푸르른 피스터 방앗간 정원의 황금빛 적막 중에 이 무슨 기이한 대낮의 유령이란 말인가! 열한시에서 열두시 사이의 대낮에 이 무슨 저녁의 마법이란 말인가! 다채롭고 명랑한 이 마법이 마지막 단골손님의 마음을 한껏 짓누르는구나!……

정원은 터져나갈 것처럼 사람들로 가득 찼다! 도시 사람의 절반이 피스터 방앗간에서 데이트라도 하는 것일까? 줄지어 늘어선 이런저런 멋진 유모차의 갓난아이들을 비롯해서 남녀노소 할 것 없이 사람들이 모여들었다! 청년들과 아가씨들도 많았다. 아가씨들은 제일 사랑스럽고, 통풍이 잘되는 여름옷을 입고 왔다! 교사들과 군인들 그리고 노동자들도 왔다! 별의별 학생조합의 대학생들도 왔다. 그중 몇몇은 지극히 편히 앉을 수 있는 가지를 고른 뒤 나무에 올라가 걸터앉았다. 아마도 그곳에서는 해가 지는 것을 더 편히 구경할 수 있고, 정원에 있는 소시민 모두를, 예쁜 소녀들과 그들의 어머니 한 사람 한 사람을 더 잘 구경할 수 있기 때문이리라.

"피스터 아버지! 피스터 아버지! 잠제, 당신네 사람들은 대체 왜 동네에서 도통 볼 수가 없지요?"

"여러분, 새 맥주통을 땁니다!" 잠제가 우렁찬 목소리로 목청껏 외쳤다. 우리의 잠제, 그는 방앗간 도제이자 밭일꾼, 마을과 정원의 웨이터라는 일인삼역을 도맡았다. 그러니까 방앗간 모자부터 징 박은 신발에 이르기까지, 하얀 밀가루 먼지가 묻은 재킷에서 손에 든 냅킨까지, 손짓이며 발짓, 목소리에 이르기까지 정말 더할나위없고, 달리 생각할 수도 바랄 수도 없는─피스터 방앗간 그 자체다! 아셰 박사는 이제 늙어 살이 찌고 백발의 신사가 된 잠제를 베를린에서 데리고 있다. 잠제에게 방앗간 재킷 대신에 길고 편한, 짙은 초록색 재킷을 선사했다. 겨울에는 재킷에 모피 옷깃도 달아주었다. 그리고 큼지막한 현관 옆 안락한 경비 초소에 팔걸이의자를 마련해 주면서 말했다. "눈을 조금 크게 뜨고 계세요, 잠제. 들고나는 건 하나도 빠트리지 말고 다 주의해서 살펴봐야 해요, 늙은 소년. 개 조심하시고요! 제 아이가 기저귀를 떼면 그 애도 좀 함께 봐주세요, 친구."

"피스터 방앗간에서처럼 그러지요, 아셰 씨." 잠제가 대답했다. 아주 잘된 일이다. 피스터 방앗간의 텅 빈 탁자들과 벤치들 사이에 서 있는 잠제, 멈춘 물레방아 옆에 서 있는 잠제의 모습은 얼마나 위축되어 보였을까! 설령 내가 옆에 있어준다 하더라도 오늘 같은 이런 아침, 이런 탁자 옆의 이런 벤치에서 그는 지나간 것, 결코 다시 돌아올 수 없는 것 때문에 얼마나 힘들어했을까! 그 늙고 순박한 사람, 충실한 하인은 책이 아니라 사람 사이에서만 활동했다. 그는 자신의 감정을 종이에 옮겨적지 않았으리라. 한참을 찾고 부른 끝에 시냇물에 빠진 그를 건져내거나 피스터 방앗간의 어두운 구석에서 밧줄로 목매달아 죽은 그를 끌어내리는 것이 고작이었으리라.

"아들아, 죽자 사자 공부에 매달리는 길만이 네가 앞으로 경험할 일에 대비해서 옳게 단련할 수 있는 유일한 방법이라는 걸 예감했단다." 아버지가 말했다. 지금 이 순간은 여전히 여름날 저녁이고, 피스터 방앗간은 나의 무감각해진 상상력 속에서 육체와 생명력이 조금도 손상되지 않은 채 번창하고 있다. 탁자 위에 일감이 담긴 에미의 광주리가 놓여 있지도 않고 내 옆 벤치에 에미의 손수건도 없다면, 내 뒤의 마로니에와 보리수나무 아래 적막한 집 안에 에미가 존재한다는 확신만이라도 없다면 내 기분이 얼마나 자유로울까, 라는 질문은 세상에 온갖 책이 있고 학문이 발전했을지라도 열린 질문으로 남아 있어야 한다.

"불러도 못 들을 만큼 그렇게 멀리 가지는 마세요." 하얀 앞치마를 두른 귀여운 아내가 방금 팔린 아버지 집에서 소리쳤다. 하지만 지금은 멀리 갈 생각을 하거나 그럴 기분이 전혀 아니다.

> 냇물은 내 옆에서 솨솨 소리 내며 흐르네,
> 내 기분을 알기라도 하듯.
> 버려진 방앗간은 내 마음을
> 결코 떠나려 하지 않네.[21]

학교와 대학에서 '더 나은 의식' 단련을 위해 온갖 것을 배웠고 또 떠나보내는 것이 가능했다 하더라도, 마음에서 방앗간을 떠나보내는 것이야말로 진정한 기적이자 최고로 가련한 기적이었으리라.

당시 사방에서 나를 부르던 목소리 중 얼마나 많은 목소리가 오늘날 나를 부를 수 없게 되었는지! 핸드백과 전날 신문지에 싸와 여러 탁자에 펼쳐놓은 도시의 케이크에 내 아버지의 아들이 달려들어 과식할 뻔한 적이 얼마나 많았는지! 하지만 사람들이 내게 손인사를 하며 웃어주고, 아버지에 대한 만족과 호의를 그 아들에게도 표현해주면, 나는 말쑥하고 예쁜 도시의 부인들과 어린 소녀들이 지나갈 수 있게 얼른 길을 비켜준다. 그리고 시골소년다운 아둔한 미소를 지으며 옷소매로 코를 닦곤 한다. 이제 나는 얼마 전까지만 해도 몹시 두려워했던 뒷방의 유식한 라틴어 친구의 등 뒤에 최대한 바짝 붙어 있기를 좋아한다. 그리고 그와 함께 탁자에 앉을 때나 피스터 방앗간의 손님들을 편안한 자세로 관찰할 때면, 그와 마찬가지로 바지 주머니에 양손을 찔러넣고는 그가 하는 대로 똑같이 흥얼거리거나 이빨 사이로 휘파람을 불곤 한다.

정말 나는 술집 외상값을 단번에 갚아주고 좋은 음식을 먹게 해주며 매달 용돈도 주기로 하고 얻은 진기한 멘토[22]에게서 고대 로마어 기초지식만 배운 게 아니다! 그 무렵 나는 피스터의 방앗간과 정원에서 보고 배우고 경험한 모든 것을 그다음 해에야 비로소 온전하게 통찰하는 방법을 배웠다.

지금 말하는 당시의 박식한 내 친구는 학생조합에 가입한 대학 신입생을 최대한 신속하게 찾아내곤 한다. 그리고 의자에서 일어나 자연사를 거스르며 높은 나뭇가지 어딘가 편안한 곳으로 가게 만든다. 그는 바로 옆에서 되새김질하고 있는 멍청이들 중 최소한 여섯은 도살해 지하실로 끌고가 내장을 시험해봐야 한다는 터무니없는 선언을 한다.

나는 이 탁자들 옆에, 의자들과 벤치들 뒤에 서 있는 것을 가장 좋아했다. 어제 에미가 말했다. "자기가 어릴 때 여기서 어떤 위험과 유혹 속에서 성장했는지를 생각하면 나는 하루도 빠짐없이 우리 하나님께 무릎 꿇고 감사를 드린답니다. 나는 그런 위험과 유혹으로부터 멀찍이 벗어나 있었으니까요. 생각만 해도 등골이 오싹해요! 그리고 정말 다행인 건, 난 지금까지 그런 것에 대해 눈곱만큼도 몰랐고, 아빠와 돌아가신 엄마도 마찬가지였다는 거예요! 아이 뭐, 물론, 파이프를 물고 유쾌하고 다정하게 대해주셨던 모습의 아빠가, 아빠라면 마땅히 그래야 하는 것 이상으로 좋은 아빠였거나 도덕적인 아빠였다는 건 아니지만요. 하지만 돌아가신 불쌍한 엄마에 관한 한 다행으로 여겨야 할 것 같아요. 유감스럽게도 우리와 함께 여기 자기네 엄청난 방앗간에 올 수 없었던 것과 방앗간의 옛날 이야기를 듣지 못한 것에 대해 말이에요."

"여보, 진정해요. 이야기가 엉뚱하게도 자기네 달콤한 영혼들, 현세의 위로자들, 그러니까 인간 종족의 좀더 나은 반쪽 편으로 너무 샜을 때는 칼립소[23]와 그녀의 누이들에 대한 말은 한마디도 안 나오고, 텔레마코스는 언제나 멘토에게서 어떤 전갈을 받아 집으로 가야 했어. 아니면 간단하게 자리를 뜨라고 요청받았지."

"고맙네요." 이런 위로를 정말 칭찬으로 이해해도 되는 건지 조금은 미심쩍어하면서 에미가 말했다.

"그리고, 때로는 우리의 친구 아셰도 기분이 몹시 상할 때가 있었어요. 그러면 내 팔을 붙들고 나와 함께 형제들의 무질서한 대열에서 빠져나왔지."

"자연의 평화 속으로!" 에미는 그녀의 친구 A. A. 아셰의 말투를 흉내 내며 말했다.

여섯번째 종이
생각에 잠기게 하는 질문

"그 그림들 다 어디 갔지?" 누구나 그림 전시회에서 한두 번은 들어봤을 법한 질문이다. 그리고 이따금 자신에게도 이런 질문을 했던 적이 있기에 더는 주의를 기울이지 않게 되는 질문이다. 이제는 누가 이런 말을 한다고 해서 그 사람을 한 번 더 쳐다보지조차 않는다. 이 질문은 너무나 명백하다. 그 그림들 다 어디 갔지?

만약 황금빛 액자로 두른 끝없이 다채로운 캔버스 앞에서 자신의 어린 아내가 이런 질문을 하고는 이에 대한 우리의 생각과 견해에 귀 기울이려 하지 않는다면 상황은 달라진다. 그땐 주의를 기울여 대답하게 된다.

나 개인적으로는 그런 큰 전시회에 가면 금세 우울하고 언짢은 기분에 사로잡히곤 한다. '그림 구경'이 주는 일반적인 신체적 피로감 때문이 아니다. 만약 나 자신이 운 좋게도 어떤 사람들 속에 섞여 있다고 여긴다면 그럴수록 더욱더 그런 기분에 사로잡힌다. 그들은 뉘른베르크의 늙은 알브레히트[24]처럼 자신에 대한 비판에 대해 이렇게 답변한다. "자, 대가들은 최선을 다했습니다!"—관중으로부터 대가라고 불리고 스스로도 자신을 대가라고 칭하는 사람이라고 해서 언제나 최선을 다하는 것은 정말 아니다! 용감하고 정열적인 영혼, 병적일 정도로 최선을 다하고자 하는 영혼 중에는 종종 미숙하고 겁 많은 사람들도 섞여 있다.

"그 그림들 다 어디 갔지? 여기 이 벽들에 걸려 있지 않으면 그 그림들을 다시는 볼 수가 없어요. 내가 아는 사람 중에는 여기에서 그림을 산 사람이 아무도 없거든요. 그리고 화가들은 계속해서 그림을 그려요. 세월이 흘러도 언제나 거의 똑같은 그림들이긴 하지만. 예술가의 아내에게는 거울이나 그런 걸 걸 수 있는 공간이 금세 하나도 안 남게 될 거예요. 나중에는 그림들을 겹쳐서 벽에 기대어 놓게 되고, 점점 더 공간이 협소해진다고 느끼게 되겠지. 하지만 어쩌면 그림들이 외국으로 팔려나갈지도 몰라요. 그림 살 돈이 많은 곳, 벽에 빈 공간이 많은 곳, 여름에 파리가 날아다녀도 그렇게 기분 나쁘지 않은 세계의 낯선 곳으로 말예요."

"돈과 벽, 파리를 제외한다면, 어쩌면 예술에 대한 이해심보다는 취향을 지닌 사람들이 있는 곳으로 팔려나갈 거예요, 여보. 자기, 무슨 아이디어 있지 않았어요? 하지만 그런 아이디어가 문제를 완전히 해결해주지는 않아요. 그 그림들 다 어디 갔지? 그 숲과 들판, 폭포와 이탈리아식 호수, 그 평온한 정물화, 그 끔찍한 육지와 바다의 폭풍, 그 풍속화, 그 역사화, 전쟁, 살인사건 들, 전부 다 어디 갔지? 당신이 단 몇 년이라도 여기에 와서 나랑 당신의 그 사랑스럽고 영리한 평일의 작은 코 위에 멋들어진 주일용 모자를 쓰고 함께 예술 산책을 한다면 큰 깨달음을 얻게 될 텐데."

"어떻게 될지 정말 궁금하네요, 조롱쟁이 양반."

"바뀌는 건 단지 윤곽과 색채뿐이에요. 액자와 캔버스는 그대로 있고 말이야. 그래, 나의 불쌍한 당신, 우리 자신도 잠시 왔다가는데, 만약 모든 그림이 그대로 남아 있다면 삶의 공간이 너무 제한적일 거예요!"

"너무 어려워서 잘 모르겠어요." 그때 에미는 다행히도 그렇게 말했다. 어쨌든 내 인생 그림책에 나오는 제일 예쁜 그림 하나는 한동안 그대로 남아 있으리라. 신혼여행 중에 에미가 내 팔에 매달려 행복해하면서 웃고 춤추듯이 걷는 그림, 성스럽지만 서늘한 조형예술작품이 있는 홀에서 나와 사람들로 북적대는 거리의 따뜻한 햇살 속으로 그리고 근처에 있는 고급 케이크 가게로 에미와 함께 걸어가는 그림, 그곳에서 그녀가 귀여운 모습으로 아이스크림 먹는 걸 바라보는 그림, 반짝거리는 커다란 유리창 밖을 내다보며 행인들이 입은 최신 유행복을 집에 있는 그녀의 패션잡지 사진과 비교하는 이야기를 듣고 있는 그림은.

하지만 오늘은 피스터의 방앗간과 그 주위에 비가 내린다. 그저께와 동일한 액자와 대지. 하지만 이것은 그저께와 같은 그림일까? 농부들의 말마따나 학수고대하던 비가 어제부터 세차게 내린다. 우리는 우산을 쓰고 시내에 나가볼까도 했지만 마음을 접었다. 지금 우리는 이층에 앉아 창문을 열고 빗소리를 들으며 비를 내다본다. 나는 담배 연기 사이로, 에미는 유별나게 정교한 집안일을 하면서. 그 일은 흰색 아마포로 된 식서(飾緖)에 톱니 모양으로 구멍을 내고 바늘로 그곳을 다시 열심히 깁는 일이다. 강 건너 풍경은 잘 보이지 않았다. 정원 나무 밑에는 물이 떨어져 커다란 웅덩이가 파였다. 낡은 탁자와 벤치에서도 물이 떨어지고 있다. 오리들은 전부 땅 위로 올라왔지만 에미의 표현대로 그 원기왕성함은 여전했다. "쟤들한테는 아무래도 상관없나봐!" 그녀는 이렇게 말하고는 한숨을 내쉬었다. 그러고는 그녀의 속치마 레이스의 커다란 벨벳코에 바늘을 꿰더니 황홀한, 하지만 가망 없는 인내와 복종의 표정으로 나를 바라보았다. 그래서 난 속죄양이 된 것처럼 형언할 수 없는 기분과 이상한 감정에 사로잡혔는데, 마치 내가 이런 날씨를 초래했고, 내가 이런 날씨와 그 모든 결과들에 대해 무조건적인 책임을 져야만 할 것 같았다는 것이다.

"어쩌면 오늘은 바덴바덴과 비스바덴에도, 빈 근교의 바덴[25]에도 비가 올지 모르오. 어쩌면 피스터 방앗간보다 더 많이 올지도, 여보." 나는 수줍어하며 속삭이듯 말했다. 하지만 에미는 이 말에 맞장구치지 않았다.

"자기를 비난하려는 게 아니에요." 그녀가 말했다. "하지만 자기네 방앗간의 근본적인 문제는 물이었다는 걸 부인할 생각은 말아요. 그리고 난 저녁에 시내 여름극장에서 〈파티니차〉[26]를 보려던 우리의 계획이 하늘에 구름이 끼는 바람에 무산되었을 때, 자기가 속으로 얼마나 좋아했는지 금방 알아챘으니까요. 이렇게 앉아서 그 어느 때보다 더 우리 자신과 가정부 크리스티네한테만 의존하는 게 정말 한없이 좋기는 해요. 하지만 그럼 자기가 공책을 덮고 베를린과 우리의 귀향을 위해서 잉크를 아껴두면 좋겠어요. 공책에 써서 겨울에 읽어주려고 하는 그 유쾌하고 감동적이며 흥미로운 것 중에서 날 위한 건 뭐죠? 아빠의 공동묘지에 있는 게 더 재미있을 뻔했어요."

아빠의 공동묘지!…… 그 그림들 다 어디 갔지?…… "헤헤헤." 아직 나의 장인이 되기 전인 그때, 의심과 성취의 복된 시절에 장인은 자신의 공동묘지에서 이렇게 낄낄 웃곤 했다. "하하, 젊은 친구, 일벌레 양반. 일한 뒤에는 잘 쉬어야겠지? 하하. 전차 타고 저 멀리 교외 초원에 나가 예쁜 금발 여인과 함께 앉아 있을 수도 있고, 시내에 남아 있을 수도 있고, 또 서류 더미에서 빠져나온 늙은 개구쟁이 슐체와 함께 그의 땅에서 산책하며 멋진 저녁을 즐길 수도 있고! 이상하긴 하지만…… 어쩌면 설명 못할 것도 아니지. 사실 요즘 시대에는 노인 곁에 붙어 있는 게 뭔가 새로운 거니까! 하하하!"

당시에 그 노신사가 서서 말했던 그곳, 방금 어린 아내가 말했던 그곳은 사실 즐겁게 산책하기에는 기이한 곳이었다. 공동묘지! 거대한 도시 베를린의 중심지까지는 아니어도 외곽도시, 그것도 가장 오래된 외곽도시 중 하나의 중심에 있는 공동묘지! 관목과 나무들이 울창해서 정사각형 모양으로 녹음이 우거졌지만 최신식 건축물로 둘러싸여 있다. 사실 아직은 구상만 되어 있긴 하지만 이론상으로는 도시건축계획 문서에 공동묘지 위로 열십자 모양의 도로가 선명하게 그려져 있다.

"나는 여기에 묻힐 수 있어. 삼십 년은 묻혀 있으면서 그 진보주의자들을 화나게 할 수 있다고 내 증서에 적혀 있지." 장인은 히죽 웃으며 말했다. "젊은 신사 양반, 다음에 날 찾아오면 증서를 보여주지. 헤헤, 헤헤. 다른 유가증권은 대부분 세월과 함께 사라졌다오. 하지만 그건 서랍에 넣어 자물쇠를 채워놨으니 안전해. 그동안 그 가치가 올랐고, 지금도 오르고 있어. 그래도 난 돌아가신 어머님께 이다음에 나도 어머님 곁에서 편히 쉬겠다고 약속했거든. 어머님은 선하면서도 고집 있는 노부인이셨지. 특이하게도 이 세상의 나쁜 공기 속에 나라는 회계사, 납세자, 무능력자, 천식환자 한 명을 더 보탰다는 생각을 하셨어. 고인들 모두 이렇게 평화로이 쉬고 있으니, 젊은 친구, 사실 여기에서 자네와 함께 산책하는 게 나의 낙이야. 자네에게 인간의 잡다한 오만불손에서 비롯된 우스꽝스러움에 대해 지적해주는 것도 그렇고. 지상의 모든 게 연기야. 그런데 가장 우스꽝스러운 건 바로 여기서 담배를 피우면 안 된다는 거지.

바로 여기서! ―정문에 있는 공동묘지 규정을 보면 개와 흡연을 금한다고 되어 있는데, 죽은 아내가 생각하는 바를 대변해주고 있지. 아내가 살아 있을 적에 파이프를 물고 방에 들어가는 건 금지되어 있었어. 그러니 여기서도 담배를 피우지 않을 거야. 불붙이지 않은 담배를 입에 물고 있는 게 고작이거나, 차라리 파이프를 소파에 놓아두거나 아니면 아예 문밖에 놓는 게 제일 좋겠지."

"아, 아빠, 어쩜 그렇게 말하실 수가 있어요?" 에미는 장인한테 이런 식으로 말하곤 했다. 지금은 걸핏하면 나한테 그런 식으로 말한다. 그 별난 노인의 철학적 도덕적 윤리적 의사표명, 천식성의 의사표명을 듣기 위해 나도 신선한 공기를 제공하는 그 별난 휴식처를 즐겨 찾곤 했다. 그런데 그 노인 때문이 아니었다고 이제 와서 부인하려 한들 무슨 도움이 되겠는가. 내가 그곳에 간 건 회계사 슐체 씨의 금발 머리 어린 딸 때문이었다. 불멸의 신들께 맹세하건대, 날 위해 그 그림을 영원히 간직해줄 만큼 찬란한 황금빛 액자는 존재하지 않는다!

정말 다행인 것은, 누구나 늙은 개구쟁이 슐체처럼 으스스하면서도 안락한 산책로에 관심이 있고 또 문서화한 소유권이 있는 건 아니라는 점이다. 길에서 벗어난 곳에 있는 오래된 비석 주위로 관목이 제법 높게 자라 빽빽하게 이어져 있다는 점과, 공동묘지 주변 건물의 창문에서부터 생겨나는 사람들의 호기심으로부터 보호받는다고 여겨지는 관목 뒤쪽의 구석구석을, 에미와 내가 다 알고 있었다는 점도 정말 다행이었다. 이 비좁고 푸르른 골목길에서 장인에게 앞서가라고 말하고 조금 뒤떨어져 걷다가, 길이 꺾이는 곳에서 우리만 잠시 머물다 간 건 즐겁고도 황홀한 체험이다. 회계사의 기묘한 관찰을 중단시킨 사람은 결코 내가 아니었다는 것, 에미가 질문을 하거나 심지어는 "아버지, 그렇게 걷지 마시라니까요!"라고 외쳐서 그 관찰을 방해했다는 것도 마찬가지로 사실이다. 그리고 먼저 나를 제지시키기에 충분했다. 그녀는 부끄럽고 수줍은 듯 분홍빛의 작은 입술을 내밀면서 겁에 질려 속삭였다.

"어머, 자기 어쩜 그럴 수가 있어요!⋯⋯ 그것도 공동묘지에서!"⋯⋯

그래, 내가 당시에 그랬다는 건 역사적인 사실이다. 그리고 앞으로 우리에게 어떤 일이 닥쳐오든 다행히도 그 사실에는 한 치의 변함도 없을 게다. 내가 그 공동묘지에서 그랬다는 건 맞다. 줄기차게 장맛비가 퍼붓는 피스터 방앗간에서 오늘 에미는 앙증맞게 뾰로통한 입술을 하고 내게 애교를 떨면서 그 시절을 몹시 그리워하고 있다.

하지만 나는 오늘 하루 전부를 그녀와 공동묘지에서 보내고 싶은 생각은 추호도 없다. 당시에는 앞에서 말한 것과 같은 상황에서 그런 식으로 머물러도 좋았지만. 규정하기가 불가능할 정도로 멀리 뻗어나간 대도시 베를린의, 호기심을 유발하는 창문 아래로, 무미건조한 담벼락 사이에 있는 귀신들의 땅 레무리아 대륙[27] 위로, 우리가 막 사랑하던 시기의 황금빛 불빛, 황홀한 반짝임이 내리비치고 있다. 하지만 우리가 그 그림의 소재를 묻기 위해 피스터 방앗간에 온 건 아니지 않은가.

이런 생각을 하는 내 표정이 어땠는지는 거울을 보는 것보다 훨씬 더 쉬운 방식으로 알 수 있다. 결국 조그만 탁자 건너편에서 수놓은 기다란 고급 삼베인지 아마포가 무릎 위로 떨어지더니 탁자 위로 작은 손이 넘어왔다. 그녀는 먼저 손가락 두 개로 내 코를 움켜쥐더니 이어서 이마를 쓰다듬었다. 처녀 때는 슐체라는 이름을 가졌던 에미 피스터 부인이 큰 소리로 말했다.

"어머, 지금 누가 이이를 좀 봐야 하는데!⋯⋯ 자기 혹시!⋯⋯ 내

앞에서 금세 표정을 바꾸다니! 왜 안 그러나 했어요! 밖에선 삼 일 내내 비가 내리고, 그 삼에 불만 가득한 당신 이마의 주름 세 개를 더하면 육이에요. 결혼한 지도 한참 되어서 이젠 안 통해요!" —나는 돌아가신 장모님과 건강하게 살아 계신 장인어른의 셈이 빠른 딸에게 정말이지 그럴 마음이 없었다. 즉시 탁자를 돌아 그녀 옆으로 의자를 끌고가서 으레 그렇듯 그녀를 팔로 감싸안았다. 그녀는 고개를 내 어깨에 기댔다. 비는 줄기차게 내리고 있었다. 그리고 우리는 행복에 젖어 비를 바라보았다.

"어머, 자기 어쩜 그럴 수가 있어요? 어쩜 그런 생각을 다 할 수가 있어요? 우리가 지금 여기 자기네 방앗간에서 기분좋게 잘 지내고 있고, 다시는 이렇게 방앗간을 소유할 수 없어 얼마나 슬픈지 내가 잘 모를 것 같아요?" 그녀가 속삭였다. "방앗간에서 경험한 것들을 지금 이 마지막 순간에 하나도 빠트리지 않고 다 기록해두려고 하는 자기 생각이 옳아요. 나도 벌써부터 도시의 겨울을 고대하고 있어요. 아세 씨 부부와 함께하는 자리에서 자기가 그걸 읽어주길 기대하고 있다고요. 하지만 지금 자기 곁에는 오직 나만 있고, 주위의 모든 것도 오직 우리 둘만을 위해서 이렇게 황홀할 정도로 아늑하고 우울한데, 자기 아주 조금만, 아주 조금만 더 내게 이야기해주면 안 될까요? 비 올 때 이야기든, 눈 올 때 이야기든, 햇빛이 비출 때 이야기든 뭐든 상관없어요, 늙고 못생기고 지루한 사람!"

아내의 이런 사랑스러운 말, 아니 매혹적이라고 해야 할 훈계는 정당한 것이었다. 그렇지만 내가 '그 시절에' 느낀 것은 늙고 못생기고 지루한 단테 알리기에리 책에서 갈레오토의 책이 등장인물들인 리미니 출신의 파울 뵈스코프와 라벤나 출신의 어린 프란츠 폰 멜브라이에게 끼친 영향 같은 것일 뿐이었다.[28] 우리는 서로 마주 앉거나 나란히 앉아서 책을 읽든지, 청소를 하든지, 겨울 땔감용으로 쓸모없는 물건을 파지로 만들든지 하는 것보다는 좀더 나은 일을 찾아냈다. 다시 한번 사랑스러운 아내는 자신의 권리와 뜻을 관철했다. 날씨가 좋든 나쁘든, 낮이든 밤이든, 집 안에서든 집 밖에서든, 정원수 아래 조용한 탁자 주위에서든, 시냇물을 따라 펼쳐진 초원에서든, 곡식 들판에서든. 나는 그동안 내 인생의 어느 겨울을 위해서 아버지의 방앗간에서 겪은 즐겁고 슬픈 기억, 위안과 경고와 교훈이 될 만한 기억 중 황금빛 액자에 넣어 보존할 그림을 위해 찾고 모아 이 종이 위에 기록한 것을 제법 자세하게 아내의 귀에 대고 직접 들려주었다.

가시를 조심해야 한다고
장미가 일러주었네.[29]

일곱번째 종이
기이한 손님들도 시냇물을 따라 총총걸음으로 왔다

라고 그 노래에 나와 있다.[30] 더 정확하게는 그 기이한 노래처럼 '해질녘'에 왔다. 내가 보기엔 아버지의 집과 그 주변에는 아침과 한낮의 해가 온전히 비추었다. 반면 아버지 자신에게는 그림자가 짙게 드리워져 있었다. 하지만 아직은 그런 것에 대해 잘 모르거나 주의를 기울이지 않아도 되는 때였다. 나는 피스터 방앗간에서 행복한 유년 시절에 이어 행복한 청소년기를 맞았다. 그걸 문학적으로 제대로 표현해내자면 아마도 책을 여러 권 써야 하리라. 그리고 필경 아내와 같은 관중이 찾아와서 이렇게 질문할 것이다. "무엇 때문에 쓰세요?"

동시대 사람과 아내에게, 가까운 지인에게 누구든 듣고 싶어하는 그 시절에 대해 말해주는 일이 아주 매혹적이지만 않다면! 그 지인이 듣고자 하는 이유는 우리의 말을 주의깊게 듣다가 자신도 그것에 대해 말하고 싶기 때문이다. 다시 말해 우리가 말할 때까지 안절

부절못하며 기다리다가 결국에는 우리에게서 발언권을 뺏고 싶기 때문이다.

내가 밟은 학문 교육과정의 첫번째 단계, 그러니까 뒷방에서 나눈 A. A. 아세와의 허물없는 학문적 대화가 끝나자, 나는 사다리의 두번째 계단 위로 올라섰다. 시내 김나지움[31]의 선생님들도 피스터 방앗간의 손님이었다. 나이가 지긋한 선생님 대부분이 식구를 여럿 대동하고 왔고, 젊은 선생님들은 젊은 아내와 함께 적어도 유모차 한 대를 밀고 왔다. 아주 젊은 선생님들만 딸린 식구 없이 혼자서, 가슴에 자신의 이상형을 품고 왔다. 그들은 수요일과 토요일 오후 정원에서 가장 기다란 탁자에 앉아 대가족을 형성했다. 어느 수요일 오후 선생님 한 분이, 그것도 기품이 있는 수장, 백발의 가장이, 그러니까 교장선생님 포트기서 박사님이 야외에서 날 상대로 일종의 임시 입학시험 문제를 냈다. 아버지는 탁자 위 젊은 선생님들의 잔이 다 비워졌는데도 아랑곳 않고 숨을 죽이며 시험을 엿들었다. 사람 좋은 학교 군주의 입에서 나온 시험 결과는 이러했다. "피스터, 미카엘 축일[32]에 아이를 보내세요."

그래서 나는 미카엘 축일에 선생님에게 갔다. 그러니까 피스터 방앗간의 아버지 피스터는 더 높은 목표(그러니까 피스터 방앗간의 아버지 피스터와 같이 되는 것과는 다른 목표)를 예정해놓은 자식이 좀더 격식을 갖춰서 종이와 잉크로 다시 시험을 치르게 하려고 학교에 데려갔다. 시험 결과는 첫 시험 때처럼 교장선생님 포트기서 박사 부인의 가방에서 꺼낸 케이크를 한 조각 받는 것이 아니었다. 대신에 박사님은 나를 '기이하고 어리석은 것으로 가득 찬 신입생'이라고 불렀다. 그리고 그의 야심찬 감독하에 있는, 장차 독일의 지식인이 될 무리의 일원으로 날 받아들였다. 그는 A. A. 아세의 표현처럼 '동일한 속도로 걸을 수 있게 묶어야 하는 어린 양들에게 적합한 울타리' 속에 날 집어넣었다.

나는 이학년에 배정되었다. 일평생을 큰 욕심 없이 감사하는 마음으로 산 아버지는 자신의 성취에 대한 보답으로 나와 그의 개인교사에게 은으로 만든 튼튼한 주머니 시계를 선물하셨다. 아세는 굉장히 불필요한 시간측정기를 그달 말에 전당포로 가져갔고, 그해가 가기도 전에 '다른 가치 있는 것, 지금 더 유용한 것'과 영원히 맞바꿨다. 그 무렵 그가 대학공부를 거의, 또는 사람들이 말한 것처럼 (그의 말이 아니다!) 아주 끝내버렸음을 나는 가까스로 기억해낸다. 그의 진짜 전공이 무엇인지는 아무도 정확히 말하지 못한다. 어쩌면 그 자신도 마찬가지였을지 모른다. 공식적으로는 자연과학이라고 적혀 있었다. 물론 그는 자연과 최상의 관계를 유지했다. 하지만 날씨가 좋은 날에는 자연으로 나가 사지를 쭉 뻗은 채 누워 있기를 더 좋아했다. 두 손으로 뒤통수를 받치고 이 사이로 담배나 짧은 나무 파이프를 물고서. 그 무렵 그가 무얼 먹고 살았는지는 신들과 아버지 외에는 아무도 몰랐다. 하지만 그는 생활을 유지해나갔고 어느 날 철학 박사가 되었다. 나중에 나는 그가 박사가 된 것 또한 아버지와 신들의 동의와 협조 없이는 불가능했다는 것을 피스터 방앗간의 여러 문서를 통해 이론의 여지없이 확인했다.

"그의 아버지를 잘 알지." 아버지는 이렇게 말씀하시곤 했다. "아세와 비슷하게 생겼고 죽을 때까지 나의 가장 친한 친구였단다. 그를 생각하면 마음이 아려! 그가 채색가로서 사는 동안 출세를 위해 세상에도 조금 물들었더라면, 그 자신이나 기껏해야 아들 정도만 빼고는 누구도 난처하게 만들지 않았겠지. 그리고 그는, 너의 박사 말이다, 나중에 내게 아무 보답도 안 해도 돼. 내가 보기에 그는 자신의 선친이자 나의 좋은 친구인 죽은 그의 아버지와 속내가 참 많이 닮았거든. 그리고 에버트, 그와의 교제, 그의 가르침이 네게 어떤 해도 끼치지 않았다는 것은 이제 차츰 너 스스로도 알아야 하고 말할 수 있어야 해."

나 스스로 그것을 알고 있었느냐고?…… 당시에 내가 미처 알지 못했던 것은 내 친구 아담 아셰가 피스터 방앗간에 얼마나 많은 이익을 가져다주었는지이다. 나는 나중에 아버지의 가계부와 회계장부를 들쳐보고서야 알았다. A. A. 아셰는 뒷방에서 여러 해 동안 장부를 기록했다. 만약 정확한 회계기록 덕에 그 좋은 곳, 유쾌했던 곳이 몰락하는 걸 막을 수 있었더라면, 아마 오늘날 그 위로 다른 그림이 그려지지는 않았을 텐데. 여가시간을 즐겁게 보낼 수 있는 녹지 주변의 그 무미건조한 일상은 그 지역을 위해서 더 풍요하게 남아 있었을 텐데.

하지만 모든 것에는 한계가 있기 마련이다. 자신의 총아에 대한 아버지의 신뢰 또한 마찬가지였다.

"내 두 눈으로 직접 그를 볼 수 있는 한에서만 믿을 수 있어." 아버지가 말했다. "감독하는 사람도 하나 없이 너 혼자 시내에서 그의 손아귀에 들어가게 한다거나 하숙을 하게 한다거나 하는 일은 결코 없을 거야. 지금 세상에 그런 부류의 사람은 널려 있어. 아들아, 네가 꼭 그의 특별한 보호를 받으면서 다음 단계를 준비해야 한다고 생각하지는 않는단다."

대학생이자 박사인 아셰가 자신의 '초록색 채식 시기'에 어디에서 일용할 양식을 조달했는지는 분명하지 않다. 그리고 때로는 기이하게도 허름한 집이 그에게 가장 어울리는 것처럼 보이기도 했다. 집에 관해 말하자면, 그는 그만그만한 허름한 집으로 자주 이사를 다녔다. 그가 기거한 집은 대부분 아주 보잘것없었는데, 최상의 공기와 훌륭한 전망을 누릴 수 있는 곳이 아니었다. 여타 다른 관점과 마찬가지로 그는 집을 통해서도 높은 관점을 견지하는 걸 매우 선호했다. 그 즐거웠던 시절 그가 마우에른가街 19번지에서 일 년 넘게 거주한 이유에 대해 오늘 나는 그에게 모종의 혐의를 두는데, 시내에서 도덕적으로 가장 악명 높던 골목 뒤채들에서 생활과 분주함을 바로 그 집 창문에서 건너다보고 내려다보면서 온갖 생각을 하며 시간을 보낼 수 있었기 때문이라고 여겨지기 때문이다.

그런데 학생인 나뿐만 아니라 그 누구도 그와의 동거를 불가능하게 만든 더 근본적인 이유가 하나 있었다. 그는 너무 자주 행방불명이 되었던 것이다!…… 그의 친구들도 그를 몇 주씩 만나지 못했다. 그는 행상인과 후원자, 신봉자 들이 한 달 넘도록 못 찾게 도시 밖으로 사라지기도 했다. 심지어 한번은 이 년 넘게 여행을 다녀온 적도 있었다.

당시 그가 마지막 여행에서, 나중에 드러난 것처럼 진정한 세계 여행에서 돌아와 다시 시내에 나타났을 때, 나는 포트기서 교장선생님의 한층 더 이성적인 젊은이의 일원이 되어 있었다. 면도를 하는 젊은이로서 그 나이에 걸맞은 행복하고 지칠 줄 모르는 신체적 학문적 자존감을 소유하고 있었다. 그리고 피스터 방앗간에 그치지 않고 다른 선술집과 온갖 종류의 술집을 경험하고자 하는 근절할 수 없는 성향도 있었다. 나는 자랑스러운 시립 김나지움의 최고학년에 다니고 있었다. 그리고 자기 주위의 세상 그림들이 그대로 멈추어 있을 거라고 믿는 건 인간의 착각이라는 어렴풋한 예감 이상을 느끼기도 했다. 그런데 피스터 방앗간의 소년처럼 독일 민족 전체도 다른 민족이 되어 있었다. 그러니까 그것은 1866년과 1870년 사이였는데, 사람들은 셈하고 계산하면서 꽤 무겁고 뜨거운 머리로 수입과 지출을 따지며 1870년대 중반을 향해 나아가고 있었던 것이다.[33]

"그리고 그것은 진정한 행복이에요." 에미가 말했다. "이제 그만 알베르티네 부인 이야기를 해줘요. 자기, 기분 나쁘게 생각하지 말아요. 물론 자기 친구 아세에게도 굉장히 관심이 많아요. 그의 학식과 칠칠하지 못한 외모, 아는 체하는 버릇, 불안, 끊임없는 방랑에 대해서 말예요. 하지만 내가 가장 관심 있는 건 그의 연애담이에요. 그 두 사람이 어떻게 사귀게 되었는지, 내게는 여전히 풀 수 없는 수수께끼거든요. 완전히 그녀 입장에서 생각해보면, 그들이 처음 대면했을 때 그녀는 분명 아연실색했을 거예요. 물론 자기는 이렇게 말하겠죠. 우린 여기 피스터 방앗간에 있고, 이곳은 마법에 걸린 땅이라고요. 그리고 달빛이 지금처럼 은은하게 나뭇가지 사이로 내리비쳐 시냇물과 관목과 땅 위에서 춤추고 있는 걸 보노라면, 그 당시에도 지금처럼 이렇게 아름답고 따뜻한 밤이 있었으리라는 것과 결혼 상대는 하늘이 맺어준다는 것, 인간의 의지가 자신의 천국이라는 것, 우리 가련한 소녀들은 너무나 쉽게 자기들 악당에게 감동하고 희생당하며 자제력을 잃게 된다는 걸 생각하면, 사실 마법이나 매혹에 대해서 생각할 필요가 하나도 없지요. 간단하게 나 자신의 보잘것없는 이야기를 생각해보면 돼요, 이 악당아. 자기가 대낮에, 그것도 사람들이 다 보이는 데서 뻔뻔하게 어떻게 했었는지……"

"드디어 우리 두 사람의 관계를 결론 지으려고, 베를린에서만 가능했던 방식으로 자신의 무덤과 주목나무 수풀 뒤, 특히 좋아하는 주목나무 아래에서 아버님을 놀라게 해주려고 그랬던 거요. 여보, 그런데 말이야, 난 언제나 가장 좋은 예를 바탕으로 배우려고 노력해왔어요. 거기 아버님 공동묘지에서 나는 A. A. 아세의 훌륭한 예를 따라한 것이라오. 그리고 지금 이 순간 아버지 요아힘 하인리히 캄페[34]가 모방할 만한 가치가 있는 예로 떠올랐어요. 캄페는 사과나무 아래서 로빈슨 1세와 그의 충실한 친구 프라이타크에 대해 이야기하면서 이야기가 '더 재미있어지면' 중단하곤 했지.[35] 나도 그처럼 제안하려고 하오. 우리, 우리 소유의 안전한 진영에서 자라는 동안 선하신 하나님께 기쁜 마음으로 감사드립시다. 우리가 점잖은 사람들, 우리를 사랑하고 도와주고자 하는 사람들 사이에서 살면서 어떤 무서운 괴물에 대해 조금도 염려할 필요가 없는 그런 지방에서 태어나게 하신 것에 대해서 말이오."

"맙소사, 그건 또 무슨 말이에요?" 에미는 내게 바짝 달라붙으면서 그리고 겁에 질려 파르르 떨면서, 피스터 방앗간의 쓸쓸한 정원 중 달빛이 비치지 않는 어두운 주위 수풀에 수줍은 시선을 던지면서 외쳤다. "자기, 정말 여기는, 특히 밤에는 조금 많이 적막하고 마을이나 다른 사람들과 너무 멀리 떨어져 있다고 생각되지 않아요?"

"내일은 다시 아름다운 날이 될 테고, 피스터 방앗간에서 지낼 수 있는 날이 정말 며칠 남지 않았으니 밤이슬과 그로 인한 감기 때문에 이 마지막 날을 망쳐선 안 된다는 것, 이외에 다른 생각은 안 하는데."

"그렇지." 크리스티네가 말했다. 그녀는 집안일을 다 마치고 방금 전부터 탁자 옆에 앉아 있었다. "그래, 이제 슬슬 잠자리에 들 시간이군. 네가 이야기하는 걸 계속 듣고 싶기는 하지만, 에버트. 방앗간을 생각하면 언제나 기분이 묘해져. 떠날 시간이 가까워지면 가까워질수록 점점 더 마음이 울적해지고. 그리고 지금 이 순간 잠제는 어떻게 지내고 있는지, 이 달빛을 보면서 피스터 방앗간을 생각하지는 않는지 알고 싶어! 아아, 얼마 안 있어서 나 역시 이곳에 대해 할 수 있는 게 회상뿐이라면, 그리고 모든 게 마치 존재하지 않았던 것처럼 그렇게 된다면 내 기분이 어떨지!"

여덟번째 종이
피스터 방앗간에서 어떻게 악취가 나기 시작했는지

"눈이 올 것 같아!" 사람들이 말했다. 그리고 이번엔 예외적으로 맞는 말 같았다. 눈이 올 것 같은 날씨였다. 정오가 지나자마자 다른 눈도 아닌 함박눈이 내렸다. 올해 들어 처음으로 오는 눈이었다. 사람들은 맘껏 눈을 즐기며 서로 물었다. "우리가 눈 올 거라고 하지 않았어?"

그건 내 학창 시절의 마지막 크리스마스 방학 직전이었다. 그때처럼 그렇게 눈에 의미를 부여하고 감상하며 그런 몽환적인 기분에 빠져들게 한 첫눈은 내게 한 번도 없었다. 두 주먹으로 턱을 괴고 느긋하게 게으름을 피우며 창가 벤치에 누워 있는 것, 희뿌연 대기와 안개 덮인 지붕을 응시하는 것, 포트기서 교장선생님과 피스터 방앗간에 대해 그리고 이제 청년이자 철학과 대학생이 되는 에버트 피스터에 대해 만족감을 느끼는 것, 그것은 지금까지는 한 번도 체험해보지 못한 것이었다. 나는 그것을 맘껏 즐겼다. 그것도 질 나쁘지 않은 바라나스산 고급 담배 연기에 둘러싸여서.

몸을 돌려 바라보면 바깥 골목이나 지붕처럼 방 안에도 어스름과 안개가 자욱했다. 장기간 거처한 하숙방 구석에 난 사색의 오솔길을 이쪽에서 저쪽으로 오가노라니 주위에서 과거의 형상과 미래의 정령이 나타나 춤을 추었다. 이럴 때면, 교회명부나 주민등록등본에 기록된 나의 생년월일과는 상관없이, 이러한 독일적인 여명이 밝아오는 순간에 나란 사람이 그토록 늙은 동시에 젊은 사람이 되기란 매우 드문 일이었다.

그 순간 내가 미리부터 즐기고 있던 건 무엇보다도 곧 있을 방앗간에서의 크리스마스 방학이었다. 내 기억이 닿는 한 아버지의 지붕 아래에서, 피스터의 방앗간에서 크리스마스를 기념하고 새해를 맞이하는 건 언제나 기분좋은 일이었다. 하지만 당시처럼 그렇게 자신에게 대단한 만족감을 안겨주면서 크리스마스 방학을 한껏 상상해본 적은 한 번도 없었다. 그 이유는 설명할 수 없었다. 그리고 이유를 설명하려고 노력하지도 않았다.

그런데 그런 좋은 분위기에 사로잡혀 있던 순간 무슨 소리가 나면서 계단에서 발소리가 들리고 문에서 노크 소리가 나는 바람에, 편안하게 몽상을 즐기던 사람의 기분을 완전히 잡치는 일이 살다 보면 얼마나 자주 일어나는가! 그것이 다음날, 다음주, 이듬해에 그리고 계속해서 무얼 의미하게 될지를 단박에 알 수 있으면 좋으련만!

나는 무거운 장화를 신고 계단을 올라오는 익숙한 발소리에 귀 기울였다. 헉헉대는 소리와 헛기침 소리도. 그것은 지상의 오솔길에서 결코 그 무엇과도 혼동할 수 없는 것이었다. 그래서 나는 나지막이 소리쳤다.

"어, 아버지잖아? 아버지가 오늘, 그것도 다 늦은 저녁에 시내에서 뭐 하시려는 거지?"

나는 아버지의 발소리와 기침 소리, 헛기침 소리를 알고 있다. 그리고 아버지에게는 어떤 습관이 있었다. 계단을 오를 때면 언제나 노래를 부른다. 그래서 마치 피스터의 즐거운 방앗간 정원이 늘 그와 함께 올라오고 있는 듯한 느낌이 들었다. 하지만 이번에는 달랐다.

오늘은 계단을 오르면서 자신의 대학생 손님들 노래에 나오는 후렴구도, 아버지의 식당을 다른 어떤 곳보다도 가장 친숙한 축제 장소로 선호했던 시내의 많은 합창단 레퍼토리 중 어느 곡도 부르지 않았다.

"무슨 일일까?" 나는 어두운 층계참으로 나가 아버지를 맞으며 인사하려고 문을 열면서 중얼거렸다.

층계참은 이미 제법 어두워져 있었다. 집에는 가스등이 없었다. 아버지는 가파른 계단을 몇 개 더 올라와야 했다. 계단을 오르는 게 전보다 더 힘들어 보였다. 어쨌든 아버지는 힘들게 오랫동안 숨을 내쉬었고, 내가 손을 내밀어 힘껏 위로 끌어당긴 후에도 전보다 더 헐떡거리셨다.

"제기랄!" 아버지는 코를 한 번 더 찡그려 집 안 공기를 들이마신 후에 소리쳤다. "여기도 공기가 좋구나! 피스터 방앗간보다는 좀 덜 사랑스럽군. 제기랄! 안녕, 아들아."

"아버지, 어서 오세요." 나는 웃으며 말했다. "나이 먹은 죄인이 자기 자식을 아라비아의 향기 속에 심으시더니 이젠 그것 때문에 조롱하시려는 거예요? 뮐러 아주머니가 치즈와 청어, 대구 소매상이고, 파페 아주머니가 아이옷을 난로에 너무 가까이 널고, 가정부 위르겐스가 오늘 점심에 재단사 부쉬와 작은 마찰을 일으키는 바람에 절인 양배추를 난로 위에서 다룰 때 조금 칠칠치 못했고, 뒤켠의 재단사 부쉬가 방금 전 이웃들의 일요일용 옷 대부분을 휘발유로 세탁한 것을 아버지 아들인들 어쩌겠어요? 자, 들어오세요, 아버지! 어쨌든 제게 새로운 겨울을 가져다주셨네요. 그러니 이제 평상시의 그 흥겨운 얼굴을 보여주세요. 그리고 대체 어째서 이런 시간에 여기 오셨는지도 알려주시고요."

아버지는 내 하숙방으로 들어왔다. 그리고 안락의자에 앉았다. 그 안락의자 옆에서 그는 지금껏 물심양면으로 나를 키워주었다. 나는 아버지의 모자와 지팡이를 받아들었다. 그리고 모직 목도리를 풀러주었다. 아버지는 외투를 입은 적이 없었다. 그는 고개를 흔들면서 자신에게 따라온 겨울 기운을 무시한 채 떡 벌어진 가슴과 불룩 나온 배 위의 조끼 단추를 풀었다. 그리고 한참 더 숨을 몰아쉰 다음 말했다.

"그래그래, 아들아. 조금만 더 기다려라…… 창문 좀 닫아줄래. 안에서 밖으로 나가는 것보다 밖에서 안으로 들어오는 게 더 나은 것도 아니구나. 그래그래, 네가 여기서 제비꽃과 장미, 히아신스에 둘러싸여서 사는 건 아니지. 그리고 또 네가 공기를 좋게 만들려고 내가 피우던 바리나스를 피우는 것에 대해 잔소리를 늘어놓으려는 것도 아니야. 넌 지금 청년기로 넘어가는 과도기에 있어. 하지만 난 이제 너무 늙었어. 아무런 저항도 하지 않은 채 죽도록 악취나 맡는 것, 악취가 나도록 내버려두는 것을 이제 더는 참을 수가 없어. 오늘은 더 참을 수가 없었어. 그렇게 어리둥절한 눈을 하고 쳐다볼 필요는 없다. 악취 때문에 시내에 온 거야. 만약 학문과 정의가 존재한다면 이제 우리 둘, 피스터 방앗간과 날 위해 뛰어들어야만 해. 아니면 우리 둘 다 가게 문을 닫아야만 하니까. 방앗간과 나 말이야. 나로서는 네가 그 일에 신경 쓸 필요가 없는 게, 네가 학교와 대학에서 다른 일을 준비하고 있다는 게 가장 큰 위안이기 때문이란

다. 밖에서 놀고 있던 널 불러들여 책상에 앉혀놓고 아세 박사를 곁에 붙여주었을 때, 마치 이런 일이 일어날 거라고 예상하기라도 했던 것 같지 뭐냐!"

"사랑하는 아버지,"

"그래, 아들아, 네 사랑하는 아버지가 너한테 말한 것처럼 지금 사정이 그렇단다. 잠제는 블라우에 보크 여인숙에 묵고 있고, 난 이 일의 원인을 캐기 위해 또는 순응해서 바퀴를 멈추고 간판을 내리기 위해 여기에 왔단다. 세상 사람들이 더는 피스터 방앗간을 필요로 하지 않는다면, 피스터 방앗간에 그만 싫증이 난 거라면, 나나 방앗간이나 너도 결국에는 아무렇지도 않게 받아들여야 할 거야."

"우리와 세상이 피스터 방앗간을 그렇게 쉽게 단념하지는 않을 거예요, 아버지!"

"나도 밤에 잠 못 이룰 때마다 나 자신에게 그렇게 말하곤 해, 에버트. 하지만 결국에는 최악의 상황에 이르기까지 저항하는 것 말고 뭘 더 할 수 있겠니? 코를 틀어막고 오로지 방아 돌리는 일만 생각하고 또 생각하는 것 말고는 말이다. 자주 드나들던 친구나 손님, 좋은 이웃이 이제 오지 않는다면 어쩌겠니? 그리고 원래 난 법률상 술 파는 사람이라기보다는 방앗간 주인이야. 그러니 물레방아 바퀴를 돌릴 수 있는 한 신에게 불공정에 대해 항의할 정당한 이유도 없는 거지. 하지만 사람들이 방앗간에서 내게 입을 삐죽 내밀면서 이렇게 말한다면, 그럼 어떻게 되는 거냐? '피스터 아저씨, 우리가 아저씨 좋아하는 거 다 아시죠? 하지만 이걸 참아낼 수 있는 사람은 아무도 없을 거예요. 향기가 너무 독해요!'"

"직원들이 다 사표 냈어요?"

"잠제만 빼고. 나도 놀라서 아무 말도 못하고 그를 바라보게 되더구나. 멍청해서 그런 건지 아니면 정 때문에 그런 건지 생각하느라 머리가 다 아플 지경이야. 그래, 잠제만 빼고 직원 모두 코와 폐의 힘을 헤아려보더니 크리스마스와 연초까지는 버틸 수 있다는 결론에 이르렀어. 하지만 부활절에는 힘이 완전히 다 소진될 거라더라. 직원 모두 부활절에 피스터 방앗간을 떠나겠대!"

"젠장! 나쁜 놈들 같으니라고!"

"아들아, 욕하지 마라." 늙은 아버지는 고개를 흔들면서 우울한 목소리로 말했다. "네가 방앗간에 다녀간 지 이 주가 됐어. 지난번에 와 있을 때 이미 충분히 욕했잖아."

"그러니까 냄새가 그때보다 더 심해졌어요?"

아버지는 의자에서 일어나 두 발을 넓게 벌리더니 옆구리에 두 손을 짚고 섰다. 그는 여섯 번이나 크게 숨을 내쉬더니 있는 힘을 다해 주먹으로 내 책상을 내리쳤다. 그러자 방 안에 있는 것들이 전부 다 진동했다. 그는 화가 나서 가쁜 숨을 몰아쉬며 말했다.

"만약 나 자신이 크리스마스이브까지 견뎌낸다면 사탄이 날 맘껏 두들겨패도 좋아! 그래도 그들이 날 따르니까 좀더 있을 수도 있겠지. 하지만 그런 상태에서 무슨 일인들 할 수 있겠니?…… 냄새가 더 심해졌느냐고?…… 책을 쓴다면 여러 권 쓸 수 있을 정도야. 만약 내가 책을 쓸 수 있다면 쓰고말고! 오랫동안 사귄 가장 친한 벗들과 정말 오래된 일급 단골손님들조차 학식이 있든 없든 지난달 중순부터는 그저 울타리 너머나 정원 문으로 들여다보는 게 전부야. 아니면 고작해야 식당 창문을 두드리면서 이렇게 말하더구나. '아무리 원하신다 한들 오래 버티지는 못할 거예요, 피스터 아버지. 도펠몹스나 카르디날이나 파리 누메로 2 같은 술로도, 하바나나 바리나스나 그 밖의 어떤 담배로도 우리의 코와 파이프에서 그 냄새를 제거하진 못할 거예요. 이 악취는 뭐든지 다 죽게 만든다고요! 피스터, 만약 우리가 참아낼 수만 있다면 일요일에 아내를 데려오려고 할 거예요. 가슴이 찢어질 것만 같아요. 친구여, 우리가 당신께 가자고 제안하자마자 아내들은 고마워해요. 그런데 보통 태생적으로 세상의 그 어떤 나쁜 냄새도 잘 견뎌낼 수 있는 우리 부인네들도 당신 집에 와 반나절만 있어도, 피스터 아저씨, 정신을 잃을 지경이에요. 그래서 집으로 돌아가는 길에 마차를 태워달라고 부탁하게 되죠. 그리고 그다음 주 내내 불평불만만 늘어놓고요. 그러니 피스터, 우리가 결국 어쩔 수 없이 당신 집을 지나쳐 다른 술집에 가서 마신다고 해도 우리를 흉보지 마세요. 여기 공기가 다시 맑아지기 전까지만 그럴 테니까요. 하지만 정말 하루바삐 엄청난 노력을 기울여야만 할 거예요. 다른 경쟁 업소와 이 악취가 유감스럽게도 너무나 급격히 가장 좋은 가게를 망쳐놓고 있으니까요.'"

아버지는 다시 자리에 앉았다. 나는 가능한 한 다정하게 아버지의 튼튼하고 넓은 등을 토닥거리며 그를 진정시켰다. 하지만 그에게 위로가 될 만한 말을 찾아내기란 사실 쉽지 않았다. 나 자신도 피스터 방앗간과 그 주위에서 나는 지금의 그 냄새를 너무 잘 알고 있기 때문이었다. 그리고 방앗간 주인이나 직원, 손님 모두가 전적으로 옳다는 것도 알고 있었다. 꼭 참고 견뎌야 할 필요가 없는 사람에게는 참기 어려웠다.

"그래서 이제 엄청난 노력을 기울이기 위해 여기 온 거야." 아버지는 한숨을 내쉬듯 말했다. "대학생들은 어딜 가든 내게 영광이자 기쁨이긴 해. 하지만 그들이 온다 해도 언제나 그들 말마따나 피스터의 냄새에 대고 조금은 너무 심하게 펌프질을 하지. 이제 농부 중에서는 지불 능력이 가장 떨어지는 사람들만 찾아와. 그러니 더이상 스스로 해결할 수 없으면 박사에게 가야 해. 그래서 이제 나도 박사를 찾아나서려던 참이다, 에버트."

"박사라고요?" 나는 조금 의아해하며 물었다.

"그래! 그가 다시 여기로 돌아왔대. 만약 누군가 세상의 그 어떤 악취도 두려워하지 않는다면 그건 바로 박사야. 그는 무엇이 내 시냇물과 물레방아와 삶에 대한 흥미를 이렇게도 엉망진창이 되게 망쳐놓고 부숴놓았는지 알아낼 때까지 이층에 있는 자기 방에서 묵게 될 거야. 사람 사이의 사랑과 신뢰 그리고 윤택한 삶과 관련해서 그가 시내에서 잃게 될 건 여전히 그렇게 많지 않아. 하지만 사랑과 신뢰 그리고 윤택한 삶 전부를 그 어느 때보다도 더 피스터 방앗간에서 찾게 해주겠어. 피스터 방앗간을 치유해주는 한에서 말이야. 내 최후의 위안처는 바로 그 사람이야! 내가 누구에게 나의 분노를 알려야 하는지, 이 페스트처럼 지독한 일을 해결하기 위해 변호사를 고용해서 누구를 공격해야 하는지를 그가 밝혀주어야 해! 내가 소송을 싫어한다는 건 너도 알지, 아들아. 하지만 우리에게 이런 짓을 해서 내 조상의 유산과 대대로 내려오는 가업과 삶에 이렇게 막대한 손해를 입히는 그 악당 녀석이 교수형에 처해질 때는 기쁠 거야. 나의 불쌍한 아들아, 만약 박사가 우리와 마찬가지로 그 냄새에 대해 아무것도 못하는 무능력자라면 내가 네게 물려줄 피스터 방앗간은 멋진 유산이 될 거야!"……

내 이야기는 그녀를 정말로 잠들게 만들었다.

그러니까 에미 말이다.

그녀는 내가 그녀를 특별히 즐겁게 해주지 않으면 내 '쓸모없는' 머리를 베어버리겠다는 맹세는 하지 않았다. 하지만 그런 내 머리를 취하겠노라고 나와 굳게 약속했다. 그리고 나는 셰에라자드처럼 최선을 다했다. 샤리아르는 달콤한 잠에 빠져들었고 자면서 어린아이 같은 미소를 지었다.[36]

베를린에서는 아직 잠들기 이른 시간이었다. 하지만 우리 마을 인근에 있는 교회 시계가 벌써 열시를 알렸다. 마을에서는 지방도로변에 있는 농장의 개 몇 마리 말고는 아무도 깨어 있지 않은 것 같았다. 개들은 뒤늦은 마차 소리나 시내를 향해 서둘러 가는 몇몇 발걸음에 대해 울타리 너머로 자신들의 생각을 나누었다.

나 또한 미소를 지었다. 중국 국경에 이르기까지 크고 작은 섬을 소유하고 있는 인도를 무한한 권력으로 지배하는 나의 지배자[37]를 유념해서라기보다는 유심히 살피면서. 그리고 영원한 나의 연인과 피스터 방앗간을 가능한 동안만이라도 관찰하면서. 나의 이야기에 사랑스럽고도 충실하게 귀 기울인 내 아내, 순진무구한 깊은 잠에 빠져든 아내는 얼마나 매혹적인지! 예쁜 어깨와 안락의자 위로 흘러내린 금발 머릿결을 바라보면서 결혼식 때처럼 그 머릿결 중 하나를 살짝 잡아서 몰래 입맞춤하는 것 외에 달리 무슨 일을 할 수 있을까? 결혼 전 우리의 가장 기이한 체험과 선천적 후천적 관찰에 대해 이야기하는 중에 잠에 빠져들었다 한들, 모든 면에서 아내가 옳지 않다면 무엇 때문에 결혼을 하느냔 말이다?!

"내가 잠깐 눈을 감고 있다고 해서 자기 이야기를 안 듣는다고 생각하지는 말아요." 아내는 몇 번이나 말했다. "계속 이야기해줘요. 그런데 사실 돌아가신 아버님을 잘 이해할 수가 없어요. 우리가 여기 자기의 마법에 걸린 방앗간에 온 지 벌써 열나흘이나 되었어요. 하지만 아버님이 방금 자기에게 묘사한 것처럼 그렇게 심하진 않아요. 어쩌면 내가 베를린 밖으로 나온 적이 매우 드물거나 거의 없었기 때문에 착각하는 건지도 몰라요. 하지만 주변 나무와 저편의 초원, 건초에서 좋은 냄새가 나는걸요. 그리고 천둥번개를 동반한 소나기가 다시 오지만 않는다면 저기 뒤쪽의 번갯불도 아주 매혹적이에요. 자기들 학자들은 아직도 밝혀내지 못했지요. 왜 예쁜 동물과 벌레, 나비가 한결같이 등불을 켜기만 하면 달라붙어서 날개를 태우려고 하는지 말이에요. 그리고 자기에게 말하겠는데, 어제와 같은 그런 박쥐 사냥에는 두 번 다시 따라가지 않을 거예요. 난 온 몸이― 아직도― 떨려요. 그리고 자기― 정말 나빴어요."

나는 어제저녁에 내가 왜 정말 나빴는지 그 이유는 듣지 못했다. 나는 날개 달린 그 야행성동물이 어제 그렇게도 탐했다는 비단으로 된 예쁜 천조각을 그녀 손에서 살며시 빼내었다. 그녀는 그 천을 놓지 않으려고 했다. 나는 잠시 더 피스터 방앗간의 이층 열린 창가에 누워서 여름밤을 내다보았다. 아니 이건 맞는 말이 아니다. 정확히 말해서 나는 바깥 냄새를 맡았다. 그리고 순간적으로 에미의 말이 전적으로 옳다는 걸 인정해야만 했다. 그녀는 아까 내 이야기 속에서 피스터 방앗간의 마지막 주인이 절망한 이유를 이해할 수 없다고 했다.

아홉번째 종이
어떻게 아담 아셰 박사의 집에서는 훨씬 더 안 좋은 냄새가 났는지

 창문 앞 오래된 정원과 솨솨 소리를 내며 흐르는 강물, 초원과 들판 위에는 사랑스럽고 향기로운 여름밤이 깔려 있었다. 당연히 석탄 냄새에 대해서는 눈곱만큼도 염려할 필요가 없었다. 하지만 냄새는 존재했던 그 그림에 나를 붙잡아두기에 충분했다. 오늘 저녁 내 여자에게 그것에 대해 더는 보고하지 않는다 하더라도.
 마을과 시내에서 온 손님들, 방앗간 하인들, 물레방아 바퀴와 가련하고 명랑한 아버지가 당시에 더는 견뎌낼 수 없었던 것은 가을과 겨울에 나는 냄새였다. 이곳에 9월이 오면 언제나 물고기들도 견딜 수 없었다.
 9월이 되면, 그러니까 몇 해 전부터 초가을이 되면 우리 방앗간 물에 사는 물고기들이 생활조건의 변화에 대해 불만을 표출하는 현상이 시작됐다. 하지만 물고기들은 그저 아무 말 없이 하나씩 또는 떼를 지어 은빛 비늘로 덮인 배를 하늘로 향한 채 둥둥 떠내려갔기

에, 인간들은 이런 관찰을 통해서야 알 수 있었다. 그리고 낙엽이 지던 시기 토요일 오후에 시내에서 돌아와 방앗간에서 일요일을 보낼 때, 우울해하고 짜증을 내면서 회색빛 가는 머릿결 위로 하얀 방앗간 모자를 이리저리 움직여가며 방죽에 서 있던 아버지를 통해, 무엇보다도 돌아가신 불쌍한 아버지를 통해 알게 되었다.

"아들아, 이걸 좀 다시 봐라! 참 딱한 장면 아니니?"

그걸 바라보는 건 유쾌한 일이 아니었다. 나의 유년 시절과 청소년 시절 초창기에 모든 신선하고 청결한 것의 대명사로서 솨솨 소리 내며 흐르기도 하고 졸졸 흐르기도 하던 생기 있던 맑은 강이 이제 활기를 잃고 기어가는, 끈적끈적하며 푸르죽죽한 그 무엇이 되었던 것이다. 그건 이제 정말 누구도 생명과 청결의 상像으로 여길 수 없는 그 무엇이었다. 물이 닿는 강가의 덤불 줄기와 수면까지 늘어진 수양버들 가지에는 끈적끈적한 섬유질이 걸려 있었다. 무엇보다도 갈대의 모습이 보기 안 좋았다. 이런 면에서 많은 걸 참아낼 수 있는 오리들조차도 이 절기에는 언제나 아버지와 똑같은 감정에 젖어 있는 것처럼 보였다. 오리들은 구역질을 하면서 아버지 주위로 모여들었다. 그리고 아버지와 방앗간 물을 우울하게 쳐다보면서 나지막이 수다를 떨고, 아버지처럼 한숨을 내뱉는 듯했다.

"한 주 한 주가 갈수록 점점 심해지고 있어. 해마다 더 심해지는 건 말할 것도 없고!"

"저 우매한 짐승을 보아라, 에버트." 아버지가 말했다. "저 짐승도 나처럼 우리 하나님께 똑같은 질문을 던지고 있어. 신께서 직접 땅속에서 물로 실험하시는 거라면 뭐라고 반대하지 말고 그냥 보고 있어야지. 그렇다면 어떤 점에서 그게 우리에게 좋은지 아시게 될 테니까. 하지만…… 만약에 저기 위의 저들이 아무 쓸데없는 장난질을 쳐서 그의, 나의, 우리의 물을 오염시키는 거라면, 그땐 나를 위해서는 아닐지라도 자신의 죄 없는 피조물을 위해 결국에는 신께서 천둥으로 내리치실 거야. 저기 봐, 또 농어들이 떠내려오고 있어. 죽어서 배를 위로 향한 채 말이다. 이제 냇물에서 뱀장어 잡는 게 점점 더 기이하거나 아주 예외적인 일이 될 거야. 결국에는 뱀장어들이 곤궁을 피하느라 높은 나무까지도 다 올라가게 될 거야. 그리고 작은부리울새와 박새가 겨울철에 그러는 것처럼 언젠가는 농어도 거실 창문을 두드리며 들여보내달라고 간청하는 일도 겪게 될 걸. 제기랄, 따뜻한 난로를 갖고 있으면서도 다른 피조물과 자기 자신에 대한 동정심마저 점점 차갑게 식도록 내버려두고픈 마음만 들지 않으면 좋으련만!"……

"오, 나 다 들었어요." 에미가 말했다. "그냥 계속 이야기해요. 다 듣고 있으니까. 이건 불쌍한 우리 아빠한테서 물려받은 거예요. 엄마의 이야기가 아빠한테 아주 재미있을 때에요. 아빠는 소파 모퉁이에 앉아 있었고, 엄마는 방금 자기처럼 이렇게 말했지요. '여보, 내가 이 이야기를 왜 하는 거죠?'—아빠는 눈 감고 생각에 잠겨 있었지만 엄마가 무슨 이야기를 했는지 거의 다 알았어요. 그러니 사랑하는 에버트, 자기도 내게 물어보기만 하면 모든 걸 손꼽아가면서 다 이야기할 수 있어요. 자기와 피스터 방앗간의 물고기들에 대해…… 아니 피스터 방앗간과 자기 아빠에 대해, 오리들과 다른 모든 것에 대해, 대학생들과 시내에서 온 손님들에 대해. 그리고 프랑스와의 전쟁과 전반적인 도약[38] 이래로 가을이 되면 언제나 고약한 냄새가 난 것도요. 그리고 방금 사람들이 이렇게 말했어요. '눈이 올 것 같아!' 그리고 자기는 학창 시절의 하숙방 창가에 앉아서 무언가를 기다리고 있었어요. 그때 자기 아빠가 시내에 왔어요. 그리고 자기들은 다시 그 끔찍한 냄새에 대해 이야기를 나누었고요. 냄새를 맡고 있으면 기분이 점점 더 안 좋아진다고. 봤죠? 나는 모든 걸 매우 정확하게 알아요. 그리고 마지막에 자기들은 극도의 절망감에 빠져서 아세 박사를 찾아 나서려던 참이었어요. 사실 이건 자기가 내게 요구할 수 있는 것보다 더 많은 거예요. 아직 박사의 이름은 조금도 내비치지 않았으니까요. 하지만 나는 누굴 말하는 건지 금방 알아챘어요."

"당신 제법인데!" 나는 조금 놀라서 더듬거리면서 말했다. 우리 주 하나님께서 당신의 피조물들에게 꿈을 통해 얼마나 많은 것을 주실 수 있는지에 대해 어느 정도는 의심하면서. 하지만 이 사랑스러운 영혼이 어디서 그것을 알았는지는 아무래도 상관없다. 그녀 자신의 표현에 따르면, 그녀는 교육을 잘 받았고 자정이 넘도록 두 눈이 초롱초롱했으며 졸지 않고 주의해서 듣고 있었다.

다행히도 질투할 이유는 전혀 없었다. 하지만 다행히도 내 주위의 남자 중에 내가 아는 사람이든 모르는 사람이든 아내가 A. A. 아세 박사처럼 예외적으로 관심 있는 사람은 나 말고는 아무도 없었다. 철학자이자 베를린의 대공장주인 아세처럼 그녀와 좋은 친구 사이인 사람은 아무도 없었던 것이다.

"그래, 모자를 쓰렴." 아버지가 말했다. "같이 가서 듣자꾸나. 그의 생각이 어떤지. 너희의 크리스마스방학과 피스터 방앗간과 관련한 나의 제안에 대해 그가 동의할지 어떨지. 네가 증인이 되어준다면 나는 정말 좋지. 언젠가 세상의 법정에서 위급한 상황에 처했을 때, 내가 최선을 다했다는 걸 증명해줄 수 있는 증인으로 삼을 수 있다면. 네 조상의 오랜 유산이 손상되어 소돔과 고모라처럼 유황과 역청보다 더 나쁜 것으로 변하고, 사해보다 더 불명예스러운 것으로 변하는 걸 막기 위해서 말이야. 돌아가신 네 어머니는 내가 아는 한 벌써 오래전에 소금 기둥으로 변했을 거야.[39] 이런 점에서는 이 일을 경험하지 않아도 되어 다행이야. 아 이런, 오늘의 피스터 방앗간과 죽은 네 어머니를 생각하면!"

나는 돌아가신 어머니를 잘 모른다. 아버지와 크리스티네가 어머니에 대해 말해준 것과 늘 이야기하는 것을 통해서 어머니를 알고 있을 뿐이다. 사실 나는 어머니와 '오늘의' 피스터 방앗간이 더는 어울리지 않는다는 것을 진작 알고 있었다. 그리고 그녀, 젊고 예쁘고 순수한, 최상의 공기에 익숙했던 사랑스러운 어머니가 예술활동과 영리활동이 최고 전성기에 달한 이 지상에서 일찍 떠남으로써 많은 분노와 고통을 겪지 않게 되었음을 이미 알고 있었다.

나는 모자를 쓰고 전에는 그렇게도 명랑했던 늙은 아버지의 팔을 잡아드렸다. 아버지는 삶에 대해 견지했던 흥미와 만족감을 계속해서 견지하는 한에서는 나를 조심스럽게, 최고로 잘 이해할 수 있도록 이끌어주셨다. 오늘 저녁 우리 두 사람의 친구인 아담 아세를 찾아가던 중 가파른 계단을 오르면서 처음으로 내게 어떤 확신이 엄습했다. 조만간 또는 좀더 후에 이제는 내가 애정을 갖고 조심스럽게 아버지의 발걸음을 도와드려야만 한다는 확신이. 아버지가 방금 어머니에 대해 언급함으로써 불러온 그 밝고 사랑스러운 그림이 우리 앞에서 다정한 모습으로, 조용히 웃으면서 이끌어주고 있다는 것이 적지 않은 위로가 되었다.

창문 바깥으로 천둥번개를 동반한 소나기가 내다보이는 것처럼 그렇게 좋지만은 않은 지 이미 오래다. 바람이 세차게 불어서 '우리의 친구'에게 가는 길에 빈번히 아버지를 잡지 않은 다른 쪽 손으로 모자를 붙들어야만 했다.

이미 말한 것처럼 그는 이 지방에 오면, 그러니까 자신의 고향 도시에 거주할 때면 자주 이사를 다녔다. 이번에는 좀 외딴 외곽도시에 자신의 거처를 마련했다. 그러는 데에는 늘 그렇듯이 이유가 있기는 했다. 그리고 나는, 학생들의 말투를 사용하자면, 이 지역과 그 주변 지역을 당연히 내 가방 속처럼 훤히 꿰뚫고 있었지만, 정원 울타리와 담벼락, 정자와 신축건물 사이를 오로지 희미한 가로등 불빛만이 듬성듬성 비추는 저녁 어스름 속에서 가던 길을 몇 번이나 멈추고 맞게 찾아가고 있는지 확인해야만 했다.

낙숫물이 떨어지는 두 개의 울타리 사이로 난 오솔길을 걸어가니 끄트머리 주거지역에 다다랐다. 삼층으로 된 초라한 집이 보였고, 지금까지는 이 집이 시내의 끝자락이었고 집 뒤로는 들판이 펼쳐져 있었다. 하지만 층마다 여기저기 밝혀 있는 등불은 이 집도 꼭대기 층까지 사람들로 들어찼다는 것을 알려주었다. 그리고 집 주위에 널려 있고 걸려 있고 세워져 있는 많은 것은, 이곳에 주거를 정한 사람들이 일반적인 의미에서의 높은 귀족계급은 아니라는 것을 말해주었다.

나는 광주리 가득 감자 껍질을 담고 실내복 차림으로 마당을 가로지르던 어린 여자애에게 아세 박사가 집에 있는지 물어보았다. 그러자 그녀는 엄지손가락으로 어깨 너머를 가리키면서 특이한 대답을 들려주었다.

"세탁실에 있어요."

"아가씨, 어디라고?" 아버지는 나와 마찬가지로 당황해하며 물었다. 그런데 울타리를 친 집 저쪽 편에서 가축들이 조급하게 꿀꿀거리고 헐떡거리는 소리가 들리자 그것에 너무나 주의를 기울인 나머지 그 아가씨는 우리에게 더이상 예의를 갖출 수가 없었다. 광주리를 인 외곽도시의 그 아가씨는 그녀의 산 제물이 있는 우리 쪽으로 걸어갔다. 그리고 우리는, 우리는 불빛과 연기가 새어나오는 반쯤 열려 있는 현관문 쪽으로 향했다. 그 불빛이나 연기는 아마도 이 집의 세탁실과 관련이 있을 것이다.

"아이고 이런, 설마 그가 ─ 내일이 일요일이긴 하지만, 그렇다고 지금 이 시간에 직접 셔츠를 빨고 있는 건 아니겠지?" 아버지가 더듬거리며 말했다. 그리고 나는 ― 나는 이렇게 대답할 수밖에 없었다.

"바로 알아볼게요!"

나는 알려준 헛간 문을 발로 활짝 열어젖혔다. 뿜어져나온 연기가 우리를 둘러쌌다. 그리고……

"아뿔싸!" 피스터 방앗간의 주인과 그 아들은 둘 다 기침을 하고 반사적으로 숨을 몰아쉬었다. 우리를 깜짝 놀라게 한 그 증기는 무해한 초록색 비누나 잿물과는 다른 그 무엇에서 생겨난 것 같았다. 인간의 폐가 어떻게 이걸 견딜 수 있을까, 하는 의문을 우리는 한참이 지난 뒤에야 비로소 제기할 수 있었다.

반면에 온갖 냄새로 뒤섞인 끔찍한 연기 속에서 익숙한 목소리가 우리를 맞이했다.

"그만, 밖에 소나기 올 때는 공기가 너무 많이 들어오지 않게 해줘! 문 좀 닫아줄래? 올가, 너니? 그럼 이건 말해야겠다. 그동안 진정 학문적인 실험을 하면서 이런 속치마는 한 번도 본 적이 없어."

"올가가 아닐세. 아세 박사, 우리일세." 아버지가 콜록거리며 말했다. "제발 부탁하건대……"

그러자 아궁이와 빨래 냄비에서 솟아오르는 소름 끼치는 연기로부터 마치 중세 연금술사의 머리 같은 검은색 더벅머리가 솟아올랐다. 우리의 고약한 냄새를 마지막으로 위로하는 자의. 그리고 A. A. 아세 박사는 소매를 걷어올리고, 결코 두 벌은 없을 그런 잠옷을 입은 채로 태연하게 말했다.

"피스터 아버지세요? 그리고 아들도? 자, 그렇다면 들어오세요. 그리고 괜찮으시다면 문 좀 닫아주시겠어요?"

"제기랄!" 피스터 방앗간의 늙은 주인은 탄식했다. "하지만 아세―박사―박사님……"

아셰 박사는 우리가 자유롭게 호흡할 수 있기를 바라는 만큼 그렇게 신속하게 하던 일을 멈추지는 않았다.

그는 기다란 나무주걱으로 자기 앞에 있는 냄비 속을 저었다. 한참을 저으면서 무언가를 찾는 바람에 연기와 냄새가 훨씬 더 많이 피어올랐다. 그러다 괴상하게 생긴 어떤 것을 끌어올리더니 펄펄 끓는 그 추한 것을 단련된 저울과도 같은 학자의 손으로 움켜쥐었다. 그러고는 그것을 들자 악취 나는 그 삶은 것에서 물이 뚝뚝 떨어졌다. 그는 방금 수호신이 부과한 영원한 명성과 불멸의 이름이라는 짐에 겸손하게 웅하는 듯한 마음으로 이렇게 말했다.

"여러분, 여러분은 마침 한 위대한 순간에 오셨습니다! 이 순간 정말 이렇게 말해도 된다고 생각합니다. 자, 조용히 들어오세요!…… 피스터 아버지, 코를 막으세요. 하지만 부디 이 신비한 일을 방해하지는 마세요. 그리고 애야— 그러니까 에버하르트 피스터, 나의 제자이자 친구여, 들어오너라. 자이스의 행복한 젊은이여.[40] 나 때문에 얼굴이 창백해질지언정 정신은 잃지 마라. ……나는 상관없으니 구토일랑 내일 더 해, 원하는 만큼 얼마든지. 하지만 지금은 소름 돋는 존경심을 갖고 무릎을 꿇어라. 19세기의 삼 분의 이가 지난 지금에는 이런 식으로 진리에 도달한단다!"……

어쨌든 그는 아궁이를 돌아 내 쪽으로 두 걸음 다가오더니, 물이 뚝뚝 떨어지는 그 흉측하게 생긴 걸레, 이지스의 베일 조각을 내 코 밑에 들이대고 웃으면서 말했다.

"아들아, 네가 생각하는 것보다 더 무거워
이 얇은 베일이 네 손에는 가볍겠지만,
내 지갑에는 엄청나게 무거워.[41]

그러니까 여러분, 내 말은, 이 공간을 지배하는 대기 중에서 이게 결코 쉬운 일이 아니라고 계속 언급해서는 안 된다는 겁니다. 사원을 나와 자연 속으로 달려가는 게 아니라 다시는 못 찾게 되는 위험을 무릅쓰고서라도 현자의 돌[42]을 계속해서 찾는 것 말입니다."

오래전부터 자신의 방앗간에서 이미 온갖 괴상한 대기에 익숙해 있었던 아버지도 호흡곤란을 느끼는 통에 해야 할 질문을 하지 못했다. 기침을 하면서 내가 말했다.

"부탁하건대 제발, 아셰!"— 하지만 아셰 박사는 곧장은 멈추지 않았다.

이제 그는 그 신비로운 천조각을 두 주먹으로 쥐었다. 그러더니 두 무릎 사이에 넣고 짰다―땀을 뻘뻘 흘리면서. 그는 그것을 펼쳤고 희미한 석유난로 불꽃에 갖다 대보았다. 그러다 화를 내며 한 번 더 둥글게 말았고 다시 그것과 씨름했다. 자기 자신에 대해 생각하면서, 자신에 대해 놀라워하면서 세상에 존재한 이래로 인간이 늙은 뱀[43]과 선천적이고 후천적인 이상과 현실 세상의 비밀과 다투곤 했던 것처럼. 하지만 그는 인간이 언제나 그렇듯 이번에도 인간성의 한계[44]까지만 다다랐다. 그가 그것을 세번째로 넓게 펼치고 다시 둘둘 말은 후에는 物物을, 물 자체[45]를 붙잡았다. 그러니까 그는 그것을 이제 겨드랑이 사이에 끼더니 우리에게 자신의 거친, 지금은 조금 더러운 오른손을 내밀었다. 그리고 말했다. "여러분, 이제 다 끝났습니다! 이제 이 실험실을 시시한 일상의 필요에 넘겨주어야만 합니다. 저녁에 다른 사람들이 집에서 빨래를 하려고 하거든요. 학문적으로 건조시키는 일은 이보다 사랑스러운 제 난로에서 하겠습니다. 올가!…… 폴레 미망인!…… 스틴헨!…… 뵈르스틀링 부인!…… 마리 양— 이제 다 끝났어요. 발톱을 위로 하고 활기차게 머리를 잡아당겨요! 피스터 아버지, 가실까요?"

우리는 기꺼이 따라갔다. 이 외곽도시 임대주택의 세탁실 문으로 벌써 사람들이 몰려들었기 때문이다. 흥분하고 신경질이 난, 화가 나고 독기를 품은 여인의 무리가. 그들을 뚫고 나오면서 들은 바로는, 그들은 선천적으로 풍부하리만치 많은 일을 갖고 태어난 그 영역에서 그 더러운 짓이 끝나기만을 점심때부터 기다리고 있었다. 그리고 당연히 아직 다 자라지 않은 후손들 무리도 끼어 있었다. 그들 중 일부는 적대적인 표정을 하고, 일부는 호의적인 표정을 하고 마당을 지나 우리 뒤를 따라왔다. 그리고 집 안 계단에서도 우리 곁을 떠나려 들지 않았다.

"젠장." 아버지가 내 팔을 더 꽉 붙들면서 신음하듯 말했다. "카리브 해 어떤 섬에 버려지더라도 이보다는 낫겠어. 저 애들한테 던져줄 만한 게 하나도 없는 겐가? 여기, 내 지팡이 좀 받아라, 에버트. 아무래도 잔돈을 좀 줘서 우리를 구출해야겠다! 맹세컨대 경찰을 대동하지 않고는 두 번 다시 여기에 오지 않겠어. 이건 정말 공산주의식 경제체제군, 아세. 박사, 자네가 그 중심에 있고, 내 보기에 자네는 아주 자네식대로 하는군? 이해할 수가 없다고!"

"제 실험실이에요, 피스터 아버지." A. A. 아세 박사가 웃으면서 말했다. "다른 데서는 전부 두 번쯤 실험하고 나면 임대계약을 해약하겠다고 통고해왔어요. 학문이 산업과 결합할 때 좋은 냄새를 만들어내지 못하는 게 마치 제 탓인 양 말예요. 하지만 우리는 금방 위에 있게 될 거예요. 한 가지 이상의 의미에서. 얘야, 돈은 최고조로 궁하고 냉장고는 텅 비었을 때 사람들이 시라쿠사[46]에게 뭐라고 말했지? 아마 이렇게 말했을걸? '내가 서 있는 곳을 내게 다오. 그러면 바로 앉을게.' ······나도 이제 그 말을 하려는 거야. ······내가 여기에 서 있어. 그리고 실제로 이곳에서 지렛대로 세상을 들어올리기를 원해.[47] 모든 삼부카[48] 연주자와 환전상의 탄식 속에서도 배

불리 먹고, 그래, 잘 먹고 편안한 죽음을 맞이하며 지상에서 굳건한 자리를 차지하기를 원해. 그리고 피스터 아버지, 제게 베풀어주신 모든 것에 대해 특별히 저의 지하창고와 식료품 저장고 열쇠로 감동적으로 보답할 수 있기를 원해요."

우리는 이제 그러니까 그의 기이한 거주지에 서 있었다. 외트펠트의 슐렌 골목 1번지에. 여기서도 일층은 아니었다. 하지만 방은 제법 넓었다. 그는 지금 그곳에서 더 나은 내일을 기약하면서 자신과 자신의 기이한 학문적 산업적 연구 및 수고 속에서 살고 있었다. 아버지는 한 번 더 또다른 안 좋은 공기 속으로 들어갔다. 그는 다시 코를 쥐어막았고 숨이 차 헐떡거렸다.

과열되어 빨갛게 달아오른 원통형의 무쇠난로의 구조는 최악이었고, 사방에 걸려 있는 이음줄과 빨랫줄에 둘러싸여 있었다. 그런데 빨랫줄과 밧줄에 널려 있는 빨래들은 그 어떤 정확한 묘사도 허락하지 않았다. 이 건물에 사는 모든 가족이 자기네 옷 하나씩을 제공한 것처럼 보였다는 것과 아담 아셰 박사가 방금 올가의 옷을 그곳에 널었다는 것만 보고할 필요가 있다. 그리고 이로써 충분히 말했다고 해도 될 것 같다.

"여러분, 이제 앉으세요." 박사는 매우 만족스런 표정으로 말했다. 그는 친절을 베풀려는 마음으로 두 손을 비비면서 빨랫줄 사이를, 못 입게 된 남성복과 여성복 천조각 사이를, 가재도구 사이를 돌아다니며 앉을 만한 자리를 찾느라 모습이 보였다 안 보였다 했다. "피스터 아버지, 정말 매력적이신데요. 마치 피스터 방앗간에서 한바탕 눈이 몰아친 다음 모두 모여 펀치술[49]을 마시던 그런 저녁 같아요! 여러분, 잠깐만요. 뜨거운 물은 언제나 있습니다! 내 도형을 망가뜨리지 말아요.[50] 그러니까 에버트, 인간적인 허영과 궁핍의 가리개를 줄에서 걷어내지 말고 조심스럽게 손으로 움직여서 잡

아. 담배 상자는 바로 네 뒤 장 위에 있어. 피스터 아버지……"

"아담, 이젠 정말 말해야겠네. 여기 문 앞에서 당장 말이야." 아버지가 말했다. 그것도 평소와는 다른 극도로 절제된 목소리와 말투로. "아담, 바로 이것과 제법 같은 냄새 때문에 중늙은이인 내가 허약한 다리를 이끌고 이런 날, 이런 계절에 힘들게 자네에게 왔는데, 여기 자네 집의 이런 파렴치한 냄새 속에서 흥겹게 술판이나 벌이러 온 거라고, 그렇게 생각하는 건 아니겠지? 아들아, 모자 써라. 이런 건 집에도 있어. 당장 가자꾸나. 내가 보기에는 다르지가 않아. 다를 수가 없나보구나. 이제는 세상이 악취와 배은망덕으로 망하려나보다. 그런데 우리 피스터 방앗간의 피스터들은 이걸 바꿀 수가 없구나. 나를 최대한 온전하게 블라우에 보크 여인숙으로 다시 데려가다오. 잠제가 금방 다시 짐을 꾸릴 거야. 이제 집에 가자. 네 아버지가 바꿀 수 없는 일에 순응한 게 아마도 이번이 마지막은 아닐 게다, 에버트."

"어라? 잠깐만요! 오 분만 더 기다리세요!" 박사가 외쳤다. "도대체 무슨 일이세요, 피스터 아버지? 몹시 비극적으로 들리는데요. 대체 무슨 일이니, 에버하르트?…… 혹시 여러분께서 나, A. A. 아셰 박사가 조금 전에 타고난 성격 때문에 진심으로 원해서 촐싹거렸다고, 여기서 율리히 광장[51] 맞은편에 있는 쾰른 수도원의 수녀들처럼 향수에 푹 빠져 헤엄치고 있다고, 기쁜 마음으로 이 냄새를 맡고 있다고, 그렇게 생각하신다면 그건 잘못 생각하신 거예요. 학자도, 화학자도 결국에는 코와 폐를 가진 인간입니다! 자신이 학문적으로 노력한 정상에서 이따금 기절하는 것이 멋지긴 하지만 아주 유쾌한 건 아니에요. 그런데 여러분, 이제 편히 쉴 시간이잖아요. 내가 두 분과 함께 블라우에 보크 여인숙에 가는 게 제일 좋을 것 같아요. 거기서 더 나은 공기를 마시며, 피스터 아버지, 무슨 일로 저의 보잘것없는 조언을 들으려고 하셨는지 한번 들어보지요."

"적어도 그 말은 들어줄 만하군." 아버지가 말했다. "이성적인 말이기도 하고, 아담. 자네를 데려가겠네. 자네가 여기 안에서 씻고 옷을 갈아입는 동안 저기 밖에 계단에서 에버트하고 기다리겠네. 이 늙은이는 이미 수렁에 깊숙이 빠진 상태니 너무 섭섭하게 생각하진 말게!"

"천만에요!" 박사가 웃으면서 말했다. 오 분 후 우리는 블라우에 보크 여인숙으로 갔다. 몰락해가는 피스터 방앗간 때문에 얼마나 많은 짜증과 역정을, 그리고 유감스럽게도 가슴을 쥐어뜯는 고통을 아버지 피스터는 더 감수해야만 할까. 그런 와중에 그의 양쪽에 누군가가 있었다는 것이 적어도 내게는 위안이 된다. 그들은 나쁜 세상을 걷는 그의 마지막 발걸음을 더 편안하게 해주려고 효성이 지극한 아들들이 그러는 것처럼 육체와 영혼을 내어주려고까지 했다. 그는 살아생전에 몇 번 더 옛 방식대로 유쾌한 불평을 하고 호탕하게 웃기도 했다.

그 그림들 다 어디 갔지?

열번째 종이
블라우에 보크 여인숙 그리고 슐렌 골목에서의 아담과 이브의 날[52]

나는 에미를 블라우에 보크 여인숙에는 데려가지 않았다. 대신 우리는 마침내 고요한 방앗간에서 잠자리에 들었다. 최고의 양심을 지닌 순진무구한 아내는 이내 잠이 들었다. 그리고 그녀의 좋은 친구 아담 아세 박사의 진기한 빨래 꿈을 꾸는 것 같더니 딱 한 번 반대편으로 몸을 돌려 누웠다.

하지만 나는, 아내와 마찬가지로 '밤과 베개에 둘러싸여' 있었지만 기억 속에서는 좀더 블라우에 보크 여인숙에 머물러 있었다. 돌아가신 아버지와 친구 그리고 충실한 하인 잠제와 함께 널리 알려진 역참驛站의 이름난 식당에 앉아 있었다. 그리고 옛 그림들을 새롭게 채색했다.

늙은 신사는 으레 그렇듯 우리 허기진 젊은이들에게 밥을 사주었다. 잠제는 밥만 먹는 게 아니라 대화에도 끼어들었다. 그 일과 관련하여 대단한 열망을 보여주었을 뿐만 아니라 여러 번 이성적인 말로 개입하기도 했다. 박사는 악취가 나는 자신의 아우기아스 외양간[53] 연구에 대해서는, 이 일과 연관 있어 보이는 자신의 견해와 전망, 계획, 희망에 대해서는 별로 말하지 않았다. 그저 베를린의 사기![54]라고 중얼거릴 뿐이었다. 그리고 보통 때와는 달리 나마저도 조심스럽게 대했다. 하지만 그의 옛 후원자의 말에는 귀를 기울였다. 나이프와 포크로 음식을 먹으면서 아버지가 자신의 곤경과 근심을 해소할 수 있을 만큼 자세하게 말할 수 있게 해주었다.

"진작 고기 냄새를 맡았지!" 아세 그가 기름진 송아지의 콩팥 요리를 포크로 찍어 들면서 한숨 쉬듯 말했다. 도대체 무슨 종류의 '고기 냄새'를 말하는 건지는 분명하지 않았다. 그 말은 앞으로도 계속해서 때때로 사람 코와의 연관 속에서 비유적으로 받아들여지리라.

"내 말 듣고 있는 거지, 아담?"

"속속들이 다 이해하고 있어요, 존경하는 후원자님. 처음부터 끝까지 다 속속들이!" 대답이 나왔다. "계속하세요, 피스터 아버지. 그것은 지금 이 순간 세상에 있는 것 중 식욕을 떨어뜨리는 것에 속해요. 거기 후추 좀 줄래, 피스터 방앗간의 아들이자 상속자? 바라건대 네가 고전 지리학 시간에 배웠기를. 바로 스틱스 강이 아르카디아를 굽이굽이 돌아 흐른다는 것[55]과 19세기에 사랑스러운 시냇가에 정원과 방앗간을 가진 사람은 누구든 이렇게저렇게 일어날 놀라운 일에 대비하고 있어야 한다는 것을. 전에 우리의 뒤채 골방에서 네가 그런 것에 주의하도록 가르치지 못한 게 정말 유감이군! 피스터 아버지, 아버지는 그곳에서 손님들을 정말 환대하셨어요. 그러니까 아르카디아에서 말이에요. 그리고 판[56]을 숭배하셨지요. 그곳은 시와 상상력 속에서는 계속해서 낙원으로 머물러 있을 겁니다. 피스터의 방앗간이 제게 그런 것처럼 말예요! 흉악한 현실에서는 어떻게 되든지 간에요. 제가 아버지 말씀을 잘 듣고 있느냐고요? 전 아버지 영혼 속에 들어가 앉아 있다고요! 아버지가 천진난만한 명랑함과 익숙하고 사랑스러운 방식으로 손님들 위에서 높이 코를 들고 다니실 때, 이미 전 아버지와 우리의 오래된 좋은 방앗간의 운명을 예감하고 있었습니다. 자, 다른 건 크리스마스에 이야기할게요. 아버지의 마음에 들도록 학문적으로요. 우선 한마디만 하면, 크리커로데 공장이에요!"

크리커로데!

그것은 단지 한마디 말에 불과했다. 하지만 그 말은 이따금 한마디의 말이 큰 힘을 발휘하곤 하는 것처럼 그렇게 작용했다. 그 말은 그런 결과를 낳았다. 아버지는 탁자를 내리치면서 벌떡 일어났다. 잔과 대접, 접시 위로 몸을 기울여서 나를 붙들더니 내 양 어깨를 붙잡고 흔들어댔다. 그러고는 외쳤다.

"내 생각이 맞았어!…… 잠 못 이루는 밤에, 깨어 있던 대낮에 하던 생각이!…… 아들아, 내가 뭐라고 말했지? 진작부터 네게 뭐라고 말했는지 박사에게 증언해다오!"

"설탕이 우리의 삶을 달콤하게 해주는 것 말고 뭘 더 해줄 수 있겠어요, 피스터 아버지?" 아세 박사가 기분 좋게 배부른 사람의 음산한 목소리로 말했다. "그게 세상의 축축한 공기 중에 너무 많으면 때때로 당연히 안 좋을 수 있지요. 거의 그랬듯이 이 점에서도 아버지 말에 전적으로 동의합니다, 노신사이자 후원자님."

"그러니까— 크리커로데란 말이지!" 아버지는 중얼거렸다. 그만 맥이 풀려 기진맥진한 상태로 의자에 앉으면서, 정신이 나간 듯이 (자신의 흐르는 강물과 물레방앗간에 있는 듯) 이 사람 저 사람을 바라보면서. "돌아가신 어머니께서 내게 시럽이 든 냄비를 들려 시내에 보내실 때면 상인들이 돈을 너무 조금 주어서 놀라곤 했는데,

천진난만하던 어린 시절 누가 내게 그것을 말해줬더라면!…… 그러니까 크리커로데란 말이지!……"

"설탕이 너무 많아요. 설탕이 너무 많아요. 우리가 살아가야 할 세상에 설탕이 너무너무 많아요!" 아셰가 한숨 쉬듯 말했다.

"사탕무에서 뽑아낸 설탕이." 정직하고 커다란 손을 힘없이 탁자에 내려놓으면서 아버지가 말했다. 아담 아셰는 이제 정말 진정으로 연민을 드러내며 말했다.

"이런 상황에서 제가 아버지와 방앗간에 어떻게 쓸모가 있을지– 아버지를 어떻게 도와드릴지, 도움이 될지 아니면 더 짜증나게 할지는 아직 말씀드릴 수 없어요. 하지만 제가 크리스마스에 피스터 방앗간에 간다는 것을 놓고는 목숨을 걸겠습니다, 피스터 아버지."

"목숨을 걸 필요까지는 없네, 아담." 노신사는 우울하게 말했다. "박사, 크리스마스이브까지 자네에게서 학술적인 대답을 듣고 싶을 뿐이네. 잠제, 떠날 차비하게!……"

떠날 차비를 하러 밖으로 나가기 전 충실한 하인 잠제는 아무도 모르게 못 박은 부츠 뒤꿈치로 내 발 앞꿈치를 살짝 밟았다. 그것은 다름 아닌 이런 의미였다.

"마구간으로 따라와."

그리고 마구간에서 구유에 남은 귀리 낟알을 샅샅이 핥아먹고 있던 방앗간의 충실한 말 한스 옆에서 방앗간의 잠제는 일로 거칠어진 충실한 손으로 내 어깨를 누르며 말했다.

"이제 더 늦지 않게 너희가 뭔가를 해야 할 때야, 에버트. 아버지 좀 봐! 내가 보기엔 하루하루 더 살이 찌시지만 실은 더 허약해지고 있어. 이젠 아침에 침대에서 일어나려고 하지를 않으셔. 우리가 일으켜 세워드리면 그냥 창가 의자에 앉아서 우리를 향해 코를 킁킁

거리고 또 쿵쿵거리셔. 일어나 돌아다니시면 방앗간에는 더 안 좋아. 우리가 그렇게 생각한다는 건 아니고. 아버지는 안에서도 쿵쿵거리고 밖에서도 쿵쿵거리시지. 나한테선 원하시는 걸 얼마든지 마음대로 맡으셔도 돼. 하지만 쓸데없는 데서 당신의 죽음이 임박했다는 냄새를 맡고 계시니. 크리스티네도 나와 똑같은 생각이야. 그래, 그녀도 참을성 있게 기다려야 하고 나름대로 고통을 감내해야 해! 아버지는 그녀에게서 나는 냄새가 하나도 맘에 안 드시나봐. 부엌과 창고, 바닥과 지하실에서 우릴 보며 쿵쿵거리셔. 하지만 제일 안 좋은 건 정원에 서 계시면서 최대한으로 깊게 호흡하시는 거야. 그런데 유감스럽게도 이게 전부가 아니야. 오늘 아침 아버지에게 우리의 아담 박사님 얘길 꺼낸 건 나의 업적이야. 하지만 에버트, 이제 너도 박식한 그가 우릴 위해 무슨 일을 하도록 있는 힘껏 노력해줘. 이번에는 정말 박사들이 우리의 유일한 위안처가 되려고 세상에 온 것 같은 생각이 들어. 그런 유의 사람들이 없다면, 내가 누굴 말하는지 알지, 많고 많은 이 겨울밤에 피스터 방앗간의 주변이 만 배는 더 비참했을 거야. 그리고 우리 주인께선 언제나 대금을 잘 안 치르는 사람만 상대해야 할 거야. 그것이 그가 개인적으로 느끼는 기이한 만족감이긴 해. 그걸 위해서 혼자 수많은 사람 속에 끼어 세상에 오기라도 한 것처럼. 그리고 또 알베르티네 양은……"

나는 그 노인이 누구를 말하는 건지 잘 알고 있었다. 그런데 그의 생각에 대한 전적인 동의를 내가 미처 표명하기도 전에 아버지가 블라우에 보크 여인숙 복도에서 매우 성급한 목소리로 자신의 충실한 하인을 불렀기에, 잠제는 서둘러서 방앗간의 착실한 한스를 준비시켜야 했다.

십 분 후 아담과 나는 아치형 문에 서서 귀가하는 아버지의 뒷모습을 바라보고 있었다. 아버지는 시내에서 별 위로를 얻지 못한 채

귀가했다. 눈으로 우리는 그와 그의 행렬을 겨우 다음 가로등까지만 동행할 수 있었다. 하지만 피스터 방앗간의 마차바퀴 소리가 아득히 멀어져갈 때까지 우리는 겨울밤의 촉촉한 눈 속에서 매서운 바람을 맞으며 블라우에 보크 여인숙의 문과 간판 아래에 서 있었다.

그런 다음 A. A. 아셰 박사가 말했다.

"나 자신 어떤 솟아오르는 샘물을, 수정처럼 맑은 시냇물을, 장대한 강물, 요컨대 목가적인 독일 제국의 어떤 물길을 최대한 빨리, 최대한 파렴치하게 오염시킬 확고한 의도가 있지만, 그런 나 같은 사람도 저 사람 좋은 늙은 남자에게 그의 방앗간 물을 깨끗한 상태로 보존해주기 위해서라면 내 심장이라도 내주고 싶다는 말밖에는 달리 할 말이 없어. 네가 알든 모르든, 피스터 방앗간의 뒤채 골방에서 네게 라틴어뿐만 아니라 인간 지식의 기초단계를 가르친 이래로 난 수많은 사람을 만났고 여러 곳에 다녀봤어. 하지만 주위에서 그분 같은 사람은 단 한 명도 만나보지 못했어. 그의 소원이라면 크리스마스이브까지 뭐든지 들어줄 거야. 하지만 유감스럽게도 한 가지 면에서만 그의 뜻을 들어줄 수 있을 거야. 누가 그의 시냇물을 흐리게 하는지 알아낼 거야. 최후의 박테리아까지 학술적으로 알려드릴 거야! 문서상으로도. 그걸 들고 법원에 갈 수 있게 해줄 거야! 그의 물을 들여다볼 거야. 그 어떤 박사도 나보다 더 확실한 진단을 내려주지는 못할걸. 빈둥거리며 놀던, 그의 옛 피후견인이자 총아寵兒인 아담 아셰보다는."

"당신은 좋은 사람이에요, 아셰!" 내가 외쳤다.

"아니야, 정말 아니야." 화학을 연구하는 방랑자이자 모험가가 퉁명스럽게 내게 말했다. "집에 가자, 젊은이! 울타리에 넌 너의 기저귀를 뒤집어 널어. 그러니까 내 말은 네 책을 파고들란 뜻이야. 나는 빨래를 보러 당장 집에 가야 해. 네가 아까 봤던 빨랫줄에 널려 있는 것 말이야. 앞으로 몇 주 동안은 할 일이 아주 많아. 그리고 네가 할 일도 좀 있어. 그러니까 내 말은 내게 안부 묻는 일은 예의에 벗어나지 않을 정도로 최소한으로만 하라는 거야. 네가 아담과 이브의 날에, 그러니까 12월 24일 오후 네시경에 내게 오는 게 제일 좋겠어. 그래서 같이 피스터 방앗간에 가자고. 그런데 지상의 온갖 악취와 압박 속에서도 그간의 적대적이었던 몇 년 중에서 이번이 가장 안락한 크리스마스가 될 거야. 지방도로는 바람을 등에 지고, 주위 들판에는 저녁노을과 밤, 안개가 깔리고, 방앗간에는 아버지 피스터가 머물고 계시다가, '크리스티네, 저기들 온다. 전나무에 등불을 켜!'라고 말하시겠지. 소원을 들어드리지 않는다면 그건 정말 죄가 될 거야. 인간이 사랑하는 이웃을 위해 얼마나 많은 암모니아와 황화수소를 들이마실 수 있는지 마지막 원자까지 알려드릴 거야. 민족적 번영이라는 전성기에 화가 나서 못 참게 되는 일이 없게. 앞으로도 계속해서 이런 꽃냄새를 맡으니 차라리 사지를 쭉 뻗고 죽고 싶다는 마음이 들지 않게. 잘 가, 에버트."

이로써 그는 자기 방식대로 당분간 작별을 고했다. 그리고 나는 정말 아담과 이브의 날까지 그를 보지 못했다. 그가 자신의 신비한 연구와 작업을 할 수 있게 방해하지 않았다. 그런 다음 12월 24일은 그가 소원했던 것처럼 그렇게 회색빛 동이 터서 지붕 위로 해가 저물 때까지 바람이 분 어두운 날이었다. 다만 바람이, 정말로 세찬 북풍이 우리의 등 뒤가 아닌 얼굴을 향해 불어온 것과 지방도로가 휘어지는 곳에서는 때때로 매섭게 옆에서 불어온 것만 달랐다.

나는 그를 데리러갔다. 그리고 그가 여행 보따리 꾸리는 것을 돕는 기쁨과, 시내에 없는 동안 거처를 정리하는 것을 돕는 기쁨도 맛보았다. 그것은 그 나름대로 흥겨운 난관이 있는 일이었다. 자기는 가장 자유로운 인간 중 한 사람이라고 주장했던 그가 너무도 다방

면으로 얽히고설켜 있었다. 그리고 자기 존재의 기이한 세부사항에 대해서 너무도 상상력이 풍부했다. 그래서 보통의 소시민도 그가 여러 가지 곤경으로 버둥거리는 모습을 보면서 과하다 싶을 정도로 고소해할 수 있었다. 나는 고소해하지 않았다. 하지만 그렇다고 자신을 슐렌 골목에 옭아매는 끈과 매듭을 가능한 한 심한 다툼과 기분 상하게 하는 일 없이 풀어나가려는 그의 시도를, 동정심과 더불어 우울한 심정으로 바라보았노라고 말할 수 있는 것도 아니다.

내가 도착했을 때 그는 당분간 집을 비운다고 집주인에게 통보한 상태였다. 여러 사람이 그의 집에 와 있었다. 그들은 귀환에 대한 충분한 보장 없이는 그를 놓아줄 수 없다고 다급하게 다그쳤다. 기이하게도 그 집에서 생업에 종사하고 있는 사람들은 모두 다 부인이나 딸 들을 보냈다. 그리고 자기 자신은 구두장이 의자나 재단사의 탁자 옆에서 협상 결과를 기다리고 있었다. 뵈르스틀링 장인匠人은 부인과 아이를 보냈다. 올가 양은 여사와 함께 박식하지만 불행한 화학적 빨래꾼의 목에 매달려 있었다. 올가는 여자 옷 중에서 아주 은밀한 것을 가져와서는 동거인의 코밑에 들이댔다.

"박사님, 마치 재 같아요! 손가락으로 비비면 없어지겠어요! 그리고 앞뒤가 심하게 그을렸어요! 온정 때문에 내버려두었더니 우리에게 피해만 주고, 이제 누가 보상할 건지 묻지 않을 수 없네요."

마리 양은 달랑 '아빠의 작은 메모' 하나만 들고왔다. 아빠는 재단사 장부를 들고 게으른 고객을 쫓아 넓은 세상으로 달려나가는 대신 크리스마스에 맞춰서 더 나은 일을 해야 하는 중이었다. 그런데 가장 끔찍한 것은 박사 바로 옆집에 사는 여인, 그의 방주인인 미망인 폴레의 경우였다. "경찰에 전입신고를 한 이래로 계산 한 번 안 한 영수증이에요!" 그녀는 피스터 방앗간으로 가는 우리의 문과 길을 막고 섰다.

그러니 그들을 욕할 수는 없는 노릇이었다! 그들에게는 대부분 자식이 있었다. 그것도 여럿이. 그날은 아담과 이브의 날이었다. 크리스마스이브가 이미 저물어가고 있었다. 그들 모두 다 크리스마스에 쓸 돈이 필요했다.

이미 말했듯이, 죄인에 대한 동정심은 더 다급한 경우를 대비해 대담하게 남겨둘 수 있었다. 좋은 방책이란 방책은 모두 다 그가 주워 모으기라도 한 것 같았다.

"좀 조용히 해요, 어찌됐든 조용히 해, 애들아." 아담 아세 박사는 이따금 두 손으로 양쪽 귀를 막기도 했지만 매우 침착한 어조로 말했다. "내가 당신들이 찢어죽이고 싶어하는 오르페우스인가요, 당신들 트라키아의 여인들?[57] 올가, 당신이 믿고 싶은 것만큼 당신의 긴 옷이 그렇게 많이 손상된 건 아니야! 애야, 나중에 오르페온[58]에서 포도나무 잎과 파슬리 잎[59]으로 갚을게…… 그러니 뵈르스틀링 부인, 아이들 좀 내게서 떼어내주세요! 내가 계산해주길 바라시지요? 그 소원을 들어줄 거예요. 이 젊은이에게 물어보세요. 그가 손해를 볼지 안 볼지. 그러니까 그의 아버지가 말이에요! 우리 두 사람은 굉장한 목적을 갖고 있어요. 그냥 아무 생각 없이 피스터 방앗간에서 크리스마스를 보내려는 게 아니란 말입니다. 12월 31일은 여기서 보낼 거예요. 그리고 온 집에 포도주를 돌릴 겁니다!…… 오, 마리 양, 나는 당신과 아빠한테서 뭔가 다른 걸 기대했어요! 우리 모두는, 아빠, 나 그리고 당신은 남보다 좋은 교육을 받았잖아요. 남과는 다른 관심과 더 높은 목표가 있지 않아요? 당신에게 단 한 번만이라도 우리의 이상을 환기하면 안 될까요, 마리아? 그래도 되겠지요? 이번에도 당신 아빠가 새해까지는 참아주실 거라는 걸 당신을 보면 알 수 있어요!…… 폴레 어머니, 사실 당신하고는 이야기할 필요조차 없다고 생각합니다. 당신이 나를 얼마나 믿을 만한 사람으로 여기고 있는지 내가 알고 있다는 것을 아시잖아요. 그리고 당신이 미망인으로 그동안 의지해온 수많은 동거인 중에서 가장 편안한 사람인 나를 크리스마스트리에 한 시간 반이나 매달아두는 게 당신에게 조금도 즐겁지 않다는 것을 아시잖아요. 새해에는 피스터 방앗간에서 다시 여기로 돌아온다는 것에 대한 담보로 이 젊은이를 내줄게요. 아마도 부활절까지는 모든 게, 모든 게 호전되리라는 걸, 에베트, 지금 여기 이 사람들과 네게 설득력 있게 말해줄 수가 없구나. 불멸성을 위해 가장 효험 있는 지침서를 가진 시인도 지금 같은 이런 순간에 처하면 나보다 더 불쌍하게 될 거야. 자, 여러분, 내게 호의를 베풀어서 여러분과 내가 더는 크리스마스이브의 즐거움을 망치지 않게 해주세요! 여기, 탁자 위를 보세요. 마지막 남은 십 마르크짜리 지폐예요! 이것은 아세 아저씨가 슐렌 골목 1번지의 아이들에게 주는 겁니다. 저기, 토니가 가장 똑똑하네요. 토니와 헤르만이 가장 커다란 광주리를 갖고 있어요. 다른 사람들은 전부 시내 설탕 장수에게로 가는데 말입니다. 그리고, 너희 나이 든 무뢰한들에게 말하겠는데, 나는 새해에 다시 여기에 있을 테고, 만약 불공정한 분배 때문에 이 집에서 그 어떤 소란이라도 일어난다면 엄중하게 책임을 추궁할 거야."

당시 나는 A. A. 아셰의 연설이 전환에 성공했다는 것에 정신이 멍해져서 그 자리에 서 있었다. 나이가 든 지금 그 일을 되돌아보면 이런 말을 할 수 있을 따름이다. 어떤 인물이 있었다. 딱딱한 의자에 앉아 있는 다른 남자를 위해 제국의회에 다들 모여 달라고 청원했던 독일제국의 수상 오토 비스마르크 각하 같은 인물이.[60]

그들은 떠나갔고 우리는 한동안 더 그 자리에 서 있었다. 그들이 달려나간 후 계단에서 그들의 환호성이 빚어낸 시끄러운 소리가 들렸다. "아세 아저씨!" 외트펠트 슐렌 골목 1번지의 맨 위층에서 아래층까지 계단을 오르내리는 아이들의 환호와 비명이 울렸다. 아담 아셰 박사는 발작성의 웃음을 웃느라 호흡곤란을 느끼던 나를 침착한 말로 진정시켰다. 그 웃음을 생각하면 오늘도 여전히 얼굴이 빨개진다.

"이제 우리도 천천히 나갈 수 있을 것 같은데."

열한번째 종이
피스터 방앗간으로 가는 도로 위에서

아담과 이브의 날! ……무엇보다도 그날 아침 피스터 방앗간의 하늘은 무척 청명하고 파랬다. 무척 온화하면서도 상쾌했고, 햇빛이 맑고 투명했으며, 사랑스러운 그림자로 가득했다. 지상의 거대한 동물원에서 첫 이브가 수줍어하면서도 다정하게 아담의 어깨에 살며시 손을 얹으며 처음으로 속삭였던 그날이 이랬을 것 같았다.

"자기, 나 여기 있어요!"

「창세기」[61]에 이런 말은 적혀 있지 않다. 당연히 야유하는 자들의 자리에서 나온 말일 게다. 말하자면 우리의 시조 아담은 그 달콤한 기적이 일어났던 전날 밤 예사롭지 않은 어지러운 꿈을 꾸었고, 그러니까 선험적으로 그 자신 동족과 끝없이 싸웠고 또 그들 사이에서도 끝없는 싸움이 벌어지는 꿈을 꾸었으며, 그날 밤 그러니까 꿈속에서 어떤 물건에 자신의 이름을 내주었다는 것이다. 그 밤에 옆구리 찌르기[62]라는 개념어가 생겼다는 것은 무조건 틀린 말이란다.

내 뼈 중의 뼈요 살 중의 살[63]과 관련해서 말하자면, 내 반쪽은 아름다운 이 아침에 여느 때처럼 장난기가 발동하여 내 코를 쥐고 흔들어 깨울 수도, 멋지게 땋은 금발로 나를 간지럽히면서 내 귀에 대고 속삭일 수도 없었다.

> "인생의 사 분의 삼을
> 잠만 자며 허송하는 잠꾸러기.[64]

해 뜬 것 좀 봐요, 에버트! 밖의 나무 밑으로 나가야 할 때가 벌써 한 시간이나 더 지났어요. 정말 지독한 게으름뱅이군요, 사랑하는 자기!"

나는 이미 한 시간 전부터 오래된 방앗간 정원의 나무들 밑에 앉아 있었다. 그리고 우리 여름휴가 중 가장 찬란한 아침을 홀로 맞이하고 있었다.

"우리의 어린 부인께서 나오시면 그때 커피를 드시는 게 낫겠지?" 크리스티네가 말했었다. 나는 마르틴 루터 박사가 번역한 것처럼 내 '아가씨'[65]의 부재중에 커피를 마시고 싶은 생각이 조금도 없었다.

마침내 창문 열리는 소리가 나더니 커튼이 움직였다. 기분좋게 잠에 취한 모습으로 나의 아내, 여름을 시원하게 해주는 나의 복스러운 여인이 창문 밖으로 몸을 내밀었다. 어떤 낯선 사람이나 일찍 온 손님들, 샘물을 마시러 온 도시 사람이나 산책자가 오래된 정원의 탁자와 벤치에 앉아 그녀를 훔쳐보고 있지는 않을 거라고 확신하며.

"저 도망자 좀 봐요! 맙소사, 자기 대체 얼마나 거기 앉아 있었던 거예요, 에버트? 아이쿠, 지금 대체 몇 시예요?…… 커피를 가져다

달라고 해요. 오 분 후에 나갈게요."
 흰색 커튼을 다시 쳤다. 그리고 나무들 아래, 피스터 방앗간이라는 시효가 지난 낙원의 나무 아래에서 맞는 새날에 두번째 태양, 더 사랑스러운 태양이 떠오를 때까지 정말이지 삼십 분도 걸리지 않았다.
 그녀, 결혼 전 이름은 슐체인 에미 피스터가 가볍고 투명한 여름옷을 입고 집에서 나와 총총걸음으로 왔다. 그런데 예쁘장한 슬리퍼 한쪽이 벗겨지는 바람에 그것을 찾으려고 되돌아갔다. 그녀는 슬리퍼를 손으로 주워들더니 깡충깡충 뛰어왔다. 물론 내 품으로. 그리고 그날의 첫 키스를 받자 나는 정신이 번쩍 났다.
 "그런데 말이에요, 자기 어제저녁 나한테 아주 멍청한 얘길 해준 게 틀림없지요, 에버트? 지난밤처럼 그렇게 잠을 설쳐가면서 뒤숭숭한 꿈을 꾼 건 오랜만이거든요."
 "가엾은 사람! 응, 어쨌든 그 얘길 나한테 다시 해줘봐요."
 "내 꿈들이요? 그래요…… 잠깐만요……"
 "아니, 내 얘기 말이오!"
 "아, 그거! 그래요, 물론이죠! 당연히 처음부터 끝까지 다 말해줄게요!"
 나는 지금 또다른 생각을 한다. 말하자면, 내 여자의 이 마지막 주장은 여인들이 승리를 확신하면서 하는 거짓말 중 하나라는 걸 경험상 알고 있는 사람이 단지 나뿐만이 아니라는 것과 책 중의 책[66]에서 이미 이브 부인도 했을 법한 그런 거짓말이라는 생각을.
 그 아름다운 아침, 아내에게 반박하라고 자신에게 요구할 수는 없는 노릇이었다. 나는 그 달콤하고 매혹적인 여인에게 아침이 주었을 법한 모든 것과 더불어 아침을 맞이했다. 그리고 더는 어제저녁에 매달리지 않고 논리는 전혀 고려하지 않은 채 기쁜 마음으로 질문했다.

"여보, 자기, 오늘은 우리의 인생과 피스터 방앗간에 대해서 무슨 말을 하시려나?"

"마치 천국 같아요, 자기. 금방 무더워지는 이런 날씨에 곧 사라지고 없어진다는 게 정말 유감이에요. 아, 당연히 자기네 피스터 방앗간 말예요. 만약 조금만 더 사람들과 가까운 곳에 있었더라면 몇 년이고 더 이런 고요 속에 앉아 있을 수 있어 정말 좋았을 텐데! 그래요, 내가 무슨 꿈을 꿨는지 물어봤죠? 물론 나쁜 냄새, 아주 고약한 냄새에 대한 꿈이었어요. 그리고 베를린 우리 집의 엄청난 빨래와 아세 박사에 대해서요. 하지만 이미 말했듯이 주로 자기가 전에 얘기해준 끔찍한 악취에 대해서죠. 자면서 신음하지 않았어요, 나? 안 했어요? 그렇다면 꿈이 너무 안 좋았던 거예요. 신음할 수조차 없었던 거예요. 그런데 지금 이 매혹적인 아침에는 자기들 중 그 누구도 이해 못하겠어요. 자기의 돌아가신 아빠도, 자기도, 코를 찡그리던 자기네 손님들도요. 맞아요. 아세 박사가 자기네 고충을 위해 아무것도 못해주고, 대신 아주 단순하게 세상과 산업의 발전을 위해서 자신의 학자적이고 끔찍하며 학술적인 냄새로 자기네를 놀라게 한 건 아주 잘한 짓이죠…… 그런데 오늘은 날이 무척 무덥겠어요. 저 베를린도 끔찍할 것 같아요. 에버트, 우리가 여기서 이렇게 달콤한 그늘에 앉아 태양과 이슬을 마주하고 있고 온종일 이 그늘에서 저 그늘로 옮겨다닐 수 있어서 정말 좋아요. 알베르티네 부인과 박사가 우리 곁에 없는 게 유감이에요! 그들은 오늘도 베를린에서 무더위를 견뎌야 할 거예요."

어느 때처럼 어린 아내의 말이 맞았다. 그날은 무척 더웠다. 너무나 더워서 정오가 지나자 우리는 무더운 정원에서 집 안으로 옮겨갔고 집에서도 가장 시원한 자리를 골라 앉았다.

그런데 가장 시원한 자리는 방아가 있는 방이었다. 오늘날 방앗간 학자들의 학술용어에 따르면 터빈실이다.

　나는 배우지 못한 방앗간 주인의 아들이다. 그리고 이외의 삶에서는 평교사이다. 낮의 여주인인 현실적인 학문이 철학적 요구와 학문적 표현을 대동하고 찾아오면, 겸손하게 머리를 수그리고 그리스어와 라틴어를 데리고 구석으로 숨는다. 나 또한 에미와 마찬가지로 아버지 방앗간에서 방아가 있는 방이 가장 시원하게 느껴졌다. 나는 이제 쓸모없이 멈춰버린 바퀴들 옆을 지나 물이 솨솨 소리 내며 흘러가도록 내버려두는 게 가장 현명한 방책이라고 생각했다.

　피스터 방앗간의 방아가 있는 방에서, 알베르티네 아세 부인과 그녀의 남편이 유감스럽게도 우리와 함께 이 시원한 곳에 있지 않았기에 나는 그들에 대해서 에미에게 그리고 나 자신에게 계속해서 이야기했다.

　팔린 집의 방문은 전부 다 열려 있었다. 그래서 우리는 우리의 피신처로 들고 들어온 작은 탁자에 앉아 복도 너머에 있는, 지금은 완전히 텅 빈 낡은 객실들을 바라볼 수 있었다. 가장 좋은 것은, 이번 여름휴가에는 그 어떤 제지도 필요 없다는 것이었다. 나는 담배를 입에 물고 셔츠 차림으로 방아확과 체 상자 주변, 암수 연자방아 주위를 돌아다녔다. 톱니바퀴에 기대보기도 하고 복도에 들어가보기도 했다. 그리고 객실 안에서 이리저리 거닐기도 했다. 하지만 객실에 오래 머물지는 않았다. 텅 빈 공간에서는 발소리가 너무나 공허하게 울려퍼졌다.

　그 그림들 다 어디 갔지?

　이제 우리는, 에미와 나는 다시 친구와 함께, 화학 박사 아담 아세와 함께 지방도로 위에 있었다. 에미가 말했다.

　"이야기 속의 계절이 겨울이라는 건 오늘 이 끔찍한 기온을 생각하면 정말 다행이에요. 사하라사막이나 적도 아래에 있는 거라면,

그런 생각만으로도 견디기 어려웠을 거예요."

이야기 속의 계절은 겨울이다. 당시 피스터 방앗간의 크리스마스트리를 향해 갈 때 지방도로의 날씨는 친구 아셰가 소원했던 바로 그대로였다. 바람은 귀를 엘 것처럼 매섭게 불었다. 우리는 바람이 가장 약한 곳을 골라 계속해서 앞으로 나아가기 위해 적잖이 머리를 짜내야만 했다. 도시는 우리가 빠져나올 무렵 활기가 넘쳤다. 전나무의 첫번째 등불에 불을 붙이기 직전이었다. 골목이란 골목은 전부 사람들로 가득했다. ―그날 저녁에도 작동을 멈추지 않은 공장들이 들어선 '보크아셰' 지역을 지난 후에야 지방도로는 우리의 독차지가 되었다.

오늘날에는 공단지역이 제법 마을 가까이까지 뻗어 있는데, 보크아셰의 경우도 마찬가지이다. 하지만 당시 도로 중 삼 분의 이는 아직 공단지역이 아니었다. 단지 소시민 주택들이 길가에 여기저기 산재해 있을 뿐이었다. 집 뒤로는 들판이 펼쳐져 있었다.

우리는 마을을 향해 있는 이 주택들의 마지막 집에서 땀으로 더럽혀진 창문 너머로 불 켜진 크리스마스 양초를 처음 보았다. 우리가 방앗간에 당도했을 때는 완전히 어두워진 뒤였다.

"황화수소! 그리고…… 거위구이 냄새!" A. A. 아셰는 대문에서 코를 하늘로 향하더니 냄새를 들이마셨다. 자신의 화학적이며 미식가적인 이해력에 대해 완전히 확신하면서 오래된 좋은 술집 간판 아래에서 신음하듯 말했다. "이 병석에서 다른 진단은 불가능해!…… 학문 만세!…… 다행히도 오늘은 거위구이 냄새가 더 지배적이야! 이 모든 냄새와 함께 피스터 방앗간 만세!"

"고맙네, 아담 박사." 아버지가 현관 문지방에 서서 말했다.

그 그림들 다 어디 갔지? 그리고 세상의 냄새들은? 오늘은 거위구이 냄새가 나지 않는다. 그리고 여름이라서 황화수소와 암모니아, 질산염의 시큼한 냄새도 나지 않는다. 진하지 않은, 사랑스러운 향기가 우위를 점하고 있다. 그 냄새는 에미가 자기 옆 탁자와 의자에 올려놓은 바느질 상자와 예쁜 천에서 그리고 그녀 자신에게서 나는 것이다. 대지라고 불리는 오래된 마녀의 부엌에서 나오는 향기의 위력보다 더 매혹적이고 강력했다. 7월의 따가운 햇살은 틈새와 갈라진 곳은 하나도 빠짐없이 뚫고 지나서 서늘하고 버려진 방앗간을 비추었다. 이미 말한 것처럼 방에 있던 도구는 모두 치웠다. 그리고 파리조차도 자기들의 말라비틀어진 시체만 거실과 객실의 먼지 낀 창문틀에 남겨놓았다. 크리스티네가 우리의 기이한, 내게는 동화와도 같은 피서를 위해 꼭 필요한 것을 마련해주는 것은, 그리고 우리, 그러니까 어린 아내와 나에게 사실 아무것도, 정말이지 아무것도 부족한 게 없다는 건, 그래 기적이다. 우리가 매시간 그렇게도 많은 걸 아쉬워하고 있긴 하지만.

"원래 그건 많은 것을 의미해요, 에미— 그렇죠?"

"바보 같은 사람, 당연한 걸 가지고요! ……그런데 그때 내가 여기 없었던 게 속상해요. 이제 계속해서 말해줘요, 이상한 사람. 먼저 바늘구멍에 실 좀 끼워주고요. 재봉틀을 가져올 걸 그랬어요."

"응, 드디어 왔구나! 벌써 몇 시간 전부터 너희를 기다리고 있었단다." 아버지가 말했다. 마침 아버지는 한 손에는 등불을, 다른 한 손에는 병이 가득한 광주리를 들고 지하실에서 올라와 문을 열며 나오고 있었다. "이 등 좀 받아라, 아들아." 아버지가 내게 등불을 건네면서 말했다. 그리고 자유롭게 된 손으로 내 동행의 팔뚝을 움켜쥐고 문 아래에 붙잡아두면서 말했다. "다른 때보다 더 기분이 나쁘네! 음, 박사, 자네 생각은 어떤가?"

"바로 제가 예상했던 대로예요." 친구 아셰가 비죽 웃으면서 말했다. "고맙게도 언제나 먹을 게 풍부한 오두막이었지요, 피스터 아버지. 거위는 당연히 오늘 저녁에 먹는 게 최고예요. 만약 제가 프라이팬에 구운 거위를 예상하지 않았다고 말한다면 그건 거짓말일 거예요."

"젠장, 내가 저 냄새를 말했나?" 늙은 주인이 투덜대며 말했다. "냄새 때문에 짜증나 죽겠는 것이 내 부엌에서 나는 냄새 때문이란 말인가?"

"흠." 아셰 박사가 말했다. "나머지 이야기는 내일 하는 게 좋겠어요. 부엌에서는 보르스도르프의 사과[67] 냄새가 나요. 하지만— 산업의 발전, 민족의 번영 그리고— 암모니아 냄새도 분명히 나요."

아버지 피스터는 자신의 총아이자 손님을 잠시 바라보았다. 마치 그에게 더 해줘야 할 말이 있는 건 아닌지 모르겠다는 듯이. 하지만 그는 오른쪽 귀에서 왼쪽 귀 쪽으로 자신의 방앗간 주인 모자를 옮겨 쓰면서 예전의 느긋하고 선량한 함박웃음을 지으며 말했다. "그래, 너희 말이 전적으로 옳아. 그러니 이제 나도 식욕을 망치지 않으려고 한번 노력해보마. 얘들아, 이제 방으로 들어가자. 피스터 방앗간에 온 걸 환영한다."

집 안의 개들은 전부 우리를 보고 반가워서 꼬리를 흔들며 달려들었고, 우리는 병이 든 광주리를 들고 방으로 들어갔다. 아, 그 저녁 방앗간은 삶을 유쾌하게 만드는 데 필요한 온갖 것으로 가득했다! 그리고 추운 데에서 따뜻한 곳으로, 어두운 곳에서 밝은 곳으로, 지방도로에서 유리창 덧문이 닫혀 있는 방 안의 소파 모퉁이로 들어가는 것은 얼마나 기분 좋은 일인지!

아버지의 가재도구는 모두 제자리에 놓여 있었다. 뻐꾸기시계는 모서리에, 그림은 벽에(대학생들과 합창단만이 석판에 새겨진 자신들의 단체사진을 가져갔다), 박제된 들고양이는 옷장 위 유리 상자 속에, 그리고 얌전한 집고양이는 오기로 한 손님들 덕분에 머리에서 발끝까지 깨끗이 씻고 난롯가에 앉아 있었다! 그 그림들이 다 어디로 갔는지 말할 수가 없다……

오기로 되어 있는 손님들은 우리였다. 이 집의 아들인 나와 피스터의 방앗간 안녕安寧의 맥박을 재기 위해 부름받은 아셰 박사. 여기에 다른 손님들도 와 있었다. 그 손님들 때문에 난롯가의 고양이는 머리에서 발끝까지 깨끗이 씻어야만 했다. 보통 때에는 한쪽 벽을 따라서 벤치 앞쪽으로 끌어당겨 놓았던 긴 탁자를 식당 한가운데 가져다두었다. 탁자에는 흰 탁자보를 씌우고, 피스터 방앗간에서 만찬을 할 때면 으레 등장했던 온갖 것으로 장식했다. 곧 탁자 옆으로 밀어놓아야 할 벤치에는 깨끗한 방앗간 제복을 입은 도제들과 소년이 서 있고(아셰는 그들이 용마루에 앉은 흰 비둘기 같다고 했다), 장식한 전나무 뒤에는 잠제가 서 있었다(이번엔 대포 뒤에 서 있는 사수 같다고 말했다). 잠제는 아버지의 신호에 맞춰 발사할 준비를, 그러니까 노랗고 파랗고 빨간 양초에 불붙일 준비를 하고 있었다. 양초 주위에는 금박을 한 호두들과 사과들, 하트 모양의 설탕과자들 그리고 이외에 크리스티네가 만찬을 위해 시내에서 가져온 온갖 게 놓여 있었다. 크리스티네 자신도 흥분한 상태에서 가게의 두 가정부와 협력하여 부엌에서 일하고 있었다. 그래서 우선은 문틈으로 양파와 레몬이 뒤섞인 듯한 냄새가 나는 젖은 손을 내밀어 환영 인사를 했다.

고맙게도 그들 모두는 마침내 우리가 왔다는 이유로 기뻐했다. 안으로 들어서자 그들이 모두 움직이기 시작했다.

"불을 붙여, 잠제!" 아버지가 명령했다. 크리스마스 손님들이 내지르는 환영의 굉음 위로 아버지의 그윽하면서도 낭랑한 목소리가 울려퍼졌다.

"여러분의 귀향을 환영합니다!"

지방도로와 어두운 밤, 세찬 북풍을 뚫고 실내로 들어올 때는 한동안 불빛에 적응해야만 한다. 우리 두 사람은 여전히 두 손을 눈 위에 대고 있었다. 하지만 그 목소리는 예전부터 잘 알고 있는 목소리였다.

"그래, 가수도 왔어!…… 피스터 아버지, 언제나처럼 대단하세요!…… 리폴데스! 당연하죠— 좋은 것에 최상의 것을 가져다주는 분이에요! 안녕하세요, 신께 헌납한— 옛 친구시여."[68]

"내 딸을 소개하고 싶군요, 아세. 내 딸이에요, 아세 박사님! 에버하르트 피스터 씨, 내 딸 알베르티네예요! 그래요, 당신 아버님께서 친절하게도 오늘의 만찬에 우리를 초대해주셨어요, 친애하는 에버트!"

열두번째 종이
아버지 피스터의 크리스마스트리 아래에서

　나에겐 내 반쪽이 있다. 다행히 그쪽 또한 반쪽이 있는 걸 행운으로 여긴다! 그녀는 바느질감을 품에 안고 터빈실에 앉아 있다. 그리고 좀더 재미있는 게 궁한 터라 휴가 중에 피스터 방앗간 이야기를 해달라고 조른다. 내 몫이 된 사랑스러운 내 반쪽은 매혹적인 모습으로 체 상자 옆에 앉아 있다. 나는 세상 어디에서도 내게 허락된 내 반쪽보다 더 예쁜 사람을 보지 못했다. 그녀는 조용한 톱니바퀴와 멈춰 있는 연자방아 앞 우리의 작은 탁자에 앉아 있다. 바깥 날씨는 무덥고, 강은 계절상 아직은 생기 있는 무용지물인 물레의 살 사이로 끊임없이 흐르고 있다. 햇살은 물레방아의 축바퀴 주위에서 우리의 서늘한 은신처와 나의 어린 아내 쪽으로 다시 다가오려고 길을 찾는다. 마치 방금 내가 지상의 축복인 나의 황홀한 반쪽에게 최고의 조명을 비추라는 임무를 부여하기라도 한 것처럼.
　눈곱만큼도 염려할 필요가 없었다. 감사하게도 그들은 최고의 친구가 되었다⋯⋯ 피스터 박사 부인과 아셰 박사 부인 말이다. 에미는 피스터 방앗간의 몰락의 시기에 대한 이야기 중 그 어떤 것보다 알베르티네에 대해 더 많이, 더 정확하게 알려주기를 원한다. 다른 이들도 세상에서 그들의 어여쁜 반쪽을 찾아야 한다는 점은 우리 가정의 평화, 결혼생활의 평화를 깨뜨릴 염려가 전혀 없게 해준다. 나는 알베르티네 리폴데스 양과 그 가련한 개구쟁이, 그녀의 아빠에 대한 이야기를 계속할 수 있다. 그들이 아버지의 크리스마스트리 아래에 있던 것과 아버지의 크리스마스 식탁에 앉아 있던 것에 대해, 그리고 유감이지만 온갖 크리스마스 향기에도 불구하고 부인할 수 없는 피스터 방앗간의 암모니아 냄새와 황화수소 냄새 속에 있었던 것에 대해서도.

아, 더는 존재하지 않는 그림들에 대해 생각할 때면 얼마나 자주 가능한 한 사무적이어야 할 필요가 있는지! 그 그림들에 대해 말하거나 글로 쓰려고 할 때면 더더욱! 스스로 밝힌 불빛 속에서 잠제의 얼굴은 얼마나 빛이 났던가! 반짝거리는 푸른 전나무 가지 앞에 있던 알베르티네 양의 피곤하면서도 다정한 얼굴에는 어떤 후광이 감싸고 있었던가! 악취로 가득한 피스터 방앗간의, 온 집안사람과 손님들로 들어찬 아버지의 크리스마스 연회장 그림은 전체적으로 얼마나 예뻤던가! 그것은 동화처럼 경이롭게 노래하고 말하게 한다! 하지만 펠릭스 리폴데스와 그의 딸에 대해서는 무미건조하게 보고해야 한다.

펠릭스 리폴데스에 대해서는 무미건조하게! 세상의 모든 실용주의 속에서도 무미건조해지기가 얼마나 힘든 일인지 아직 몇몇 사람은 알고 있다. 이때 가장 손쉬운 방법은, 아내에게 이야기했던 것처럼 말로 하지 않고 어떤 전기를 보고 베껴 쓰는 것이다.[69] 아버지의 방앗간과 펠릭스 리폴데스에 관한 내용은 아니지만, 예전 소유자인 펠릭스 리폴데스 박사의 이름이 첫 쪽에 적혀 있는 어떤 책을 보며 말이다. 그 책이 몇 권 안 되는 나의 여행 서적 속에 끼게 된 건 단순히 우연만은 아니다.

"그러는 사이에 누군가 거리를 내다보더니 소리쳤다. '저기 봐, 그가 지나가고 있어!' '어디, 어디?' 모두 창가로 몰려들었다. 가련한 행색을 한 그가 지나가고 있었다. 옷은 매우 낡고, 매우 너절너절해 보였다. 갈색 연미복의 팔꿈치 부분은 어지간히 색이 바래 허옇게 변했다. 그리고 통 넓은 검정 바지는 그의 가느다란 다리 위에서 몹시도 우울하게 팔랑거렸다. 짙은 색의 조끼는 목 아래까지 단추가 채워져 있었고, 투박한 목도리에 흰 구석이라고는 조금도 눈에 띄지 않았다. 머리에는 오래된 초록색 모자를 쓰고 있었다. 전체적으로 안정감이라고는 찾아볼 수 없는 몸이었다. 비틀거리는 바람에 넘어지지나 않을까 염려해야 할 정도였다. 그는 자기 방식대로 아주 천천히 앞을 향해 나아가고 있었다. 감각을 느끼기라도 하듯 발 앞꿈치만으로 앞으로 내디디면서.

'맙소사, 너무 슬퍼 보여! 아니, 이 정도로 슬퍼 보일 줄은 몰랐어!' 누군가 말했다. '한 달도 채 못 살 것 같아. 다 산 것 같아. 그런데 그 자신도 죽기를 바라는 것 같아서 그나마 다행이야. 폐결핵에 걸린 게 분명해. 그 빌어먹을 럼주 때문에!'

그사이에 그는 길을 비켜주면서 자신을 향해 모자를 벗어 든 두서넛의 소년들 옆을 지나갔다.

그가 자신의 모자를 벗어 답인사를 하자 머리가 많이 빠졌다는 걸 알 수 있었다. 대머리나 다름없었다. 듬성듬성 나 있는 머리카락이 바람에 나부꼈다. 야윈 얼굴에는 창백함이 역력했고, 높은 이마에는 짙은 어둠이 깔려 있었다. 올림푸스 산의 천둥번개를 동반한 소나기 같았다. 하지만 그 눈빛은 매우 흐릿했.

'저것 좀 봐, 피로 때문에 금방이라도 쓰러질 것 같아.' '아니, 아니. 아직은 괜찮을 거야. 꼭 부랑자 같네.'"

잊혀가는 비극작가인 그는 유감스럽게도 세상이나 문학에 어쩌다 한번 나타나는 그런 비극적인 인물은 아니다. 불행하게도 그는 가엾은 펠릭스처럼 언제나 사람들의 눈에 띄지 않고, 비난받지 않고, 묘사되지 않고 흐느적흐느적 지나쳐가는 행운을 누리지는 못했다. 사람들은 너무 자주 그런 사람들을 마치 술에 담가 보관한 동물 표본을 구경하듯 그렇게 구경했다. 데트몰트와 라이프치히, 브라운슈바이크에서[70] 그리고 크고 작은 여러 '문화도시들'에서. 호엔슈타우펜의 극작가와 프랑스혁명의 극작가[71]—그 암울한 테르치네 형식과 슈탄체 형식의 서사시,[72] 미완의 서사시를 쓴 시인들—그들 모두는 불안정하고 불행했던 과도기 제국의 민중이다. 아네테 폰 드로스테휠스호프[73]는 때때로 그들이 다른 사람들보다 훨씬 더 가치 있으며 의미 있다고 말했다. 나는 에미에게 피스터 방앗간에 대해 이야기하면서 경각심을 불러일으키기 위한 문학적인 본보기로 『탈라타』, 『아테네의 알라리크』[74] 따위의 희곡을 쓴 펠릭스 리폴데스를 갖다붙이려는 게 아니다. 많은 이들이 그걸 감내하려 들지 않을 테고, 누구보다도 그의 사랑하는 딸 알베르티네가 그럴 것이다. 그녀는 아버지를 위해 영국에서 우리 마을로 돌아와 그의 마지막 궁색한 거처에서 함께 머물렀다.

시내 사람들과 대학생 그리고 고등학생에 이르기까지 우리 모두는 오래전부터 그를 알고 있었다. 하지만 알베르티네에 대해서는, 그의 영리하고 착하며 용감한 딸에 대해서는 사실 아는 게 아무것도 없었다. 아직 '학교에 다니는' 우리 자신도 나이 든 사람들과 마찬가지로 매우 자주 그를 빈정대며 놀려댔다. 나이 든 사람들은 학자들의 작은 모임에서건, 맥주 마시는 자리에서건, 차나 커피를 마시는 자리에서건 끊임없이 그의 결혼을 안주 삼아 대화했다. 형편이 나았던 젊은 시절 그가 우리 대학 고전 전공 강사로서 동년배 중에서 얼마나 잘나갔는지는 모르지만, 너무 영리하고 너무 신경질적이며 너무 상상력이 풍부한 사람에 대해 사람들이 할 수 있는 가장 안 좋은 염려가 그대로 적중했다. 지금 그는 우리 마을의 한 농가에서 궁핍한 생활을 영위하고 있다. 그 집은 오갈 데 없는 상류계급 시민들이 여름에 시골에서 체류할 수 있게 마련된 곳이다. 그리고 그의 딸은 그를, 그의 노후를 돕기 위해 가정교사 생활을 접고 영국에서 돌아왔다.

나는 에미에게 최선을 다해 묘사해주려 한다. 극작가인 펠릭스 리폴데스에 대해서가 아니라 가련한 펠릭스도 함께했던 크리스마스이브 저녁에 대해서. 아, 팔리고 버림받은 방앗간의 텅 빈 공간에서 내 발소리가 너무나 공허하게 울리는구나! 비바람에도 끄떡없던 잠제의 얼굴은 전등불 아래에서 얼마나 반짝거렸던가! 잠제 자신이 초록색 가지 위 전등에 불을 붙였다. 성품이 어진 데다가 친절하고 쾌활했던 나의 아버지는 자신의 그런 성품을 얼마나 많이 보여주었던가! 그는 시종 잠제를 뒤로하고 전나무 아래에 서 있었다. 그리고 그의 주위로 크리스마스를 함께 축하했던 피스터 방앗간의 모든 것이 자리해 있었다. 세상이, 새 시대라고 불리는 시대가 아무리 밀어닥칠지라도, 밖에서는 어떤 냄새가 날지라도, 아버지의 연회장은 또다시 모든 것이 옛날 그대로였다.

눈에 띄는 것은 아세의 태도였다.

문을 들어서기 전까지만 해도 최대한 미친 듯이, 제멋대로, 바보같이 굴겠다는, 어릿광대라고 할 만큼 축제의 비평가를 자처하겠다는 확고한 의도가 있었다. 당시에 그는 이런 분야에서 그렇게 구애받는 편이 아니었다. 오늘날 그가 이런 관점에서 내세우는 상당 부분의 신중함은 분명히 그 크리스마스 저녁에서 생겨났다고 할 수 있다.

이번에도 또 그가 예상하고 계획했던 것과는 완전히 다른 상황이 전개되었다. 시인을 처음 봤을 때만 해도 세상과 놀아보겠다는 장난꾸러기 같은 기분이 조금도 누그러들지 않은 상태였다. 하지만 정반대였다. 자기 방식대로 사람들에게 인사를 하고, 크리스티네에게서 옆구리를 찔리며 "그만 가세요, 건달 양반!"이라고 한소리 들은 후부터는 계속해서 오로지 시인에게만 헌신하려는 것처럼 보였다.

"오, 뵙게 되어 얼마나 기쁜지요, 리폴데스!" 그가 외쳤다. "아기 예수께서 정말 특별히 저를 위해서 당신을 나무 아래에 있게 하셨어요. 앉아 계신 소파 모퉁이 옆의 저 의자는 당연히 제 차지입니다. 피스터 아버지, 늘 그렇듯 아버지의 배려는 금상첨화예요. 입술만 안 아프면 키스라도 해드릴 텐데요. 좀 전에 가정부 크리스티네는 제 키스를 거만하게 퇴짜 놓았지만!…… 리폴데스, 황화수소 냄새가 풍기는 이곳에 오면서 미리 알았더라면 좋았을 거예요. 여기 담배 연기 속에서 당신을 보게 될 거라는 것을. 그럼 나와 내 옆에 있는 이 소년의 발걸음이 현저하게 빨라졌을 겁니다. 여기는 말도 안 될 만큼 정말 아늑해요! 정말 오랫동안 뵙지 못했네요. 자, 올림포스의 신이시여,[75] 대체 그동안 영원무궁할 천상에서 어떻게 지내셨어요?"

안식처에 무사히 도착한 우리에게 축하의 뜻을 표한 이래로 리폴데스 박사는 그림자와 담배 연기 속에 파묻혀 있었다. 오로지 김이 나는 잔을 잡기 위해 떨리는 마른 손을 뻗을 때만 자신의 소파 모퉁이에서 몸을 움직였다. 그는 생기 없이 냉담하게 응대했다.

"그 질문은 내 딸에게 하시게, 친애하는 아세."

"어머, 아버지!" 알베르티네 리폴데스는 가엾은 자기 아버지에게 가까이 다가가 목에 팔을 두르면서 말했다. 그러면서 위협적이라기보다는 냉담한 시선으로 내 친구 아셰를 훑어보았다. 이 순간부터 아셰는 패배한, 말하자면 승리한 사람이 되었다. 그리고 이미 말했듯이 유쾌한 축제가 벌어진 어느 저녁에 그가 이날만큼 단정하게 행동한 적은 드물었다. 정작 자정 무렵이 되어 더이상 단정하게 행동할 수 없었던 사람은 펠릭스 리폴데스 박사였다.

자정 무렵 늦은 시간에 펠릭스 리폴데스는 의자가 아니라 피스터 방앗간의 크리스마스 만찬 식탁 위로 올라가 한가운데에 섰다. 회색빛 머리카락을 온통 쥐어뜯고 있었고, 볼품없는 작은 웃옷은 어깨에 반쯤 걸쳐 있었다. 그는 음울한 격정 속에서 시를 낭송했다.

"언젠가 그런 시간이 온다. 아직 멀었다고들 생각하지 마라.
그때는 하늘에서 황금빛 별들이 떨어지고,
그때는 오래된 집이 쓸려 날아가고,
그때는 잡동사니가 쓸려 버려진다.
사랑스러운, 오래된, 친숙한 잡동사니,
수천 세대의 표시이자 기적들이.
그들이 깨어서 본 것, 그들이 꿈에서 생각한 것,
어머니, 아이, 시간, 공간!
구석의 어떤 거미줄도 그냥 넘어가지 않네,
육체가 지닌 것, 정신이 소유한 것,
가슴이 느낀 것, 위장이 소화한 것도.
신랑 이름은 죽음死, 신부 이름은 무無."

아버지는 입을 벌리고, 커다란 숟가락을 손에 쥔 채 제일 큰 펀치

술 양푼 앞에 서 있었다. 그들 모두는 의자를 뒤로 밀어젖히거나 의자에서 벌떡 일어났다. 그리고 유감스럽게도 전과 같은 방식으로 정신이 나간 시인을 향해 웃으면서 또는 당황해하면서 몰려들었다. 이 모든 일을 온전히 이해하는 사람은 아셰와 나뿐인 것 같았다. 그리고 그 유쾌한 소음 속에서 나지막이 하소연하며 간청하는 목소리가 들려왔다.

"아버지! 사랑하는, 사랑하는 아버지!"

"신께서 내게 자비를 베푸시길." 나의 아버지가 소리쳤다. "불길한 말로 내 방앗간에 화나 자초하게 하려고 내가 이 고난 중에도 즐거운 크리스마스 시를 낭송해달라고 정중하게 간청한 줄 아세요, 리폴데스 박사님? 이제 그만 식탁에서 내려오시고 상상 속에 있는 당신의 동료를 올려보내세요! 아담, 박사님과 이야기 좀 나누시게! 다른 때는 바쁘게 움직이며 돌아다니더니 오늘은 저녁 내내, 마치 맷돌의 아랫돌과 윗돌이 동시에 깨지기라도 한 것처럼, 수위조절용 널빤지가 부러지고 물 자체가 흐르지 않는 것처럼, 거기에 앉아만 있군. 오, 알베르티네 양, 진정해요. 여기에는 우리만 있잖아요! 오로지 우리끼리 있으면서 피스터 방앗간이 주는 즐거움을 우리만 누리고 있는 게, 지금으로선 유일하게 다행한 일이네요."

펠릭스 리폴데스는 불 꺼진 전나무 앞에 있는 크리스마스 식탁의 잔과 접시 사이를 껑충껑충 뛰어다니면서 새된 목소리로 외쳐댔다.

"얼마나 안된 일인가! 그때는
착한 대법원 참사관과 오십 년간 앉아
씨름하던 그의 의자도 쓸려 버려진다.
그의 늙은 아내는 수프를 준비하고 헛되이 기다린다.
하지만 그리 오래는 아니다. 왜냐하면 세찬 먼지바람이 갑자기 골목 가득 몰아닥쳐 문과 창문을 향해 돌진하기 때문이다……
세상 종말을 위한 대청소의 먼지가."

"흠." 양 팔꿈치를 식탁보 위에 얹은 채 옆에서 아담 아세가 중얼거렸다.

"그곳에서 마지막에 웃는 자가 볼 때, 이것은 매우 우스꽝스러우리라.
그는 자기를 괴롭히던 것이 소용돌이에 빨려들어가 날아가는 모습을 본다.
마지막 대청소가 자기 자신을 사로잡을 그 순간까지."

두 시간 후, 밤이 추웠는데도 그는 한참을 더 우리의 다락방 침대 맡에 앉아 있었다. 한번은 그가 중얼거리는 소리가 들렸다.
"정말이지 눈에 띄게 착한 소녀야. 매우 사랑스러운 아이야. 첫인상이 완전히 틀리지만 않다면, 조금도 멍청하지 않은 것 같아!"

열세번째 종이
아버지가 현미경 아래에서 맛본 불행

다음날 아침 우리는(에미와 나를 말하는 게 아니다. 에미와 나는 마을에서 건초 만드는 농부들을 돕느라 저녁이 되어서야 비로소 피스터 방앗간의 이야기로 되돌아왔다) 학문적인 연구를 시작했다. 그리고 진단을 위한 첫 단계 준비에 몰두했다. 아세 박사는 이 진단을 위해 아버지의 부름을 받았다. 전에는 아주 건강하고 즐거웠던 아버지의 가계家計가 있는 병석으로.

"정말 안 좋아!" 그 기이한 방앗간 의사이자 시냇물 관찰자가 말했다. 그는 지붕 아래의 창문을 열어 축축하고 차가운 회색빛 아침 속으로 코를 내밀었다가 재채기를 하더니 다시 제자리로 되돌아왔다. "흠, 이 또한 인간들이 자기네 세상을 원하는 만큼 달콤하게 만들 수 없기 때문이야!"

우리는 크리스마스 장식을 한 방으로 내려갔다. 방은 깨끗이 정리정돈되어 있었지만, 즐거웠던 지난밤의 여파에서 나온 것만은 아닌 다른 기이한 냄새들로 가득했다. 전나무는 이미 구석으로 밀려나 있었다. 그리고 아버지는 실내용 재킷을 입고 탁자 옆에 앉아 있었지만, 명절 기분이 아니었다.

"일꾼들과 여인네들은 마을 교회에 간단다. 에버트, 내 기분이 지난 몇 년 동안과 같다면, 돌아가신 네 어머니가 살아 계실 때와 같다면, 나도 너희 두 이교도를 데리고 교회에 가련만. 하지만 이젠 그럴 기분이 아니야. 그리고 유감이지만 마음을 바꿀 수가 없어. 앉아서들 커피 마셔라. 몇백 년 전부터 우리 방앗간은 우리의 부활절 케이크와 사순절 케이크, 크리스마스 케이크를 자랑스러워했어. 하지만 이제 이 케이크도 내게는 전 같지가 않다. 독이 들어 있고 썩은 것 같은 냄새와 맛이 나. 내가 접시를 도로 물릴 때 크리스티네가 쏟아낼 피눈물도 내겐 아무 도움이 안 돼. 사랑하는 아들들아, 케이크 먹어라. 하나님이 너희에게 은혜를 베푸시어 더 나은 식욕과 더 푸른 희망을 허락하시길! 나중에 우리는 방아창고에서 죽을 만큼 지겹도록 냄새를 맡게 될 게다. 자네가 지난 몇 년간 배우고 행한 것들이 정말 쓸모가 있는지 보게 될 걸세, 아담. 음, 만약 쓸모가 있다면 그것이 내게 주는 크리스마스 선물이 될 게야!"

그녀가 만든 성탄 음식의 진가를 우리가 인정해주었기에 우리의 크리스티네는 한 방울의 눈물도 흘릴 필요가 없었다. 우리는 그녀가 우리 앞에 산더미처럼 쌓아놓은 케이크와 과자 들을 꾸역꾸역 잘도 먹었다. 바라건대 앞으로 베를린에서도 명절 때 똑같은 케이크를 구워주기를. 예전의 피스터 방앗간은 그 케이크로 유명했다.

우리는 아버지와 함께 터빈실에서 아무런 방해도 받지 않고 그 나라와 냄새에 대한 학술적 조치를 단행할 수 있었다. 늙은 방앗간 주인이 예견한 대로 방앗간 일꾼들이 정말 교회에 갔는지는 말할 수 없다. 여하튼 그들은 없었다. 그리고 물레방아는 멈춰 있었다.

우리 또한 서서 몸을 떨었다.

정말 지독했다!

"누가 됐든 난폭한 방법으로 가르칠 필요는 없지." 아버지가 신음하듯 말했다. "누구나 자기 고유의 생각과 감정이 있기 마련이니까! 그래, 박사, 한번 둘러보시게. 그리고 수백 년 전부터 여기 물이 크리스털처럼 맑고 신부의 옷처럼 정결하다고 알고 살았던 방앗간 주인이 되어 보시게! 저기 좀 봐라, 아들아. 소매를 걷고 물이 합쳐지는 홈통에 손을 넣어봐. 그리고 네 조상들의 밝고 정직한 방앗간 물이 오늘 어떤 분비물과 기름을 나의 생업과 삶에 침전시켜 놓는지 느껴봐. 그래, 과감하게 방아바퀴에서 한 손 가득 가져오시게, 박사. 아직 많이 남아 있지만 없으면 아쉬울 거야. 그리고 자네 젊은 사람들, 자네들은 그걸 보고 웃겠지. 어쩌면 지금은 감히 웃지는 못하더라도 나를 늙은 바보 취급할 걸세. 하지만 내게 저 물은 생명체와도 같아. 저 물의 맥박을 재기 위해 의사를 불러야만 한다고. 피스터 방앗간의 맥박이 서서히 멈춰가고 있어, 에버트 피스터! 어쩌면 금방이라도 맥박이 멈출지 누가 알겠어!"

맙소사, 나는 분노와 낙담에 빠져 떨고 있는 늙고 착한 남자 앞에서, 더욱이 나의 아버지 앞에서, 그리고 나의 조상들이 명예와 고통과 기쁨으로 대대손손 물려준 토지와 대지 위에서, 결코 웃고 싶은 심정이 아니었다! 그곳에는 젖같이 흐릿하고 끈적끈적한 섬유가 침전된 작은 하천이 악취를 풍기면서 무시로 크리스마스 첫날을 향해 흘러가고 있었다. 나는 크리스마스, 성탄절 기분이 나지 않았다. 잔뜩 긴장한 채, 두려움에 사로잡히다시피 해서 화학과 현미경 공부를 한 나의 친구이자 옛 멘토를 바라보았다. 그는 방금 물레방아에서 탈취해온 끈적끈적하고 미끌미끌한 덩어리를 손에서 씻어내고 있었다.

"아세, 우리가 무엇에 그리고 누구에게 책임을 물어야 할지 알아냈어요?" 내가 소리쳤다. "아담, 부탁인데 쓸데없는 장난은 치지 말아줘요." 나는 그에게 귓속말로 말했다.

"추호도 그럴 생각은 없어. 내가 채색가의 아들이어서라기보다는, 아니 채색가의 아들일지라도 말이야." 박사는 학자답게, 병석에 불려온 신뢰가 가는 외과의답게 평온과 침착성을 유지하면서 말했다. "내게는 허투루 임할 수 없는 너무나 중요한 일이야. 피스터 아버지, 만약 제가 이 흐린 물결, 이 기이한 냄새와 얼마나 한 패인지 조금이라도 눈치채셨더라면 저를 부르시지도, 크리스마스트리 아래로 초대하시지도 않았을 거예요. 하지만 피스터 방앗간을 너무나 사랑하기에 방앗간의 안녕과 고통에 대한 저의 생각을 정말 객관적으로 제시하기가 어려워요. 지금 알 수 있는 것은, 실제로 하등식물 조직이 광범위하게 침전해 있다는 거예요. 그 이상에 대해서는 조만간 현미경이 알려줄 거예요. 제 학문적 경험에 의하면, 곰팡이 덩어리가 해초들과 서로 뒤엉켜 있어요. 하지만 지금 우리의 어머니인 지구의 혈관을 오염시킨 게 어떤 종류의 곰팡이이고 어떤 종류의 해초일까요? 에버하르트, 나 자신의 사업상의 이익을 위해 그것을 밝혀내는 것이 아마도 내가 네게 주는 크리스마스 선물이 될 거야!"

우리는 크리스마스 첫날 날이 밝을 무렵 현미경을 설치했다. 박사는 매우 정확하게 오염을 조사하는 일에 헌신적으로 몰두했다. 예전에 아버지가 대학과 친분이 있던 시절 '굉장한 열의'라고 명명했던 때만큼이나 그렇게 헌신적으로 몰두했다. 당연히 아버지와 그의 상속자는 이 열의에 찬물을 끼얹은 일은 눈곱만큼도 하지 않았다. 그들은 그의 방문을 걸어 잠그기까지 했고 무릎에 손을 얹고 말없이 앉아 있었다. 그리고 그 학자가 새로운 결과에 도달하거나 우리에게 그 결과를 알려줄 때는 이따금 숨을 죽이기까지 했다.

"내 생각이 맞았어. 저 흥미로운 해초들은 대부분 규산화된 규조류야. 종으로는 멜로시라, 엔시오네마, 쪽배돌말과 플레우로시그마야. 여기 별해캄도 있고. 주인어른, 이 이름들만으로도 물레방아가 멈출 것 같지 않으세요?"

"내가 아냐." 아버지는 비탄조로 말했다.

"그래요, 하나님의 동물원은 커요." 아담 아셰가 나지막이 말했다. "유감스럽게도 어르신께 곰팡이와 관련해서 보고해야 해요. 피스터 아버지, 저 냄새 때문에 하소연을 하시는데, 곰팡이들은 사물死物기생균, 즉 독일어로 불결한 거주자에 속하기 때문에 냄새가 나는 게 너무나 당연해요. 애당초 원하시는 게 뭐죠, 늙은 술집 주인? 끊임없이 오고 끊임없이 가는 거예요! 슐체와 마이어, 기타 등등의 가족들이 피스터 방앗간과의 교제를 중단했다면, 이제는 대신에 분열균류分裂菌類와 민물 곰팡이 가족들이 굉장히 많이 찾아왔어요. 이 곰팡이들은 모두 피스터 방앗간에서 커피 물을 끓이는 대신 물에 존재하는 황화수소산을 이용해서 최단 기간에 가장 쉽게 황화수소를 발효시킬 수 있는 놀라운 능력이 있어요. 모두 오래되고 잘 알려진 종이죠. 렙토트릭스, 아스코코쿠스 빌로티, 클라도트릭스 콘, 그리고 여기……"

그는 자신의 도구와 확대경에서 물러나 똑바로 서서 두 손으로 머리카락을 움켜쥐었다. 그리고 웃으면서 아버지와 아들을 번갈아 보더니 아버지 어깨에 손을 얹었다. 그리고 자기 자신에 대해 매우 만족해하면서 확신에 찬 목소리로 말했다.

"무색황세균!"

"뭐라고?" 아버지가 물었다. "누구라고?" 아버지가 물었다.

"크리커로데요!" 아담 아셰 박사가 말했다. 늙은 신사가 의자의 팔걸이를 붙잡자 의자가 모조리 부서질 것만 같았다.

"그럼 내 조상의 유산과 우리 하나님의 오염된 자연을 짊어지고 크리커로데에 달려들 수 있을까? 나의 불행을 짊어진 채 그 위로 올라서도 될까? 그 말을 해준 대가로 자네의 모든 채무를 갚아주겠네, 아담!…… 뭐라고 했지?"

"무색황세균이오. 특별히 어르신을 위해 우리 중 한 사람[76]이 최근에 설탕공장의 배수구에서 발견했어요. 옛 친구여, 원하시는 게 뭐죠? 곰팡이도 살고 싶어해요. 모든 생명체는 생존권이 있고 또 생존권을 가지려고 하지요. 이 생물은 썩어가는 액체 속에 있는 유기체적 실체에 최대한 의존하고 있어요. 피스터 방앗간과 술집 영업권이 무슨 상관이겠어요? 그것은 어르신의 방앗간 홈통과 물레방아를 편하게 만들 따름이지요. 원하신다면 이것도 문서로 작성해드릴게요. 이 무익한 형체에 최초로 주목했고, 사람들이 주목하게 만든 동료 퀸이 어르신을 위해 감정서에 기꺼이 자신의 이름을 적어줄 거예요."

"그러니까 자네 말은 나의 물을 혼탁하게 만드는 저 파렴치한 흰 거품에 대한 책임이 틀림없이 크리커로데 공장에 있다는 거지? 아이고, 그러니까 그것에 어떻게……"

"그래요, 그것에 어떻게 대처해야 할지는 우리 전공 분야의 학자가 풀 수 있는 문제가 아니에요. 그건 그렇고 지금까지는 어르신의 물레바퀴에 붙어 있는 것만 조사했어요. 그리고 정원을 따라가면서 파이프에서 물방울을 조금 채취했고요. 당연히 시냇물을 따라 위로 거슬러올라가 오물의 근원까지 추적할 거예요. 하지만 피스터 아버지, 전에 아드님에게 한 말을 지금 아버님께도 말씀드릴게요. 저는 이 일을 최대한 근본적으로 파헤치는 것에 굉장히 관심이 많아요. 그런데요―이 문제에 있어서 저는 이쪽 편에 있어요. 그리고 특히 어르신을 위해 그리고 세상을 위해 행하게 될 이 업무가 제게는 아주 부차적인 것에 불과할지도 몰라요. 어르신의 분노, 어르신의 고통 그리고 그 밖의 사랑스러운 감정에 경의를 표합니다, 피스터 아버지!"

"누구나 다 세상의 어느 쪽이든 편을 들게 마련이야." 사랑스러운 나의 늙은 아버지가 한숨 섞인 어조로 말했다. "다만 노년에 그런 사실을 너무 많이 통찰하게 될 때, 그리고 주의력을 끌어모아 다시 학교에 가기에는 이제 너무 늙었다고 느낄 때면, 마음이 안 좋네. 자네가 파괴된 방앗간 물에서 무엇을 더 배워야만 하는지는 모르겠네, 아담 아세. 당면해 있는 문제와 관련해서 내가 원하는 건, 저기 있는 내 아들에게 그리스어와 라틴어보다는 자네의 확대경을 배우게 했더라면 더 좋았을 거라는 거야. 그러면 자네도 편안한 손님일 수 있었을 테니까. 계속해서 자네 학문의 도움을 얻으려고 애쓸 필요가 없는 손님 말일세."

그들은 조금만 오랫동안 붙어 있으면 이렇게 또는 이와 유사한 방식으로 티격태격했다. 하지만 그렇다고 친분에 있어 둘 사이에 버금가는 친구가, 이 경우에는 이 집의 아들이 그들 사이에 끼어들어 진정시킬 필요는 없었다. 다행히 그들은 언제나 금방 서로를 이해했다. 그것도 진정으로.

"오늘은 성탄절 첫째 날이에요, 피스터 아버지. 저녁이 되고 아침이 되면 분명히 둘째 날이 와요.[77] 그러니까 제 말은, 오늘은 오늘 얻어낸 초라한 결과로 그만 만족하자는 거예요. 그리고 내일 이 끔찍한 것의 원인이 어디에서 비롯되었는지 찾아가볼게요." 아세 박사가 말했다. 그는 한숨을 내쉬면서 자신의 현미경에서 몸을 일으켰다. 반쯤 약탈된 구석의 전나무로 다가가더니 제일 높은 가지에 여전히 걸려 있는 하트 모양의 설탕과자에 손을 뻗었다. 그런데 기이하게도 그것을 약간 우울하게 관찰하고 나서는 입이 아니라 주머니에 넣었다. "오늘은 성탄절이에요, 사랑하는 늙은 아버지. 그리고 아버지의 우울한 얼굴 때문에 제 마음이 얼마나 아픈지 잘 아셨으면 좋겠어요. 이 쓰레기 더미 같은 지상에 이렇게나 많은 쓸쓸함과 이렇게나 많은 더러운 빨래가 있다고 해서 누가 뭘 어쩔 수 있겠어요? 그리고 저는 어르신을 위해 시내에서, 세상에서 멋진 이야기를 잔뜩 가져왔어요. 또 벌써 너무 오랫동안 불을 붙이지 않은 채 파이프를 물고 계시네요. 아버지께 새 담뱃잎을 넣어드려, 에버트. 오늘은 정말 이것으로 충분해요."

무더운 여름날 아침 피스터 방앗간 맞은편 들판에서 건초를 만든 날 저녁에는 나 또한 그것으로 충분한 것 같았다. 꺾지 않고 그냥 내버려두었던 꽃들은 이슬이 내리자 견디기 힘겨운지 전부 다 휘어졌다. 아버지가 심은 오래된 나무들 아래는 매혹적이라고 할 만큼 시원했다. 하지만 나의 하나뿐인 연인에게도 이슬이 내렸다. 이슬이 나의 연인에게 해롭지 않다고 누가 말해주었더라? 그녀는 다른 모든 꽃과 함께—밤에 피는 제비꽃들은 빼놓고—작은 눈을 감았다. 그리고 졸졸 흐르는 개울 옆 우리의 정원에 앉아 내 어깨에 고개를 기댔다. 그리고 내 가슴에 기대고서도 방해받지 않고 잔잔히 흘러가는 물결처럼 고개를 오르락내리락했다. 그러면서 중얼거렸다.

"그냥 조용히 계속 이야기해줘요. 하나도 안 빼먹고 다 듣고 있어요. 다 듣고 있다고요. 하지만 될 수 있으면 너무 학자 티를 내진 말아줘요, 자기! 정말 내 잘못이긴 하지만 지리랑 자연사 시간에는 집중해서 들을 수가 없었어요. 그리고 자기가 라틴어로 말한 그 동물들은 내가 학교에 다닐 때는 아직 발견되지도 않았을 거예요. 알베르티네 부인은 이런 걸 나보다 훨씬 잘 알아요. 자기를 흉보려는 건 아니에요. 사실 아빠 집에서도 난 아빠랑 교회묘지에서 식물채집만 했으니까. 그리고 그때— 그때, 자기가 그런 나에게 어떻게 접근했는지 자기가 더 잘 알잖아요!"

열네번째 종이
크리커로데

나는 무더위에 지치고 잠에 취한 나의 여자를 업다시피 해서 데려갔다. 한심한 이가 긴 막대기로 처마 밑 제비나 철새 둥지를 헐어버리듯, 여름이 다 가기도 전에 영원히 무너져버리고 말 우리의 여름 둥지로. 그리고 오늘 나는 피스터 방앗간에 관한 추억의 기록 중 허리 부분을, 그 중심 부분을 이 따분한 종이 위로 나르고 있는 듯하다.

저녁이 되고 아침이 되니 성탄절 둘째 날이었다. 그리고 혐오스러운 것의 근원을 파헤치는 데 같이 가겠다고 자기 자신과 우리에게 약속했던, 그러니까 아버지의 방앗간 물 상류 쪽으로 가는 우리의 무시무시한 탐험에 동행하겠다던 펠릭스 리폴데스도 정말 같이 갔다.

리폴데스는 세번째 종소리가 울릴 때 짙은 안개 속을 헤치고 방앗간에 왔다. 그리고 아버지의 술청 옆 맥주통 위에 넋 놓고 앉아서 안개가 걷히기를, 우리, 아담 아셰 박사와 내가 떠날 채비를 마치기를 끈질기게 또는 따분하게 기다렸다.

후자는 금방 이루어졌다. 전자는 우리가 온종일을 기다린다 해도 헛일일 것 같았다. 회색의 운무는 피어오르지도 사그라들지도 않았다. 계속해서 그 상태로 머물러 있었다. 끝을 예측할 수가 없었다. 그런데 실내에서 가련한 시인과 첫인사를 나눌 때와 밖에서 회색의 습하고 차디찬 세상과 첫인사를 나눌 때, 친구 아담이 보여준 얼굴보다 더 짜증나고 화난 얼굴을 본 적은 거의 없었다.

"시인이자 사상가에게, 박사님께 말하겠는데요." 그는 퉁명스럽게 말했다. "우리는 오늘 아침 탁자 위에 올라가는 게 아니에요. 그리고 너, 애야, 내가 악취 가득한 네 아버지의 목가적인 선술집에서 풍기는 세계 종말의 감정을 증류하기 위해 피스터 방앗간에 왔다고 상상하지는 마라. 목가는 가고, 목가는 온다. 크리스마스에도, 부활절이나 사순절에도, 나는 어떤 서러운 눈물로 결심했지. 우리에게 주어진, 혹독하게 현실적인 이 지상에서 잠자코 속물들과 함께 가능한 한 편한 상태에서 먹고 삼키며 번성하고, 가능하다면 그들을 대변하겠다고 말일세. 제기랄, 제일 바라는 것은, 그대들 두 사람 상상력의 바보들일랑 피스터 아버지와 함께 예배를 드리면서 하나님과 그의 모든 작품을 찬양하고, 대신 시대의 생활 조건 및 문화 조건과 겨루는 이 논쟁일랑 오로지 내게 맡겨주었으면 하는 거야. 하지만 기왕에 여기들 있으니, 자 앞으로— 진창 속으로! 저기 럼주병과 잔을 가져가세요, 잠제. 그리고 제 팔을 잡으세요, 예전에 행복했던 분. 오늘은 현미경이 필요 없어, 에버트. 하지만 잠제, 저기 병이 든 광주리는 가져가세요. 리폴데스 씨, 귀가 솔깃할 필요는 없어요. 빈병들이니까요. 그리고 내가 그 병들에 채우려는 내용물은 멜루지네[78]의 샘에서 나온 것도 아니고, 반두지아의 샘[79]에서 나온 것도 아니에요. 히포크레네[80]에서 나온 것은 더더욱 아니고요."

우리는 내가 아주 어릴 때부터 잘 알았던 울타리의 개구멍을 빠져나가 방앗간 정원을 뒤로하고 길을 나섰다. 습한 들판과 울퉁불퉁한 경작지 위로 나 있는 강가 갈대숲을 따라서 강을 거슬러올라갔다. 멀리 위쪽으로 보이는 농가 서너 채의 정원이 냇물까지 이어졌다.

피스터 방앗간을 알고 있거나 알았던 사람이라면 누구나 알듯이 본래의 마을은 방앗간 아래쪽으로 소총 사격 거리의 두세 배쯤 떨어진 곳에 위치해 있다. 바라건대 내 아버지의 사랑스러운 집보다 헤아릴 수 없을 만큼 오랜 세월 동안 그 자리에 그대로 있기를.

"저기 댁의 따님 아니에요, 리폴데스 박사님?" 문득 아세가 물었다. 그는 방금 전에 잠제가 '무無엽록소 유기물'이 매달린 바싹 마른 갈대숲에서 남색의 점액질 강물로 가득 채운 병을 우리 광주리에 내려놓고 있었다.

그것은 여인의 모습이었다. 맨 마지막 소작 농가 앞 쑥대밭이 된 양배추밭에서 회청색의 안개에 둘러싸인 채 나무 아래 서 있었다.

"노래하라 목장아, 푸른 목장아!"[81] 시인이 앙칼진 목소리로 말했다. "아가씨, 그대는 회향꽃과 매발톱꽃, 운향꽃을 가진 그 사람인가요?[82] 미나리아재비, 쐐기풀, 들국화, 야생란을 들고 있는 그 사람인가요?[83] 덴마크의 한 겨울에?[84] 너니, 나의 알베르티네?"

회색천을 바짝 두른 초라한 옷차림의 날씬한 형체가 우울한 안개를 헤치며 우리 쪽으로 다가왔다. 우리가 인사하자 고상한 동작으로 고개를 숙여 답례했다. 알베르티네 리폴데스는 미소를 지으면서 말했다.

"아빠, 기침을 하시잖아요. 아빠의 감기 때문에 근심걱정을 짊어지고 온 사방을 쫓아다녀야 할 판이에요! 아빠, 정말 너무하세요."

"알았어, 알았어." 시인은 입을 비죽거리며 말했다. "너희에게 제비꽃을 주고 싶었다. 그런데 아버님이 돌아가시고 나자 죄다 시들어버렸지. 아버님은 끝이 좋았다고들 하더구나.[85] 그럼, 물론이지! 달리 어떤 종말을 맞이하실 수 있었겠어? 그리고— 저기 얘야, 저 신사들을 잘 보아라. 저이들은 재미있는 이 세상에서 나의 인간적 생존과 관련해서 쓸모 있는 결과를 끌어내는 일에 대해 좀 회의적인 것 같구나."

"이제 그 바보 같은 소리는 좀 그만하세요, 리폴데스 박사님!" 아세 박사가 퉁명스럽게 말했다. "따님 말에 흠잡을 데가 하나도 없네요. 박사님은 따뜻한 방에 계셔야 해요. 불멸성을 좋아하시면서도 감기에 잘 걸리신다는 건 예전부터 너무 잘 알고 있어요. 덴마크인 햄릿에 관한 그 바보 같은 소리 좀 그만하세요. 피스터 아버지의 방앗간 물에 대한 관심도 그만 내려놓으시고요. 뭐라고요? 이런 계절에 들국화와 제비꽃이라니요? 내일이면 제가 덴마크 물약을 권해드려야 하겠네요. 가장 좋은 친구의 이로운 조언을 또 안 듣고 당장 집에 가시지 않는다면 O양이, 알베르티네 양이 플로라의 자녀인 독일의 카밀레만 드려야 할 거예요."[86]

젊은 숙녀는 화가 난 듯한 눈초리로 나의 불쌍한 친구 아셰를 쳐다보았다. 하지만 동시에 두려움에 떨면서 자기 아버지의 손을 잡으려 했다.

"제발 저랑 같이 가세요! 저 신사분도 그게 더 좋을 거라고 하잖아요."

"나중에…… 저 젊은이들과 함께 갈게, 얘야! 저이들은 물론 우리 집에서 아침식사를 할 거야."

"아!" 알베르티네 양은 나지막한 소리를 냈다. 이번에는 짜증을 내거나 두려워서가 아니라 정말로 놀라서였다. "하지만 아버지— 저 신사분들은— 아시잖아요."

"시간이 된다면요, 리폴데스." 아담 아셰는 전보다 더 거칠고 퉁명스럽게 말했다. "만약 피스터 아버지가 교회에서 돌아와 당신이 저를 후히 대접한 것을 알게 되어 그분의 여타 근심걱정을 늘린 셈이 되지 않으려면 시간이 촉박해요. 리폴데스 박사님, 초대는 다음에 하시지요! 아가씨, 그럼 이만!"

그는 오래 써서 심하게 구겨진 펠트모자를 기이한 모양의 헝클어진 고수머리에서 조금 들어올려 예를 표하더니 이내 다시 눌러썼다. 그런 다음 아무 생각 없이 하품만 하고 있는 잠제에게 옆구리를 찌르는 듯한 손짓을 해 병이 든 광주리를 들고 강 상류 쪽으로 오솔길을 따라 계속 올라가게 했다. 그리고 자신은 장갑을 끼지 않은 주먹을 외투 주머니에 깊숙이 찔러넣고 그를 따라갔다. 하지만 리폴데스 박사는 내 팔을 붙잡고 말했다.

"저이는 의심의 여지 없이 무례한 사람이야! 하지만 맨 앞에 가는 사람은 그간의 경험이 말해주듯 무례하지 않아. 난 아주 오래전부터 그를 꽤 좋아한다네, 젊은 피스터. 내가 제일 좋아하는 정감 가는 촌놈 중 하나야. 그도 계속해서 나와 좋은 관계를 유지하려 할 거야. 젊은 양반, 그를 놓치지 않게 빨리 가시게. 그는 당연히 아무것도 모른다네, 자네 아버님의 오염된 인생의 근원지에서 내가 얼마나 내 일을 잘 처리할 수 있는지를. 애야, 신사들께서 너의 초대를 받아들이셨어. 팔 좀 빌려주시게, 안내자 소년."

정말 그는 안내도 조종도 할 필요도 있었다. 어깨 너머로 뒤를 돌아보니 알베르티네 양이 눈가로 손을 들어올리고 천으로 몸을 바짝 감싸는 모습이 보였다. 그런 다음 주저하면서 보잘것없는 거처 쪽으로 걸음을 옮겼다.

앞서간 사람들을 다시 따라잡자 아담이 말했다.

"불쌍한 따님을 두려움에 떨게 하지 말고 뭔가 더 나은 일을 하실 수 있을 텐데요, 리폴데스."

"헤헤헤." 올림포스 산정의 무책임한 손님은 낄낄거리며 웃었다. "그 아이는 창피를 면할 방도를 찾아서 우리를 정말 놀라게 해줄 거야. 잘 유념하시게, 에버하르트 피스터. 그리고 올곧은 정신적 작업과 수작업을 고수하고. 나 같은 부류의 사람들은, 최고로 사랑스러운 소녀들일지라도 유감이지만 저기 위, 구름과 까마귀 떼 위의 궁정에 들어갈 권한도, 함께 식탁에 앉을 권한도 없다네. 제우스의 이름을 걸고 말하건대, 착한 소녀인 내 아이도 이 지상에서 맑은 물을 보며 즐거워할 수 있어야 해. 나는 그 아이도 나나 자네의 아빠, 피스터 아버지 못지않게 인간의 화학적 지식에 근거해서 누가 여기 이 물을 오염시키는지 알 권리가 있다고 생각하네. 저기 또 죽은 물고기 떼가 떠내려오는군, 아세."

물 관찰자는 전보다 더 짜증을 내며 어깨를 추켜올렸다. 하지만 시인에게 대꾸하지는 않았다. A. A. 아세 박사는 이제 정말 자신의 과제에 매달렸다. 이따금 내게만 최소한의 관찰 결과를 알려주었다.

하지만 나는 여름휴가 중인 아내에게 산성탄산칼슘과 산성탄산마그네슘에 대해, 황산칼슘염과 염화칼슘에 대해, 염화칼륨과 규산, 염화마그네슘에 대해 이해시킬 수는 없었다.

"자기, 제발 그만해요." 그녀를 이해시키려 하자 나의 에미가 말했다. "맙소사, 자기들 그 냄새를 다 맡았어요? 그래요, 크리스마스 때 베를린의 우리 집 냄새가 더 낫겠네요! 더는 한마디도 하지 말아요. 정말이지 알베르티네 부인과 돌아가신 불쌍한 아버님이 어떠셨을지 눈에 선해요. 아세 박사의 현학적이고 끔찍한 약사 말투가 아니었더라도요."

솔직히 말해서 아내 말대로 그만두는 것은, 풍문으로 들어서 아는 무시무시한 학문의 불가해한 전문용어로 우리의 여름날을 망치는 걸 그만두는 것은, 그녀 못지않게 나 자신을 위한 것이기도 했다.

요컨대, 우리는 상류 쪽으로 올라가면 올라갈수록 아버지의 방앗간 물이 점점 더러워지는 것을 목격했다. 또 옆으로 누운 물고기가 우리 옆을 지나 떠내려가는 것을 여러 번 목격했다. 우리는 코를 틀어막고 잠제의 병 광주리에 물을 채웠고, 더럽혀진 나야데[87]에게서 증거를 얻어내기 위해 병마다 채취한 장소의 명칭을 정확하게 적어놓았다.

리폴데스 박사의 거처로부터 2.5킬로미터 떨어진 곳에서 우리는 세상의 흐름과 발전에 따라 당연한 귀결에 도달하듯이 피스터 방앗간을 파멸에 이르게 한 그 근원에, 아버지 피스터에게 고통을 가져다준 그 샘에 도달했다. 아담 박사는 그날 아침 처음으로 다정한 목소리로 말했다. 조그만 지류가 합쳐지는 곳과 색깔도 역겨운 점액질의 끔찍한 액체로 뒤덮인 초원 위를 가리키면서 형언할 수 없는, 어느 정도 진심에서 우러나오는 만족감에 사로잡혀서. "여기야!"

들판 저편에는 성벽을 요철 모양으로 쌓은 크리커로데가 거대한 굴뚝으로 무장한 채 드높이 우뚝 솟아 있었다! 새 시대의 위대한 산업적 성과물인 크리커로데 공장이 나부끼는 안개 속에서 온통 잿빛에 파묻힌 채 시커먼 연기와 희멀건 증기를 숨가쁘게 뿜어내면서 성탄절 둘째 날에도 활기차게 '영업'을 하고 있었다. 크리커로데가!

"순 설탕이야!" 아세가 소리쳤다. "바보들은 저기에서 세상의 쓰디씀에 대해 계속 수다를 떨지. 그들은 결코 저기에서 세상을 달콤하게 만들 수 없어. 그리고 여기서, 우리는 지상의 고통을 곱씹으면서 새로운 문 앞에 서 있어. 당신은 주주가 아니에요, 리폴데스. 피스터 아버지도 마찬가지고요. 그리고 너 어린 개구쟁이도 아니라고 생각하는데······"

"당신도 아니잖아요, 아담." 위대한 화학자의 꾸밈없는 파토스를 중단시키면서 내가 말했다. 그런데— A. A. 아셰가 조용히 말했다. "나는 주주이고 싶었어. 주주면 좋겠어."

불쌍한 비극배우는 멍청하게 웃으면서 내 팔을 더 꽉 움켜쥐었다. 우리는 그런 상태로 40에이커 넓이의 인공늪 주위를 돌아서 거대한 공장의 담벼락 아래 더럽고 뜨거운 누런색 액체가 시커멓게 분출되는 곳에 도달했다. 그 분출물은 처음에 냇물에서 증기가 나게 하더니 곧 증기와 함께 넓은 지표면 위로 퍼져나갔다. 바로 윗대의 조상들은 그 지표면이 초원인 줄로만 알고 지냈다.

"그러니 여보게 에버트, 이 유용한 요소는 물을 따라 흘러가면서 지나는 곳마다 많은 것을 퇴적시켰어. 하지만 그렇다고 해서 이 지류가 자네 아버지의 방앗간 물에 합류할 때 어떻게 여전히 심하게 채색되어 있고 악취를 뿜는지 이해 못할 것도 없어. 너희가 피스터 방앗간에서 세상 사람들처럼 분에 사로잡혀 죄악이자 치욕이라고, 악마의 수프라고, 악마 또는 악마 어머니의 부엌에서 나온 몹시 파렴치한 수프라고 불렀던 것을, 난 잠잠히 그리고 학문적으로 유기물이 주어진 양의 황산에 가하는 축소작용의 산물이라고 부르겠어." 아담 아셰가 말했다. 그리고 잠제의 광주리에서 마지막 병을 꺼내 크리커로데의 하수관에서 나온, 김이 조금 나는 따뜻한 액체로 채운 뒤 전문가다운 애정으로 휴일의 회색빛 하늘로, 감지 않은 왼쪽 눈앞으로 들어올려 살피면서 덧붙였다. "자, 이제 집에 돌아가도 될 것 같은데."

"그래, 정말 추운 날씨군. 그리고 이 일에는 기대했던 유머도 없어." 펠릭스 박사가 낡은 겨울 외투 속의 어깨를 추켜올리면서 중얼거렸다. "얼마 전까지도 자네가 이런 사람인 줄 몰랐네, 아담. 너무나 건전한 인간의 오성으로 행하는 이런 식의 탐험에 더는 동반자이자 합창대원[88]으로 달라붙지 않을 거야. 이 일과 관련해서도 자네를 생각하며 기뻐했었네, 아세. 하지만 유감스럽게도 내 기억력이 흐려졌군. 매일같이 새롭게 그대들 젊은이가 몇 살인지, 그대들이 얼마나 이성적이며 지루한지를 곰곰이 생각해야 해."

그는 느닷없이 왼손으로 나의 멱살을 거머쥐었다. 그리고 과거 그 어떤 기사의 성보다 더 환상적으로 지붕과 성곽, 성탑과 굴뚝을 갖추고 성탄절의 안개 속에서 우뚝 솟아 있는 거대한 산업시설을 향해 깡마른 오른손과 초라한 소매 밑으로 드러난 주먹을 높이 뻗어 올렸다. 그는 쇳소리가 나는 쉰 목소리로 외쳤다.

"저것 좀 봐라, 얘야. 너도 저것과 타협해라. 저 사람처럼 학문적으로든 주주로서든. 얘야, 저것 앞에서 처량하게 되지는 않을지 다른 사람들처럼 단단히 두려워해라. 그리고 시간과 공간을 지배하는 그 뭔가를 가진 저것에 공연히 대들다가 혼나지 마라. 만약 우리의 충고를 따른다면 뭔가를 이루게 될 걸세. 다만 그러다가 뒤에 남겨 둘지도 모를 뭔가를 찾으려고 뒤돌아보지만 말아라. 하지만 이제 나는 너희의 충고대로 집에 기어들어가서 휴일 오후에 걸맞은 유용한 독서에 전념해야겠다. 아세, 자네도 알다시피 내 서가의 책은 시간이 지나면서 다른 것과 마찬가지로 어디론가 없어졌네. 지금 시골에 체류하는 동안은 오로지 이웃 농부들의 책과 올해 달력, 문 위 선반에 있는 낡은 책 한 권에 의존하고 있어. 딸이 그 책을 꺼내 내려주겠지. 당시에는 아무도 주의를 기울이지 않았던 아주 오래된 유대인의 지혜와 예언[89]이 있다네! 만약 언젠가 책들이 전부 다 네 아버지의 방앗간 물처럼 변질되고 악취가 나며 썩은 물고기들로 가득 찬 것처럼 여겨지면, 그땐 그 책을 읽어보렴, 에버트 피스터! '방앗간 주민들아, 너희는 슬피 울라. 장사꾼 백성이 다 패망하고 돈을 거래하는 자들이 끊어졌음이라!'"[90]

"지금 당장은 그렇지 않기를." 친구 아담이 퉁명스럽게 말했다.

그는 우리의 한심한 동반자의 무기력한 파토스에 조금도 감동받지 않은 것 같았다. "그런데 방앗간의 울부짖음에 관해서는, 그래, 바로 그 때문에 우리는 코가 시큰거리도록 안개와 아지랑이를 헤치고 여기에 온 거야. 유감이지만 네 아버지가 예전의 명랑했던 삶을 되찾도록 도와드릴 수가 없어, 에버트. 하지만 리폴데스, 얌전히 이상을 간직한 채 인생의 혹독한 학교에서 아버지 피스터 옆자리의 딱딱한 걸상에 앉으셔도 돼요. 그건 그렇고, 에버트, 여담으로 하는 말이지만, 최고의 남자는 시간과 공간을 지배하는 것에 직면해서 언제나 가장 조악한 물질을 갖고도 올바른 길을 찾아낼 줄 아는 사람이라고 생각해. 박사님의 『아테네의 알라리크』와 『스트라스부르의 재단사』[91]에 저의 장광설은 쓸모가 없었을 거예요. 저와 짝을 이루어 피스터 방앗간에 대해 시를 한 수 짓자는 제안은 그저 가소롭게만 들리겠지요. 잠제, 당신은 나의 사람입니다. 이 광주리를 조심해서 받아가세요. 그리고 집까지 행진하세요. 하지만 불멸의 신들께서 내 뜻을 허락하시기를. 나 또한 신들에게 그들의 뜻을 허락하노라."

그는 충실한 하인 잠제보다 앞장서서 강 아래쪽을 향해 성큼성큼 걸어갔다. 그리고 나는 잊힌 시인과 함께 뒤를 쫓았다. 따뜻한 집에 있는 편이 좋았을 거라는 시인의 말이 점점 더 예사롭지 않은 느낌으로 다가왔다.

아, 그는 아주, 지나치게 그날과 잘 어울렸다. 거친 날씨와 천둥번개와도. 그리고 그 때문에 더욱 따뜻한 난로와 딸의 사랑스럽고 밝은, 염려 어린 시선이 절실하게 필요했다! 일찌감치 약해진 뼛속 깊이 오한이 점점 더 파고드는 것 같았다. 그는 떨리는 손가락으로 우리 앞에서 안개 속을 걷고 있는 젊고 건강한 남자를 가리켰다. 그리고 흥분해서 떨리는 목소리로 외쳤다.

"예전에 호시절일 때 내가 그들 때문에 산다고 생각했던 사람들에 그도 포함되어 있었단다! 그는 네 나이 때에 또랑또랑한 눈망울을 하고 내 문 앞에 서 있었지. 그리고 눈물을 머금은 채 꼼짝 않고 내 탁자 옆 자기 의자에 앉아 있었어! 이제 그가 보기에 나는 어린아이 같은 바보, 한심한 정신착란자, 허약한 몽상가일 뿐일세. 그는 자기가 내게 호통을 치고, 내게 이성이란 것을 말해주고, 정신 차리게 해주고 있다고 믿고 있네. 전에 내가 잘나갈 때 으스대던 것보다 더 으스대고 있어. 만약 그가 어린 시절 자신의 한심한 파토스에 대한 분풀이로 늙은 리폴데스를 자신의 피후견인으로 삼는다면, 그래서 리폴데스가 흐느껴 운다면 굉장히 고소할 걸세. 만약 지금 그를 불러 세웠을 때 그가 그럴 만한 가치가 있다고 여겨 뒤돌아본다면, 병적 증상들에 대해 어쩌고저쩌고 말할 테지. 나의 신경과 눈물샘에 작용할 만한 것을 또박또박 말할 거야. 그가 옳아. 그래, 그가, 저 젊은이가 옳아! 십 년만 더— 이십 년만 더 젊어져서 최근의 인생 경험으로 다시 시작할 수 있다면! 오, 에버하르트 피스터, 이런 멋진 명절 경치에, 우리 주위의 세상에서 예술가적 완성을 위해 온갖 장식품과 보조인물이 필요 없게 되면 좋으련만! 우리가 어떤 배경 속에서 뚜렷하게 부각되고, 그 그림 속에서 개인적으로 얼마나 편하게 또는 불쾌하게 느끼는지가 아무런 상관만 없다면 좋으련만!……"

지금 이 말은 "그 그림들 다 어디 갔지?"라는 에미의 의미심장한 말과 똑같았다. —가련하고 고통받는, 잊힌 남자인 그 시인과 사랑스럽고 시적이지 않은, 착하고 어린 나의 소녀가 동일한 질문을 마주하고 있었다. 그리고— 나와 A. A. 아세, 다른 사람들도 마찬가지였다. 평소에는 무엇을 상상하건 간에.

그녀, 에미는 피스터 방앗간의 다락방 아래 우리의 여름 보금자리에서 몇 시간 전부터 꼼짝도 않고 누워 있다. 그녀는 가장 행복하고 가장 천진난만하며 몸에 좋은 초저녁잠을 청했었다. 밤에 내가 다락방 옆 골방 탁자에서 종이에 그린 그림 중 몇 점이나 그녀의 꿈에서 현실이 되었는지, 깨어 있고 살아 있는 가장 현실적인 낮의 결과와 똑같은 현실이 되었는지 누가 말할 수 있을까?

마을에서 수탉들이 첫울음을 울 무렵에, 아침의 서늘한 기운이 내 옆의 커튼을 움직이려고 할 무렵에, 그녀가(그러니까 내 아내가) 몸을 뒤척이더니 팔꿈치로 기대고 몸을 일으켜 중얼거린 것만은 사실이다.

"내가 진짜 원한 건 결국 자기가 그를 따뜻한 난롯가로 데려가는 거였어요, 자기!…… 불쌍한 알베르티네!…… 하지만 자기들 남자란 다 그렇죠. 아버지든 남편이든 다 똑같아요. 아빠도 그렇게 즉흥적이었어요. 가장 지긋지긋했던 건 소위 아빠의 젊은 친구라는 부켄달을 아침식사에 데려온 거였어요. 우리는 피차 상대방의 진을 빼고 싶어했지요. 그 사람, 시보였던 부켄달은 정말 진지한 호의에서 그랬을 거예요. 그런데 알베르티네는 어떻게 그런 끔찍한 곤경에서 빠져나왔어요? 당시 그녀 형편에 자기들한테 무엇을 대접했어요?"

나는 발꿈치를 들고 다가가서 그녀가 다시 깊고 달콤한 잠에 빠져든 모습을 보았다. 그리고 동쪽에서 첫새벽을 알리는 여명이 밝아왔지만 다시 내 필기도구가 있는 곳으로 돌아갔다. 그래, 때때로 우리 남자들은 이렇다. 가장 안락한 유혹이 다가오고 있어도 급한 일이 있으면 말이다. 이 밤이 가기 전에 크리커로데로 향한 우리의 크리스마스 산보 이야기를 매듭지어야만 했다. 에미에게 이야기를 들려주든 또는 나 자신에게 문서상으로 이야기하든 간에.

아, 에미가 여름밤 꿈에서 상상한 것처럼 그 겨울날 리폴데스 박사님을 따뜻한 난롯가로 되돌려보내는 일이 간단했더라면! 나는 혼자 힘으로는 더이상 그를 이끌 수 없다는 사실을 알아채고는 깜짝 놀랐다. 이제 그는 오한이 나서 이가 마주칠 정도로 부들부들 떨었고 점점 더 이상한 소리만 늘어놓았다. 그래서 아세에게 도움을 청하는 수밖에 없었다.

아세는 멈춰 서서 어깨를 움찔하더니 시인을 새삼 쳐다보면서 중얼거렸다.

"희극의 결말에서 우리 같은 사람들에게 대개 무슨 일이 일어나는지 아주 잘 안다며 사람들이 자랑한다고 해서 비난할 수 있을까?"

그는 몹시 짜증을 내며 인상을 찌푸리더니 '사람들'과 '우리 같은'이라는 말을 강하게 발음했는데, 거기에는 불쾌감과 장난기가 섞여 있었다. 그러더니 몹시 냉담한 표정으로 말했다.

"최대한 빨리 그를, 산 채로든 죽은 채로든 집에 데려가야 해. 그 불쌍한 소녀에게 더는 감출 수가 없게 됐네. 이번에는 술에 취해서 그런 게 아니야. 그 빌어먹을 광주리 좀 내려놓으세요, 잠제. 오늘 성스러운 축제일에 아무도 훔쳐가지 않기를 바라는 수밖에요. 먼저 리폴데스 양에게 달려가서 잘 말해놓으세요. ―제기랄, 아니에요, 기다리세요. 에버트, 나는 여기서 별 도움이 안 돼. ―잠제, 이 불쌍한 사람의 팔을 부축해주세요. 내가 앞서가서 침대를 따뜻하게 해놓고 아가씨가 준비하게 할게요."

"한 말씀만 드릴게요, 박사님!" 잠제가 말했다. "이건 어떨까요?" 잠제는 털 달린 재킷 주머니에서 액체가 들어 있는 납작한 병을 꺼내 보이면서 물었다. 그 액체는 아버지의 방앗간 물에서 채취한 게 아니었다. "박사님, 내가 듣기로는……"

"제대로 들었어요! 늙은 만물박사, 왜 진작 말하지 않았어요? 맙소사, 당연하지요! 냄새를 맡게 해주세요. —그래요, 피스터 아버지의 진짜 노르트호이저[92]를. 그냥 보여주기만 해도 돼요. 그러면 드넓은 고통의 바다에 맞서 싸울 수 있을 정도로 적어도 이 순간만큼은 제대로 무장하고 일어설 수 있을 거예요."

유감이지만 정말 그랬다. 그 불운의 천재 안에 내주하던 환자는 마치 짐승과도 같은 소리를 내며 잠제의 '병'을 향해 손을 뻗더니 병의 내용물을 탐욕스럽게 몸속으로 털어넣었다. 그러더니 스스로의 말마따나 다시 인간으로 되돌아왔다.

"네게 맹세하지, 에버하르트 피스터." 아담 아셰가 내 귀에 대고 불평을 털어놓았다. "저 사람은 크리커로데 때문에 파멸하지 않아. 만약 그렇다고 주장한대도 거짓이라고 말하진 않겠어. 하지만 분명히 틀린 말이야. 네 아버지와 관련해서도 이 말을 하려고 했고, 하고 싶어. 자, 이제 저 불행한 사람과 함께 뒤따라와. 나는 조금 빨리 앞서가서 가엾은 소녀의 마음을 가라앉혀놓을 테니."

그는 강 아래쪽 안개 속으로 사라졌다. 잠제가 손가락을 코에 대고 약삭빠르게 속삭였다.

"에버트, 이성적으로 사고하기 시작한 이래 난 그저 시동으로만 머문 게 아니야. 여름 정원과 겨울 유원지의 하인이자 우리의 마스터와 대지에 딸린 그 무엇만은 아니라고! 박사님, 이제 좀 나아지셨어요? 괜찮으시다면 몇 걸음 더 걸어보세요!…… 내 생각엔 독극물이 든 저 병들을 가져가는 게 좋을 것 같아, 에버트. —성스러운 축제일이지만 그래도 마귀가 저기 뒤에 있는 공장사람들한테 일러바칠지도 몰라. 그들에게서 나온 무언가가 수풀과 관을 통해 우리의 파괴된 생계수단 사이에서 유랑하고 있어. 그리고 숨어서 죽은 물고기들이 나타나길 기다리고 있을지도 몰라. 아까 아셰 박사가 말한 것처럼, 공장사람들이 볼 때 가축전염병은 전부 다 그들의 삶을 달콤하게 해줄 게 분명해. 그들은 병에 붙어 있는 피스터 아버지의 옛날 상표만 보고도 자신들의 파렴치한 국물을 쏟아붓고도 남을 거라고!"

펠릭스 리폴데스는 화학자의 불평에 대해서, 자신과 자신의 영리한 생각에 대한 잠제의 만족감에 대해서도 전혀 신경 쓰지 않았다. 그는 자신의 희곡들을 인용했다. 그리고 그 인용을 더 집요하게 주입시키려고 내 팔을 더 꽉 움켜쥐었다. 그는 낭랑한 약강격의 운율로 태양, 야자수, 성벽, 탑, 여인, 영웅, 군대에 대해 말했다. 그런데 조금 전에 아담 아세가 말했던 사람들이라면 분명 이렇게 말했으리라. "이제 잘도 걷는군!" 만약 그들이 크리커로데에서 피스터 방앗간으로 돌아가는 우리 곁, 썩어가는 강가 목초지에 있었다면 말이다. 몇몇 사람은 아마도 '가운뎃다리'라는 말을 사용했을 테고, 그 말이 가진 재치 있는 이중적인 의미를 맘껏 즐기며 자랑했으리라. 하지만 나는 나의 유년기와 청소년기를 생각했다. 그리고 당시 대학생 아세와 문법에서 해방되어 다채로운 사람들로 북적이는 아버지의 유쾌한 인생 정원 속으로 방면되던 시절, 내가 아는 사람 중에서 펠릭스 리폴데스가 얼마나 해처럼 빛나는 존재였는지를 생각했다.

그래, 그는 전성기에는 종종 아버지 피스터의 손님으로 왔다. 특이하게도 방해받거나 제지당하지 않고 피스터 방앗간에서 거창한 말과 환상적인 말을 늘어놓았다. 처자식과 함께 온 사람들, 당시의 나 같은 아이들을 데려온 남녀 시민들, 부인과 유모차를 대동하고 온 고위직 하위직 공무원들, 가장 인정받는 협회들의 고위급 사람들과 책임자들조차도 그에게 말을 걸었고 그의 말을 들었다. 그 협회는 공공건강증진협회, 도시외곽미화협회, 석방죄수운명개선협회, 알콜음료오남용방지협회, 유랑자증가방지협회, 무엇을 위한,

위한, 위한, 무엇을 막기 위한, 막기 위한, 막기 위한 협회들이었다. 그들은 당황해하기도 했지만 그렇다고 그렇게 마지못해하면서 귀를 기울인 건 아니었다. 그리고 그에 대한 감정과 느낌으로 어쩔 줄 몰라 하며 불안해했다. 이제 장성한 젊은이가 되어, 피스터 방앗간이 종말의 시작을 향해 가고 있는 겨울날의 그 도로에서 안개와 흰서리 속에 서 있던 나처럼.

그래, 방앗간 주인과 시인, 두 사람은 그들의 좋은 시절을 뒤로 했다. 존재의 샘물과 강물이 그들 두 사람에게는 맛이 없어졌고 혼탁해졌으며 악취를 풍겼다. 그렇게 된 이유가 세상이 그 궤도에서 벗어났기 때문이 결코 아니라는 것을 우리가 알고 있다는 사실도 그들에게는 별 도움이 되지 못했다.

물론 이것은 나중에 자신의 체험을 기록할 때 하게 되는 성찰들로, 체험과 더불어 동시에 떠오르는 경우는 매우 드물다. 당시에 나는 가엾은 펠릭스가 집에 가는 걸 도와주면서 아무 생각 없이 아버지의 황량한 집과 정원을 향해 돌아갔다. 아담과 알베르티네가 마중을 나와 펠릭스를 같이 부축해주어 매우 좋았다.

기분좋게 하루를 보내고 어린아이같이 잠에 빠져 있는 아내는 가장 친한 친구인 알베르티네 부인에 비하면 자기가 얼마나 유복한 삶을 살았는지 다행히도 전혀 모른다. 휴식 때 오로지 아버지의 기이한 교회묘지 산책길에 가는 것도 그렇게 유쾌한 일은 아니었다. 하지만 온갖 소음이 난무하는 춥고 무정한 크리스마스 둘째 날에 죽은 남자와 함께 무시무시한 산책길을 동행해야 하는 것은 조금 더 힘든 일이었다. 알베르티네 리폴데스 양이 자신의 세상 순례를 중단한 이유가 바로 그 때문이었고, 바로 그 때문에 타향에서 집으로 돌아왔던 것이다.

"박사님, 저기 따님이 오시네요. 박사님 때문에 또 얼마나 걱정하고 있는지 좀 보세요!" 잠제가 외쳤다. "그리고 따님 뒤에 있는 아세 박사님한테서도 정말이지 따님을 진정시키는 수고를 덜어주셨어야 해요. 그에게 좋았을 리 없으니까요. 이제 저 사랑스러운 얼굴 좀 보세요! 에버트, 나는 애처로운 피스터의 방앗간 때문에 마음이 너무 아파. 하지만 사랑스러운 저 여인의 겁에 질린 비관적인 표정을 보면 그보다 더 마음이 아파."

"애야, 너구나. 그리고 친구 아담, 자네도! 자, 여러분, 바닷가재 샐러드 한 접시에 마네이라 포도주[93] 한잔 합시다. 준비해놨지, 아빠 딸? 초가지붕 아래의 헤베?[94] 여러분, 만약 내가 '온 세상에 흩어져 있는 백쉰 명의 영혼을 위해 예술작품을 만든다'라고 말하는 게 최고로 세련된 이기주의라면, 오늘 같은 아침을 보낸 후에 넷이서 식탁에 앉는 건 대단히 즐거운 일이에요. 아담, 왜 또 내게 인상을 쓰지? 우리에게 필요한 건 뭐든지 다 있어. 나는 나 자신에게는 삶과 존재를 아주 조금만 선사했네. 자네가 자네의 것을 자신에게 그렇게 선사한 것처럼. 에버트, 내 말 믿어도 돼. 누구든 이 세상의 역할에 필요한 만큼 의상과 작업도구를 받게 마련이야. 누구도 예외는 없어. 누구도! 나 또한 마찬가지야. 아이들의 호수[95]에서 헤엄치는 아이들도 마찬가지야. 가장 일시적인 현상이든 가장 지속적인 현상이든 매한가지야. 오직 강요된 의무와 향락, 죄짓게 만드는 것만 존재할 뿐이야. 재판관들은 법정에 앉아 있지. 하지만 다른 사람에게 판결을 내리거나 심판할 수 있는 법정이나 사람은 지금까지 한 번도 없었어. 미안하지만 정직한, 정직한 법정이나 사람은. ㅡ그런 멍청한 얼굴로 보지 말게, 잠제. 너희 다른 이들도 그렇게 영리한 척하는 얼굴로 보지 말고! 그런데 여러분 얼굴이 왜 그렇지요? 한 세대에서 다른 세대로 세상을 안전하게 전해주는 건 잠든 어린아이가 편 작고 연약한 손이에요. 그러니 여러분, 올드 드라이[96] 한

잔 합시다. 이제 저기 우리 제국의 경계에 무사히 도달했어. 그리고 자네 아담 아셰에게 겸손히 청하겠는데, 우리의 공주마마를 문지방 위로 안내하시게. 아아, 지상의 영화와 광채가 얼마나 부질없는 것인지를 왕과 시인보다 더 잘 아는 사람은 아무도 없어. 헤헤, 저기에 책이 한 권 놓여 있으면 좋으련만, 아셰, 『데 트리부스 임페라토리부스De tribus imperatoribus—세 명의 위대한 신사들에 관해』라는 책이! 왕, 시인, 정신병원 원장. 그중 마지막 사람이 가장 위대해! 정신병원 원장이 자기 수하들의 머릿속에 펼쳐놓은 기적과 아름다움, 경악, 그리고 그것을 다시 움켜쥐고 통치해야만 하는 거대한 제국에 비한다면 세상의 모든 지배자들은 아무것도 아니야. 알베르티네, 담배도 준비해놨겠지?……"

차디찬 회색빛 하늘 아래서, 야생자두나무 수풀 사이의 흐린 강가에서 이런 식으로 시간이 갔다. —과거의 풍요로운 날과 향락에 대한 상투어, 기이한 상념의 불꽃, 기억. 하지만 우리는 정말 어쩔 줄 몰라하는, 애처로운 몽유병자 같은 노인을 최대한 잘 돕고, 그의 딸도 더 많이 도와야 했다. 우리는 이제 정말 인생을 '거창하게 포착하는' 그의 다양한 재능 중 그 어느 것도 얻을 수 없었다. 그는 그와 그의 딸이 마지막 피난처로 사용하고 있는 보잘것없는 농가의 따뜻한 난롯가에서 낡은 팔걸이의자에 앉아 있어야만 했다.

그의 딸이 인생을 어떻게 이해하고 있는지 당시에는 전혀 알 수 없었다. 하지만 막 눈이 내리기 시작한 그날 오후, A. A. 아셰는 나를 한 번 더 피스터 방앗간 정원의 마로니에 아래로 데려갔다. 그리고 내 어깨를 붙잡고 흔들면서 말했다.

"대단한 소녀야. 이제 부자가 되는 걸 더는 미룰 수가 없게 됐어. 나중에 식구들에게 잘 좀 말해줘. 오늘 저녁에 출발할 거야. 세상의 흐름을 다른 사람들에게 그대로 내맡기지 않는 게 진정 기품 있는 사람이 지녀야 할 의무라고 생각하거든. 네 아버지께는 어제와 오늘 겪은 일의 결과를 베를린에서 우편으로 보내드릴 거야. 잘 생각해봐. 만약 아버지께서 그 결과로 변호사에게 간다면 어질고 선한 아버지의 성정이 한결 가벼워질 것 같은지, 아버지하고 잘 상의해봐."

열다섯번째 종이
폐허가 된 성채에서

여름 태양빛에도 여기 이 종이 위에는 눈이 내린다! 7월의 열기 속에서도 북풍이 매섭게 불어온다! 하지만 나는 이를 악물고 내 안에서 이는 오한을 아무도 눈치채지 못하게 하기로 마음먹었다!

방앗간에서의 날들은 그 종말에 이를수록 점점 더 아름다워지는 것 같았다. 그리고 그날들은 돌이킬 수 없이, 되돌릴 수 없이 마지막을 향해 흘러갔다.

텅 빈 집과 멈춘 물레바퀴들과는 이미 작별을 나누었다. 하지만 여름이 되어 다시 깨끗해진 강물 양편에는 마지막으로 찾아가 인사해야 할 것들이— 아직 많이 남아 있다. 혼자 또는 아내와 함께 찾아가서 마지막이라고 생각하며 봐야 할 것들이 많이 있었다. 그것이—그 무엇이 (벌써 다음달이면 사라질) 피스터 방앗간이 있었던 그곳으로 다시 나를 유혹해낼 수 있을까?

에미는 이곳저곳에 데려갔을 때 때때로 그 이유를 전혀 이해하지 못했다. 거기—그곳에는 사실 볼 게 하나도 없었고, 하늘에 구름 한 점 없을 때면 가는 길 또한 전혀 좋지 않았다.

방앗간에서 이십 분, 마을에서 삼십 분 걸리는 곳에 여기저기 수풀로 뒤덮인 채 기이하게 융기되고 침식된 땅이 있다. 그곳은 확실히 조망할 게 거의 없었다. 그리고 무더운 오후에 지친 내 연인을 그곳 가시덤불 아래로 초대하는 이유를 하나도 대지 못한다면, 확실히 책임을 져야만 하는 그런 곳이었다. 나에게는 그럴 만한 근거가 있기는 하다. 하지만 그녀에게 그것들을 이해시키기에는 제법 까다로운 것이다. 아버지와 조상들의 소유지에서 보내는 마지막 때에 바로 그 장소가 마력을 발산했다. 잃어버린 유산에 대해 계속해서 잡담을 나누기에 이보다 더 안성맞춤인 곳은 없었다.

말하자면, 현대의 산업과는 완전히 다른 적대적인 세력이 지금처럼 피스터 방앗간의 화복禍福을 별로 개의치 않아 하던 시기가 있었다. 삼십년전쟁이 여기 이 지역에 전문가들의 흥미를 유발하는 흔적을 남겨놓았던 것이다. 전문가들은 강의 양편 초원과 논밭 사이 여기저기에서 오래된 제방과 보루를 확인할 수 있었다. 빨간 꽃봉오리를 피우려고 하는 산사나무 아래 사각형으로 움푹 파인 곳도 틀림없이 스웨덴이나 황제의 벨로나[97]가 서 있었던 장소였다. 지금 아내는 귀여운 모습으로 그곳 풀밭에 앉아 있다. 어떤 이들은 스웨덴 군대가 이 '구덩이'를 파고 제방을 구축했다고 말하고, 어떤 이들은 황제의 군대가 그랬다고 주장한다. 에미에게는 아무래도 상관없었다. 그리고 내게도 그랬다. 에미가 말한 것처럼 오늘날 여기에는 백리향百里香만 남아 있기 때문이다. 그녀는 누가 여기에 땅을 파고 성채를 세웠는지는 아무래도 상관없다고 말했다. 꿀풀과의 식물은 아직도 살아 존재하는 반면, 그 혼돈은 오로지 학자들 사이에서만 아련하게 존재하기 때문이란다.

나 자신이 학자로 여겨지지 않으면 좋으려만!

그것도 어린 아내와 함께하는 우울하면서도 달콤한, 동화 같은 기이한 여름휴가의 마지막 날들 중에는, 피스터 방앗간의 이 마지막 날들 중에는!

왜냐하면 다른 어느 곳도 아닌 바로 여기에서, 오래되어 침하한 채 잡초가 수북한 피콜로미니나 토르스텐손[98]의 제방과 성채 뒤에서, 아버지의 눈과 정원의 흥겨운 소음, 방앗간의 덜커덩거리는 소리와 마을의 종탑 소리에서 멀찍이 떨어져나와 산사나무 수풀과 과꽃, 금작화 덤불과 술패랭이꽃 아래에서, 팔랑팔랑 날아다니는 파란색의 나방들과 박각시나방의 기름진 유충들 곁에서, 어느 누구보다도 가까운 친구이자 아주 특별한 개인교사인 A. A. 아셰와 함께, 허름한 복장의 대학생 아담 아셰와 함께 역사와 역사철학에 대해, 인간이 지상에서 동족과 주변, 상황과 교제해온 역사에 대해 이야기했기 때문이다.

지금 나는 아내와 함께 같은 수풀 속 같은 종달새 아래에, 같은 풀과 꽃 사이에 앉아 있다. 그리고······

"······이제 영원을 생각한다,
오래전에 사라진 죽은 영원을, 그리고 현재
살아 있는 시대와 그것의 소음을. 내 모든
사념은 이런 무한성 속으로 침잠한다.
하여 이 바다에서 좌초하는 것이 내게는 달콤했다."[99]

나는 두 손을 베개 삼아 누워서 반쯤 눈을 감은 채 칸초네 전체를 나지막이 낭송했다. 그러자······

"그거 방금 지은 거예요, 자기?" 비문학적인 나의 여인이 너무나 다정하게, 기뻐하면서 질문하는 바람에 나는 재빨리 눈을 뜨고 팔꿈치로 몸을 받치면서 소리쳤다.

"이 바보, 방금 지은 거냐고요? 조그만 곱사등이 이탈리아인이 지은 거예요. 레카나티라는 마을에 살았는데, 그 마을 주변에도 여기와 비슷하게 생긴 울타리가 있었던 모양이에요. 당신네 여인들이 표현하듯, 그는 그 울타리 뒤에서 펜을 들었어요. 용돈은 별로 없었지만 그래도 백작이었대요, 여보……"

"그리고 분명 자기하고 똑같은 괴짜였을 거예요. 다행히도 자기는 꼽추도 아니고 백작도 아니지만요. 그리고 에버트, 베를린 집에 돌아가면 무조건 내 생활비를 올려줘야 해요. 방금 한 번 더 꼼꼼하게 계산해봤어요. 가을에는 정말 이대로는 안 될 것 같아요. 그리고 말인데요, 내일이나 모레쯤부터는 자기 방앗간에 있는 우리 물건을 슬슬 꾸려야 할 것 같아요. 어제 또 자와 수첩을 들고 시내에서 온 신사들과 오늘 아침 손수레와 삽, 갈퀴를 싣고 와서 부려놓은 마차로 봐서는 우리가 여기 머물 날이 얼마 안 남은 것 같아요."

명랑하고 화사한 나의 동반자는 스웨덴 시절에 만들어진 우리의 오래된 성채에서 자코모 레오파르디를 장엄하게 낭송하는 대신에 밝은 목소리로 G. K. 헤를로스존과 프란츠 아프트[100]를 노래했다.

"비둘기들이 고향으로 돌아가면서"[101]

그리고 아직 여름을 즐기듯 지저귀면서 오래된 전쟁터와 우리 위를 빙빙 돌고 있는 비둘기들은 청명한 목소리를 지닌 나의 여가수 위에서 원을 좁혀가는 듯했다. 반면에 종달새는 그녀의 머리맡 허공에 꼭 붙어 있었다.

아, 다정다감한 작별의 노래가 그 순간과 얼마나 잘 어울리던지!

정말 며칠 후면 들이닥칠 일꾼들이 쓸 손수레와 갈퀴, 삽을 실은 마차가 아침에 우리의 마로니에 아래에 세워져 있었다. 삽과 갈퀴, 도끼는 우선 터빈실에 부려졌다. 하지만 손수레들은 벌써 밖에 내놓은 상태였다. 베일 숙명에 놓인, 멋들어진 나무 아래의 정원 탁자 사이에 두 줄로 길게 늘어서 있었다.

아내의 말이 정말 꼭 들어맞았다. 방앗간은 스산해졌고 시기상으로도 비둘기들이 고향으로 돌아갈 때가 되었다. 이곳에서의 삶이 주는 즐거움과 안락감이 종말을 고하고 있음에 대한 징조는 손수레와 삽뿐만이 아니었다. 미장이들과 목수들의 작업도구도 조상들의 흥겨운 유산을 향해서 오고 있었다. 그러니 피스터 방앗간과 그 운명에 대한 이야기를 계속하기에는 방앗간 지붕 아래 행한 객실보다는 폐허가 된 위대한 전쟁의 성채가 훨씬 더 나았다. 거대한 새 회사의 건축가는 설계도를 둘둘 말아 객실 구석에 세워놓은 상태였다.

"자기, 벌써 세 가치째라니까요. 그리고 기이한 이탈리아 시 말고는 한마디도 안 했어요." 에미가 비둘기 노래의 첫 소절을 마치면서 한숨 쉬듯 말했다. "우리는 아직도 자기들의 불편하고 악취 나던 당시의 겨울에 머물러 있었잖아요. 알베르티네와 아셰 박사, 리폴데스 박사님과 돌아가신 아버님은 그 뒤에 어떻게 되셨어요?"

그래, 대체 이후에 어떻게 되었지? 여기 스웨덴 장벽 뒤에서 아내가 묻고 있는 그 그림들은 어땠지? 친구 아셰는 약속을 지켰다. 그러니까 정말로 베를린에서 자신의 해박한 감정서를 아버지께 보내왔다. 나중에 한 직업신문에 게재된 그 감정서는 최고로 학문적인 가치를 지닌 것으로 밝혀졌다. 아셰는 그 때문에 눈곱만큼도 놀라지 않았다. 그리고 필요 이상으로 경탄하지도 않았다. 그는 그 감정서 때문에 전문가들과 여러 감정가, 시인들과 여러 감성적인 사람 그리고 무엇보다도 피스터 방앗간의 늙은 주막 주인과 유사한 방식으로 인내해야 했던 개천과 강변에 거주하는 모든 사람 사이에서 큰 명성을 얻었다. 하지만 요소 중에서 가장 고귀한 요소인 물이 오로지 자신들의 목적과 이익, 소용을 위해서만 존재한다고 믿고 있던 크리커로데와 그 비슷한 공장 사람들한테서는 인정이나 감사인사를 받지 못했다. 당연히 그들은 주제넘게 너무 많이 공부한 불평가와는 다른 관점에서 무엇보다도 먼저 재판 날이 가까워지기를 조용히 기다렸던 것이다.

그것은 가엾은 나의 아버지가 제기한 처음이자 마지막 소송이었다. 아버지는 가혹하고 적대적인 이 세상에서 여러 해를 살았음에도 소송을 제기해야 했다. 그는 방앗간 주인으로나 주막 주인으로서 언제나 선량하고 온순하게, 이 세상에 만족하며 살아왔다. 그런데 이제 그 자신이 거대한 전투에 임하기에 앞서서, 독일이 농업국가에서 산업국가로 넘어가는 소용돌이 속에서 쓰라린 분노를 머금고 자신의 방앗간 도끼[102]를 벽에서 떼어내기에 앞서서, 다정하고 선량한 자신의 모든 성향을 뒤바꿔야만 했다. 당시에 나는 변호사를 찾아간 부활절 전까지 학창 시절 내 공부방에서 점점 더 상심해하는 아버지의 모습을 자주 보았다. 한 주 한 주가 지나갈수록 아버지의 걸음걸이는 점점 더 힘겨워 보였고 마음도 점점 더 무거워 보였다. 언제나 그랬듯이 설탕생산이 끝나는 2월부터는 방앗간 물이 다시 맑아지고 아버지의 대지와 집 안의 공기가 깨끗해지기는 했다. 하지만 10월에는 그 곤경이 다시 시작되고, 크리커로데가 아무 벌도 받지 않으면서 해마다 반년을 그에게서 없애버리고 빼앗아갈 것이라는 확신은 그의 영혼과 정의심을 너무 많이 갉아먹었다. 그래서 그는 예전처럼 여름을 위해 흥겹게 주막을 청소할 수도, 사순절을 위해 기분을 돋우는 초록색 자작나무 기둥을 집 앞에 세워놓을 수도 없었다.

"부탁인데, 너는 아버님의 뜻에 반대하지 마, 에버트." 잠제가 속삭이듯 내게 말했다. "정말 불쾌하고 기분 나쁜 일이야. 하지만 다른 도리가 없어. 이제는 오직 변호사만이 우리를 이 곤경에서 벗어나게 해줄 수 있어!"

그래서 나는 전에 아버지를 화학의 현자에게 모시고 갔던 것처럼 이번에는 법률의 현자에게 모시고 갔다. 하지만 후자를 피스터 방앗간에 불러오는 것은 전자를 불러오는 것과는 다른 일이었다. 그래서 내가 이 일의 적임자를 제안할 수 있었던 것이 불행 중 다행으로 여겨졌다.

아버지를 모시고 시내에서 사람의 왕래가 가장 많은 골목들을 지나 리햐이 박사에게 간 날은 햇살 좋은 3월의 아침으로, 바람이 불어 먼지가 많이 날리는 날이었다. 이제 리햐이 박사는 무릎까지 오는 장화를 신고 피스터 방앗간의 나뭇가지에 올라앉아 동창들이 앉아 있는 단골손님용 탁자 위로 발을 흔들어대던 때의 예전 모습이 아니었다. 그는 초라한 검은색 바지를 입었고 잘 먹지 못해 배가 쏙 들어가 있었다. 태곳적부터 수많은 우화모음집에서는 그런 배를 놀려대곤 했다.[103]

"피스터 아버지!" 리햐이가 탄성을 질렀다. 그는 실내화를 신고 높은 삼발이의자에 앉아서 여전히 기이할 정도로 빠르게 다리를 흔들고 있다가, 우리를 보자 낡았지만 울긋불긋하고 알록달록한 양탄자 위로 내려섰다. "맙소사, 피스터 아버지―방앗간 주인과 아들이라니! 정말 아직도 살아 계셨어요? 그래요, 다행이에요! 그래도 이거 대단한걸요. 홀린 기분이에요. 정말 아주 굉장해요!…… 맙소사, 계신 곳으로 한번 나가보지도 못하고 여기 거미줄 속에 얼마나 오래 붙잡혀 있었는지!…… 하나도 안 변하셨네요. ―정말 사랑스럽고 명랑한, 늙은 술집 주인과 학생주막 낙원 만세! 피스터 방앗간 만세……"

"그래요, 피스터 방앗간 만세." 아버지가 한숨 쉬듯 말했다. "박사, 피스터 방앗간 만세라오. 그래요, 당신은 전에 우리 집에서 대학 친구들과 많은 것에 대해 사랑스러운 만세를 많이도 불러댔지요. 당신이 옛 술집에 대해 한 번 더 만세 부르는 걸 반대할 생각은 없소, 박사. 그리고 또 전에 당신은 피스터 아버지 곁에서 타도를 외친 적도 한두 번이 아니었지요. 그런데—이제는 그게 구호라오. 박사 양반, 타도 말이오! 피스터 방앗간 타도 때문에 이 아침 당신에게 왔어요. 잠시 의자에 앉아도 괜찮겠지요? 당신의 늙은 술집 주인의 아래쪽 동력이 예전 같지가 않다오. 저기 내 아들이 당신에게 줄 서류를 가져왔소."

변호사 리햐이 박사는 자신의 새 의뢰인에게 안락의자 중에서 가장 좋고 푹신푹신한 것을 밀어드렸다. 그리고 다정하게 모자와 지팡이를 받아들었다. 그는 느릿느릿 말했지만 진정한 친구로서 관심을 보여주었다.

"맞았어! 바로 이거야! 그렇고말고! 흠흠— 시대의 가장 큰 문제는 아니지만 큰 문제 중 하나로군. 독일의 강과 송어가 노는 개천 대對 독일의 배설물들과 다른 물질들. 독일 민족의 초록빛 라인 강, 푸른 도나우 강, 청록색의 네카어 강, 노란 베저 강 대 크리커로데 공장! 그리고 이 특별한 사건에 필요한 서류도 함께 가져왔군요. 아주 좋습니다. —자, 한번 보여주세요. 어쨌든 너도 좀 앉아라, 아들 에버하르트. 그렇게 금방 되는 건 아니거든. —여러분, 우선 담배라도 한 대 피우세요. —왼쪽 팔꿈치 쪽에 있어, 신출내기 아들."

나는 아셰가 요약해준 것을 리햐이에게 건네주었다. 그는 삼발이 의자에 앉아 다시 발을 흔들면서 서류를 뒤적거렸다.

족히 십오 분은 뒤적거렸다. 그러더니 갑자기 푸른색 마분지 안의 서류를 둘둘 말아 숱이 적은 정수리 위로 높이 들어올리면서 자신의 '사무실' 한가운데로 뛰어내렸다. 그리고 아무 생각 없는 것처럼 앉아 있는 아버지의 어깨를 두드리며 소리쳤다.

"그래 맞았어, 한 번 더, 그리고 다시 한번 더 피스터 방앗간 만세, 피스터 아버지! 크리커로데 타도! 이것은 사람들 사이에 회자되기 위해 몇 년 전부터 기다리던 그런 사건이에요. 그러니까 마침내 내게도 제대로 된 먹이가 찾아든 거야! 피스터 아버지, 아버지가 아닌 다른 사람이었다면 이런 쓸데없는 말을 하지는 않았을 거예요. 아주 오래전부터 이런 사건을 학수고대하고 있었다는 것을요. 그러니 이 건은 맡겠습니다. 아세와 함께요. 찬란하게, 영광스럽게, 좋은 결말을 이끌어낼게요. 피스터 방앗간 만세!"

여느 때의 아버지라면 이런 외침에 크게 동의했으리라! 하지만 오늘은 의기소침하게 말했다.

"우리를 위해 최선을 다해주기만 하면 된다오, 박사. 나와 오래된 방앗간을 위해! 우리 둘이 볼 때 언제나 불공정한 자들에게만 광채와 영광이 돌아가곤 해요. 하지만 피스터 방앗간의 늙은 피스터처럼 자신의 묵은 상처를 영원히 떠나보낸 사람에게도 좋은 결말이란 여전히 정말 바람직한 것이겠지요."

지금까지도 그 얼굴이 눈에 선하다. 서기실(그곳에는 한 사람밖에 없었는데, 당시까지는 쓸모가 있어서라기보다는 오히려 장식용에 가까웠다) 문을 닫은 후 발꿈치를 들고 우리에게로 걸어와서 말하던 리햐이 박사의 얼굴이.

"아무 염려 마세요. 제가 이 소송을 진행해서 이겨드릴게요, 귀하신 친구이자 은인. 그런데 이젠 서로 완전히 믿는 사이니까, 말씀 좀 해보세요. 왜 크리커로데를 함께 세우지 않으셨어요?"

열여섯번째 종이
침몰하는 나의 낙원에서 손수레에 올라앉은 에미

"그래요, 사실 나도 진작 한번 물어보고 싶었어요. 자기, 정말 모든 게 아주 유리하게 돌아갔는데, 불쌍한 자기 아버지는 왜 그 큰 공장 건설에 같이 서명하지 않으셨어요? 어째서 아세와 리햐이 같은 신사들께서 승소하게 해주었는데도 주식을 사지 않고 안타깝게 돌아가셨지요?" 산사나무 수풀 아래의 옛 성벽 뒤에서 에미가 물었다.

"달리 어쩔 수가 없었소, 여보."

"그래요, 그래야 했겠지요. 우리에게는 정말 유감이지만요. 우리 아빠도 당신이 왜 그랬는지 아직도 정확히 이해하지 못하고 있어요."

"흠, 여보, 아버님은 돌과 회반죽, 석회와 석고로 둘러싸였더라도 그 한가운데에 마지막 남은 푸른 산책로에 집착하셨지만, 나는 꼭 그러고 싶지 않아요. 어쨌든 아버님과 나는 이런 관점에서는 언제나 서로를 잘 이해했지."

"그래요, 고맙게도 자기는 아빠의 그런 별난 성격을 언제나 잘 맞춰드렸어요. 그 점은 정말 고마워요. 그런데 그건 오직 나에 대한 사랑 때문만이 아니라 아빠의 기이한 생각에 대한 자기의 애착 때문이었잖아요. 여기 자기들의 기이한 방앗간에서 기이한 여름휴가를 보내면서야 비로소 그걸 알게 됐어요. 어쨌든 상관없어요. 다행히도 모든 게 하늘의 뜻에 따라 서로 협력했지요. 자기들 학자는 때때로 부정하려 들지만 그래도 하늘이 뭐든지 제일 잘 알아요. 그냥 계속해서 말해줘요. 그 끔찍한 들길의 땡볕이 견딜 만해지려면, 자기의 그 기이하고 사랑스러운, 가련한 방앗간으로 돌아가는 길에 들판 위로 자기 그림자가 우스꽝스럽고 길게 드리워지려면 아직 한참 더 남았어요. 그래, 자기들은 정말 한 둥우리에서 나온 새들 같아요, 자기와 나의 가련하고 사랑스러운 아빠 말이에요! '아가야, 사람은 불평할 줄도 알아야 해. 그러면서 곰곰이 생각할 줄도 알아야 하고. 그러면 나중에는 나의 이상이 성취될 수 있어'라고 아빠는 종종 식사 후에 내 턱을 만지며 말하곤 했지요. 아, 지금도 점심 무렵이면 아빠의 사랑스럽고 가련한 손이 느껴져요. 지금은 베를린에서 자기를 위해 음식을 만들어야 하지만요!"

나는 물론 이어서 계속 이야기하지 않았다. 난롯가나 햇볕 아래의 고양이처럼 불만을 드러내며 그르렁거리고 곰곰이 생각할 줄도 몰랐다. 비록 영리하고 이성적인 장인의 이상을 잘 이해하고 또 언젠가는 그 이상을 정말 직접 재현하고 싶은 마음도 있기는 하지만. 나 또한 그의 사랑스러운 자식, 세상에서 제일 예쁜 내 아내의 턱을 만질 수 있다. 그리고 지금 귀뚜라미 옆에서, 백리향 향기 속에서, 산사나무 그늘 속 황무지에서, 그 턱을 만져야 했다. 오래된 온갖 불쾌감과 곤경 속에서도, 지금 피스터 방앗간의 마로니에 아래와 텅 빈 객실에 있는 온갖 손수레와 도끼, 삽, 망치, 톱 속에서도.

그래, 피스터 방앗간과 주위 사람들이 극복한 체험 말고도 논해야 할 게 많았다. 저기 멀리 활기찬 현실에서, 초록색 성채 저편에서, 평화로운 초원과 경작지 저편에서, 우리가 직접 지은 둥우리를 최대한 안락하게 만들어야 하지 않을까? 그리고 때로는 정말 거대하고 시끄러운 도시 베를린에 맞서서 부리와 발톱을 이용해 방어해야 하지 않을까? 이미 몇 번이나 집주인과 그리고 한번은 경찰하고도 마찰을 빚지 않았던가! 에미는 공공의 안전을 위해 경찰청장과 직접 대화하면서 자신과 그의 입장을 분명하게 하고 싶은 갈망을 가슴속 깊이 간직하고 있지 않았던가! 그리고 무엇보다도 '우리의 제한된 공간' 어디에다 또 한 명의("그렇게 멍청한 눈으로 바라보지 말아요. 제발, 제발, 한심한 페터!" 에미가 속삭이듯 말했다), 또 한 명의 예감 좋고 기쁨 충만한, 신기한 식구에게 공간을 확보해주기 위해 해결해야 할 큰 문제가 있지 않던가!

"그 점에 있어선 알베르티네 부인이 훨씬 나아요." 방앗간으로 돌아가는 좁은 들길에서 우리의 그림자가 아주 흥미롭게도 기다랗게, 그래도 다행히 서로 겹쳐 있을 때 에미가 한숨 쉬듯 말했다. "아, 그녀는 몸을 활짝 뻗을 수 있겠어요! 그녀를 생각하고 또 우리를 생각하면, 정말 현기증이 나요!⋯⋯ 맨 처음엔 금방 쌍둥이를 낳더니 이제 또 넷째를! 하지만 방이 부족하면 박사가 금방 증축할 거예요. 이런 점에서는 그 부인이 나보다 훨씬 낫지요!"

"하지만 옛날을 생각하면 당신이 훨씬 나았잖아, 여보!" 침울한 분위기에 젖어 우울해하는 어린 아내에게 사소하지만 할 수 있는 위로의 말을 슬그머니 건네보았다. 그런데 다행히도 적중했다. 마음을 진정시키려던 그 말이 아주 긍정적인 반향을 불러일으킨 것이다.

착하고 동정심 많은 가슴 깊은 곳에서부터 길게 숨을 내쉬면서 아내가 말했다.

"그래요, 맞아요! 그래요, 불쌍한 아가씨! 지금같이 형편이 나아지기 전까지는 정말 안쓰러웠어요. 자기, 내 양산 속으로 들어와요. 아직은 햇볕이 제법 따가워요. 자기를 껍질 벗긴 양파로 만들어서 집에 데려가고 싶진 않거든요. 안 그래도 오늘 벌써 몇 번이나 양파처럼 나를 눈물짓게 하고 감동시켰잖아요. 계속 이야기해보세요. 대신 그렇게 버둥거리지 말고 내 양산 밑에 붙어 있어요."

나는 걷는 내내 있는 힘을 다해 노력했다. 너무 버둥거리지 않으면서 짙푸른 빛과 장밋빛의 사랑스러운 그늘 아래에, 어린 아내가 우리의 인생길 위에 드리운 그늘 아래에 붙어 있기 위하여.

변화무쌍한 4월의 그날, 타지의 대학에 가기 위해 생전 처음 고향과 오랜 작별을 고해야 했던 그날이 밝았을 때, 아버지와 크리커로데 사이의 소송은 이미 진행되고 있었다. 피스터 방앗간도, 주위의 우리들도 생각건대 온 우주가 까치발을 하고 그 결과를 기다리는 것만 같았다.

아세에게서는 아무 소식도 들을 수가 없었다. 그는 베를린에 와 있었다. 하지만 해가 나고 바람이 불며 이따금 소나기가 내리던 어느 날, 나는 매우 기이한 방식으로 확신하게 되었다. 그가 아직 이 지역에 머물면서 매우 은밀한 방식으로 그녀와 연락을 주고받으려고 애쓰고 있음을.

4월의 우리 강은 설탕 만드는 데 이용되기 전에 보통 그랬듯이 솨솨 소리를 내며 살랑살랑 흐른다. 이른 봄 산에서 내려오는 물은 햇살을 받아 반짝거리는 강바닥과 강둑 수풀에 남아 있던 크리커로데의 진흙 더미와 오물을 모조리 쓸어내려갔다. 나무와 관목, 초원과 들판에서는 첫 신록의 입김이 느껴졌다. 만발한 온갖 꽃과 벌써 시든 다른 꽃에 나는 조금도 주목하지 않았다. 예전에 크리스마스 둘째 날 수상쩍은 병 광주리를 든 잠제와 함께 걸었던 강 상류로 향하는 그 오솔길을 혼자서 다시 거닐던 그때는 다른 일을 생각해야 했다.

모든 게 다 한데 속하는 것들이다. 하지만 하나씩 볼 때, 꽃은 무엇이고, 봄의 신록은 무엇이며, 크리커로데는, 재판은, 그래 피스터의 방앗간은 무엇이었을까? 해방된 고등학생에게, 막 대학 신입생이 되려는 이에게, 신들에 의해 측량할 수 없는 존재로 내던져진 자유인에게, 요컨대 조만간 철학도가 될 에버하르트 피스터에게?

세상은 미숙했는지 모른다. 막연했는지도 모른다. 하지만 나 에버트 피스터처럼 그렇게 미숙하고 막연하진 않았다. 그 시기, 이 또는 그 날들 동안에는. 그리고 신들의 도움으로 주위의 그 어떤 것보다 내 안에서 더 미숙하고 막연하며 가지각색이라고 느껴진 것은, 이론의 여지 없이 확실한 나의 권리였다!

그런데 봄에 빛과 그림자에서, 주변의 거대한 혈관에서 한 형체가 나타났다. 그 형체는 얽매이지 않고 자유로운 나의 호흡에 적어도 한동안은 종지부를 찍어주었다. 알베르티네 리폴데스가 아버지의 방앗간 물가 수풀 속 오솔길에서 내게 말을 걸었던 것이다.

그녀는 저 크리스마스 때와 같은 낡은 회색 옷을 입고 전처럼 울타리 옆 나무 아래에 서 있었다. 피스터 방앗간이 몰락해가는 이유를 탐구하려는 우리 탐험대와 자기 아버지를 기다리던 그때처럼. 그녀의 창백하고 병색이 완연한 모습에 당황해서 멈춰 서며 모자를 벗어들자 그녀는 내게 다가와 손을 내밀었다.

미소를 짓고 있긴 했지만, 커다란 고통을 가슴에 안고 하기 어려운 말을 해야 하는 그런 사람의 미소였다.

"당신도 곧 우리 곁을 떠나신다지요, 피스터 씨? 베를린으로 가신다지요?" 그녀가 물었다. 내가 더듬거리며 그렇다고 하자 그녀는 나지막하고 억눌린 목소리로 말했다.

"그렇다면, 제가 그곳에 전할 말이 있거든요, 에버트 씨. 그리고 이 말을 전해주신다면 정말 감사하겠어요."

"기꺼이 그러겠습니다, 아가씨! 원하시는 것은 무엇이든지요. 누구에게 무엇을 전해드릴까요? 신속한 말벌처럼 전해드릴게요. 네, 제 명예를 걸고요, 알베르티네 양. 제 심장이라도……"

"그건 아니고요, 도련님." 아가씨가 말했다. 그녀는 말하면서 한 번 더 미소를 지었다. "그냥 친구이신 아세 박사님께 한마디만 전해달라고 부탁드리려고요." 그 말과 함께 그녀의 곱지만 지쳐 있는 얼굴에서 미소가 사라졌다. 결코 두 번 다시 돌아오지 않을 것처럼. 손은 부탁이라도 하는 듯한 제스처를 취했지만, 화난 듯한 시선은 나를 지나쳐서 다시 햇빛을 받아 반짝거리는 초록의 들판을 향했다. 그녀는 울음을 참으면서 속삭이듯 말했다.

"말해주세요, 친구에게 전해주세요. 아버지께 베푼 호의에 대해 알베르티네 리폴데스가 충심을 담아 감사해한다고요. 하지만 그에게 어떤 권한도— 이제 내려놓아야 한다고. 그의 관심이 그녀를 어쩔 줄 모르게, 너무나 어쩔 줄 모르게 만든다고요. 가엾은 제 아버지는 이제 동정과 인정을 구분할 줄 모르지만, 나는 인생을 조금 빨리 노련하고 영리하게 만들었다고, 친구에게 말해주세요. 알베르티네 리폴데스는 가장 호의적인 현혹에도 쉽게 매달릴 줄 모른다고요. 당신의 현명하고 신실하며 좋은 친구에게 전해주세요……"

사실 당시에 내가 무엇을 말하고 전해야 하는지 제대로 이해했는지는 지금도 여전히 모르겠다. 하지만 내 눈에도 눈물이 고였던 것과 눈물을 참으면서 모든 것을 매우 정확하게 전해주겠다고 약속했던 것은 오늘도 또렷이 기억난다. 내 기억으로는 눈앞이 희미하게 빛났는데, 그것은 어쩌면 그 4월에 막 쏟아지던 소나기 탓일 수도 있다. 그 빛을 지나서 나는 보았다. 알베르티네 양이 추위에 떨면서 천을 끌어당겨 몸에 걸치더니 불안한 걸음이긴 하지만 잽싸게 다 쓰러져가는 농가주택으로 돌아가는 것을. 이제 정말 세상의 인정이 아닌 동정을 받으며 살고 있는 펠릭스 리폴데스 박사가 기식하고 있는, 그 초라한 지붕 밑으로 돌아가는 것을.

당시에는 정말 어렸고 거의 모든 문제, 그러니까 인생의 가장 내적인 문제를 다루는 데 있어서 매우 미숙하고 서툴렀지만, 나는 혼란스러운 가운데에도 분명하게 느꼈다. 왜 내가 다름 아닌 베를린의 A. A. 아세 박사에게 그 아가씨가 부탁한 전갈을 전해야 하는지를. 알베르티네 리폴데스는 아버지가 뻗은 도움의 손길을 의지할 데 없는 씩씩한 두 손으로 거절한 적이 한 번도 없었다.

나는 대학에 가기 전까지 그 아가씨를 보지 못했다. 하지만 그녀의 아버지 리폴데스는 보았다. 시내에서였는데, 어떤 상황에서 만났는지 상세하게 서술하지는 않으련다. 그는 블라우에 보크 여인숙의 복도 술집에서 시장 사람, 말 타고 온 손님, 시내의 마부, 방랑자들과 함께 술상 앞에 앉아 있었다. 그는 내게 달라붙더니 굼뜬 혀로 더듬더듬 말했다. 그의 가장 사랑스러운 친구, 그의 유일한 친구 아세, 그의 가장 친한 친구 아담, 이 '하찮은 세상'에서 그의 마지막 위안이자 마지막 남은 유일하고 진정한 버팀목에게 안부를 전해달라고 했다. 나는 다른 날 두 개의 전갈을 들고 피스터의 우울한 방앗간을 떠나 명랑하고 햇살 가득한, 온갖 기적과 희망으로 가득한 세상으로, 베를린으로 갔다.

"다행이에요, 마침내 도착했어요!" 에미가 순수 베를린 억양으로 한숨 쉬듯 말했다. 그로써 그녀는 제일 예쁘고 즐거운 방식으로 내 기억을 환기시켜주었다. 아버지 집의 모험과 기적, 마법에 빠진 공주들을 찾아나선 내게 성과가 있기는 했다는 것을. 그런데 그녀의 외침이 그녀의 고향 도시 베를린을 말한 것인지 아니면 우리의 방앗간 정원을 말한 것인지는 알 수 없다. 어쨌든 우리는 그늘을 드리운 푸른 마로니에, 충실하게 버텨온 마로니에들과 그 아래의 탁자와 벤치에 이르렀다. 그런데 그녀는 그 벤치 중 하나를 골라 앉지 않았다. 손수건으로 부채질을 하면서 손수레를 하나 골라 그 위에 올라앉았다. 조만간 시작될 토목공사를 위해 순진무구하고 사랑스러운, 신뢰할 수 있는 나무들 아래에 모아둔 손수레 위에.

열일곱번째 종이
알베르티네 양이 베를린에 보내는 전언

    피스터 방앗간 자리에 들어설 새 공장건물의 건축가는 절대 밉상이 아니다. 비록 친화력에 나오는 그의 유명한 동료와는 조금도 안 닮았고, '진정한 의미에서의 노총각'도 아니었으며,[104] 오히려 회향 열매처럼 생긴 코에, 살이 찌지 않고 체구가 좀 왜소한 사람이긴 하지만. 그는 베를린에서 아셰 박사와 서로 알게 되었다. 그리고 우리 도시에서, 우리의 백양 가로수길 맞은편에서 리햐이 박사와도 잘 알고 지내는 사이였다. 그 건축가는 매우 정확하게 묘사할 줄 알았다. 아셰와 리햐이, 두 신사가 왜 부자가 될 수밖에 없었는지, '거지가 먹는 묽은 수프에서 진짜 고깃국 위에 뜨는 기름방울'을 가질 수밖에 없었는지를.
    "두 사람 모두 공상가예요." 그가, 건축가가 말했다. "하지만 두 사람 다 실용적인 것에 대한 올바른 시각과 접근법을 지녔어요. 친애하는 피스터, 친애하는 부인─ 실용적인 것 속에 이상적인 것을!

그것이 나의 좌우명이기도 합니다. 믿으세요, 박사님. 만약 몇 년 후에 우리에게― 내게 부인과 함께 여기서 뵙는 기쁨을 선사하신다면, 박사님도 이곳에서 기쁨을 맛보게 될 거예요. 아름다운 것, 위대한 것이 유용한 것과 내적으로 결합되기를! 이미 말한 것처럼 처음부터 알고 지낸 우리의 친구 아세도 그렇게 생각하지요. 그리고 피스터 씨, 여기 이곳을 팔아서 생긴 여유 자본을 아세의 기업에 투자하는 것보다 더 좋은 일은 없을 거예요. 대단해요, 정말 대단한 기업이에요! 그리고 그 옆에는, 르네상스풍의 리폴데스하임![105] 놀랍습니다!…… 자화자찬하려는 건 아니지만, 어쨌든 우리는, 우리 회사와 나는, 여기 돌아가신 당신 아버님의 목가적인 대지 위에다 그와 비슷한 감동을 줄 수 있는 그 무엇을 건설하기 위해 최선을 다 할 거예요. 몇 년 후에는 당신도 그 이야기를 한 번쯤은 잠시라도 주시하게 될 거라고 굳게 확신해요."

"가능하다면요." 내가 피곤해하면서 말했다. 건축가는 손에는 콤파스를, 입에는 연필을 물고 내 아버지의 텅 빈 객실에 펼쳐져 있는 자신의 청사진 쪽으로 몸을 숙였다. 그러면서 청사진의 이상적인 것과 실용적인 것, 아름다운 것과 유용한 것, 웅장한 것, 인상적인 것, 목가적인 것 쪽으로 아내의 몸을 최대한 끌어당겼다.

"금방 나무 밑으로 나갈게요, 에버트." 에미가 어깨 너머로 말했다. 나는 아내가 다시 내 곁으로 올 때까지 혼자 나무 아래 손수레들 사이에서 이미 불꺼진 담배를 문 채로 한참을 이리저리 왔다갔다 해야 했다.

오늘날 친구 아세가 운영하는, 물을 오염시키는 슈프레 강가의 공장이 대단하다는 것은 부인할 수 없다. 알베르티네 양이 말을 전해달라며 실용적인 것에 대해 독특한 시각을 가진 그 공상가한테 나를 보냈을 때, 그는 아직 행복이라는 사다리의 아래쪽 계단에 머물러 있었다. 하지만 이미 한꺼번에 세 계단이나 오르려는 중이다.

이제야 왜 그가 전에 외트펠트와 슐렌 골목의 더러운 옷들에 그렇게도 집요하게 매달렸는지 알게 되었다. 회사 이름은 슈무키&콤파니였다. 지금 그는 그 속에서 얼룩 제거와 관련한 자신의 학문적인 경험을 대단위로 멋지게 활용하고 있었다. 그리고 거대한 도시 베를린에서, 그 자신을 찾는 것은 조금 어려워도 '슈무키&콤파니'는 금방 찾을 수 있었다. 나는 크리커로데 앞에서처럼 그렇게 고딕식 문들과 담벼락들을 마주하게 되었다. 그 뒤로는 기사나 시동, 귀부인, 사냥꾼, 군마 들과는 전혀 다른 것들이 바쁘게 움직이고 있었다.

수도에서의 첫날, 나는 이런저런 체험으로 정신이 멍해진 상태라 수위가 이끄는 대로 아무 생각 없이 이 손에서 저 손으로 계속 흘러갔다. 그러니까 최고의 혼잡과 최악의 냄새 사이에서. 그 언젠가 우리의 감각은 냄새에 완전히 압도되었던 것이다. 마당과 홀을 지나— 나는 비틀거리며 걸어갔다. 마치 나 자신이 주변의 기계—원심기, 마무리실린더, 압착롤러, 광택기, 방수기계, 인두, 제본기, 재봉틀, 주름가공기[106]—를 가동하는 증기와 거대 엔진에 사로잡혀 계속해서 작동하기라도 하는 것처럼. 아버지의 개천이 최악이었을 때 나던 냄새나 외트펠트와 슐렌 골목의 세탁실에서 나던 냄새 그리고 그 어떤 연기보다 훨씬 더 심한 냄새 속을 지나가야 했다. ……그리고 달랑 얇은 벽 하나를 사이에 두고 최악의 소음과 맞닿아 있는 한 공간에서 그 친구를 발견했다. 이제 그는 올가의 속옷이 아니라 숫자와 문자, 공식으로 가득한 서류 더미 위로 자신의 지식과 능력을 다 쏟아부으면서 전심전력을 다하고 있었다. 그리고…… 나는 그에게 알베르티네 리폴데스의 주문을 전해주었다!…… 하지만 나를 인도한 마지막 손이 나를 그에게로, 그의 거대…… 화학적 세탁기관에서 가장 성스러운 곳으로 밀어넣었을 때에야 그에게 주문을 전해줄 수 있었다. 그는 자기 앞에 있는 걸 전부 다 옆으로 밀어제쳤다.

"나의 텔레마코스!…… 에버트, 피스터 방앗간의 에버트 피스터!…… 애야, 녀석, 젊은 친구. 더 나은 시절, 최고의 시절에서 온 입김이자 빛이여! 이런 맙소사! 그래, 여기 진흙 속에서, 곤경의 늪에서, 범죄의 소굴에서 지낸 지 벌써 반년이나 됐단다. 자, 그러니 이제 또 네게 충고하노니, 그렇게 멍청하게 서 있지 말고 내 품으로 달려오렴, 애야."

나는 그의 품으로 달려가서 몸을 던졌다. 그러니까 우리는 힘차게, 진정으로 기뻐하면서 악수를 나눴다. 그런 다음 나의 옛 멘토는 재킷을 입고 나서 말했다.

"너는 방금 내가 잠시 머물렀던 그 꿈의 제국에서 육신이 되어 나왔구나. 내게 온갖 이야기를 하고 싶겠지. 그러고 나면 서로의 경험들을 비교할 수 있을 거야. 아침은 먹었을 테고, 시내에 점심 먹으러 가자. ―저 옆에서 들리는 빌어먹을 소음 때문에 자기 말도 잘 안 들려. 다른 사람의 말은 더더욱 그렇고. 아마도 소음이 조금 덜한 곳에서, 공기도 좀더 깨끗한 곳에서 보고하는 게 더 좋겠지?"

"그래, 여기는 정말 겨울의 우리 집같이 별의별 냄새가 다 나네요. 그리고 무엇보다도 벤진 냄새가 많이 나. 예전 슐렌 골목처럼."

"정말로? 정말 그 냄새가 나?" 아세는 기분이 좋아져서 빙긋이 웃었다. "벤진! 거대한 진보, 산업의 거대한 성과, 놀라자빠지게 만드는 혁신! 조만간 네 옷으로 직접 증명하면 좋겠는데. 지금 최대한의 완전성을 추구하고 있는 우리 분야에서, 우리가 어떤 거대한 진보를 이뤘는지를 말이야! 한번 돌아서봐. ……지금 당장 재킷을 벗어서 저 통 속에 넣어보면 어떨까? 옷깃에서 추출한 기름만으로도 금방 장미향 포마드와 코코넛기름 소다비누를 만들 수 있어! 안 하는 게 좋겠다고? 자, 어쨌든 70에서 100도 사이에서 증류되는 액화 탄

화수소를 조심하면서 말해봐. 하지만 그걸 사용하다 보면 어쩔 수 없이 소음이 발생하니 같이 나가자. 여기 우리의 강가에서도 조금 거닐어볼까? 너는 오로지 피스터 방앗간만 생각하면서 최대한 많이, 너희에 대해서 이야기해줘!"

그는 자기 작업실의 두번째 문을 지나 기이한 사각형의 고딕식 십자로로 이루어진 작은 수도원 정원을 가로질러 다른 복도로 나를 데려갔다. 비종교적인 공장건물 집합체의 다른 편 날개로. 그리고 그곳에서 다시 슈프레 강가의 지방도로로 데려갔다. 슈프레 강은 욕지기 때문에 반은 정신이 나간 듯 짓밟힌 '펠트 실내화'를 신고 슈판다우[107]를 향해 느릿느릿 흘러가고 있었다.

"먼 곳, 네 고향 개천들이 생각나긴 하겠지만 그래도 이제 조용한 곳에서 한가롭게 걷고 있다고 상상하기에 조금도 지장이 없을 거야. 이제 피스터 방앗간에 대한 네 노래를 불러봐! 노신사는 뭘 하시지? 가정부 크리스티네는 지금도 여전히 날 좋게 생각하고 있겠지? 그리고 무엇보다도 피스터 방앗간 대 크리커로데 사이의 그 위대한 소송은 어떻게 돼가고 있어?"

나는 이 모든 호의적인 질문에 감사를 표했다. 그리고 나의 욕구를 달래고자 상세하게 이야기했다. 나의 옛 멘토는 모든 것을 태연하게 받아들였다. 내가 보고하는 동안 그가 어떤 부분은 듣지 않고 있는 듯한 인상을 받았다. 그는 거리의 다른 편에 있는 그의 작은 방에, 기계의 소음과 증류된 황화수소 속에, 슈무키&콤파니의 숫자와 글자, 공식과 도형이 적힌 커다란 종이 속에 가 있는 것 같았다.

"그리고 이제 마지막으로 전해줄 말이 있어요, 아세."

"뭔데?…… 약한 유광을 내면서…… 일시적인 실체가 아니고…… 11.36퍼센트의 염소가— 네가 예전의 사랑스러운 삶에서 가져온 그 작은 소식이 날 얼마나 흥분시키는지 알……"

"그러니까 알베르티네 리폴데스 양의 말이에요."

그러자 회색빛 강가에서 내 옆에 있던 그 남자는 나를 더 잘 볼 수 있게 옆으로 한 걸음 비켜났다. 그리고 내 팔을 붙들었는데 조금도 부드럽지 않았다. 그는 큰 소리로 말했다.

"뭐라고 했는데? 그녀가 뭐라고 말했는데? 세상물정 모르는 너한테 내게 무슨 말을 전하라고 한 거야? 젠장, 예전에 너한테 참 잘해주었는데……"

"알베르티네가 전해달래요, 아담. ―아, 말할 때 그녀 모습이 어땠는지 그려 보이고 싶은데, 그럴 수만 있다면……"

"전혀 그럴 필요 없어. 하지만 만약 그녀의 생각에다 네 생각을 조금이라도 섞는다면 당장에 저기 유유히 흐르는 흙탕물 속에 널 처넣을 거야!"

"네, 그러니까, 그녀는 떨면서, 불쾌해서 그런 건지 아니면 불행해서 그런 건지는 모르겠지만, 어쨌든 눈물이 나려는 걸 참으면서 전해달라고 했어요. 진심으로 감사하다고. 하지만 이젠 그녀 마음 아프게 하는 걸 그만두면 좋겠답니다. 그녀는 동정과 인정을 구분할 줄 알지만 그녀의 아빠는 이제 그렇지가 않다고. 그리고 또, 우리 아버지와 다른 사람뿐만 아니라 아담한테서마저도 도움을 받는 게 자기를 정말 비참하게 한다고. 우리는 울타리에 서 있었어요. 잠제가 갖고 있던 광주리에서 처음 병을 꺼내 크리커로데에서 나온 물을 담았던 바로 그 자리에. 그리고 이미 말했지만 그녀는 추위에 떨고 있었어요. 정말 화가 나서 그런 건지 아니면 고마워서 그런 건지는 모르겠지만. 그러다 다시 비가 왔지요. 그녀는 비틀거리면서 집으로 돌아갔어요. 그녀 아버지가 우리를 아침식사에 초대하자 우리가 의심쩍은 눈으로 그녀를 바라보던 그날 아침처럼. 그리고 나는 떠나기 얼마 전에 그녀의 아버지 리폴데스와도 얘기를 나눴어요. 블라우에 보크 여인숙에서. 아담 아세가 그의 마지막이자 유일한 위안이라고 전해달래요. 그리고 그는 아세가 그를 알아주고 이해해주는, 무엇보다도 그의 '오이로기우스 슈나이더'의 진가를 인정해준 유일한 사람이라고 생각한대요. 후세대가 당신의 그런 점을 인정해줄 거래요. 그리고 그는 자신의 유고작에서 당신 이름도 언급해서, 아담 아세를 다음 세대의 기억 속에 남아 있게 해줄 거라고 하더군요."

"소리나 질러대는 그 시끄러운 바보의 목을 태어나자마자 비틀어버렸으면 좋았을걸. 그랬더라면 나와 그에게, 세상과 후세대에게 좋았을걸! 제기랄, 그 허풍과 쓸데없는 소리, 꽥꽥거리는 이기주의라니. 응, 내가 그것으로 비누를 만들어내다니! 에버트 피스터, 사랑하는 내 아들아, 오늘뿐 아니라 앞으로도 계속 날 찾아주겠지. 그런데 이번에는 내 식욕을 완전히 망쳐놓았어. 같이 가서 보여줘. 네가 저기 연기 아래 어느 둥우리에서 기거하는지. 좋았던 옛 시절 중 너라도 다시 가까이 두게 되어 정말 위안이 돼. 상황은 달라졌지만 때때로 내가 멘토 업무를 다시 받아들인다고 해서 네 길을 방해하지는 않을 거야. 흠, 이 어리석고 착한 여인, 이 여자들, 눈물을 참아내려고 하는 어리석고 착한 소녀 그리고— 그 밖의 쓸데없는 말들. 오, 크리커로데, 펠릭스 리폴데스와 피스터 방앗간— 오, 슈무키&콤파니!"

마지막 말은 거의 알아들을 수 없을 정도로 중얼중얼 말했다. 그런 다음 우리는 시내로 갔다. 그는 자신의 말을 금방 실행에 옮겼다. 익살스럽게 감춰두었던 예전의 열정으로 자신의 멘토 업무를 시작했다. 그는 당시 거주하던 집으로 나를 데려가기도 했다. 그 집은 인간적인 편리함에 있어서 슐렌 골목의 집과는 눈에 띌 정도로 달랐다. 나는 그런 사실에 대해 몇 마디 말을 던졌다. 어떻게 그렇게 단기간 내에 방랑자 같은 모습과 냄새가 없어졌는지. 그는 조용히 말했다.

"가방에 뭐가 있는지는 어디서든지 절대 큰 소리로 말하지 않는 게 좋아. 앞으로 다가올, 지금보다 이성적인 날을 위해 기억해둬. 그건 그렇고, 무사히 도착했다는 소식과 이곳에서 받은 첫인상을 전하려고 집에 곧 편지하겠지?"

"그러면 아버지가 좋아하시겠지요."

"그럼 그렇게 해. 그리고 넌지시 나에 대해서도 말하면서 네 임무를 잘 수행했다고 적어."

"그렇게만, 아세?"

"다른 이들의 운명에 관해 미래에 불필요한 질문을 던지지 말고, 우선은 가능한 한 코앞에 닥친 일에만 전념해, 젊은이."

"자기, 건축의 대가가 설계한 새 시설은 정말 인상 깊던데요!" 피스터 방앗간의 마로니에 아래에서 에미가 나에게 다시 팔짱을 끼면서 말했다.

열여덟번째 종이
가정부 크리스티네 포크트에 대해 좀더 자세하게

"그런데 지금 생각해보면, 자기가 그렇게 오랫동안 베를린에 살았는데 내가 전혀 몰랐고 우리가 등하교 길에서 정말 한 번도 안 마주쳤다는 게 진짜 신기해요." 에미가 말했다.

"몇 학기는 다른 학교에서 다녔잖아." 내가 말했다. "하지만……"

"하지만 운명이 대학에 다니기에는 베를린이 제일 좋다고 생각하도록 다 조종했어요, 그렇죠?"

언제나 그랬다. 나는 인생의 다른 일과 마찬가지로 이 일에서도 그녀 말이 전적으로 옳다는 것을 키스로 확증해주어야 했다. 이 일은 우리의 다락방에서 일어났다. 밖에는 다시 비가 내렸고, 우리는 피스터 방앗간을 떠날 채비를 했다.

여기서의 무상한 여름휴가가 끝나간다는 징후가 점점 농후해졌다. 우리 밑 객실에 있는 건축가는 매일같이 설계도 앞에서 휘파람을 불었다. 최근 여름 극장에서 하는 오페레타에서 가장 인기 있는 곡이었다. 자갈을 끊임없이 운반해와서 사각형 모양으로 쌓아올렸다. 그것은 영원한 도착과 출발, 각종 민족의 욕설과 소음이었다. 그리고 늙은 크리스티네는 잃어버린 옛 방앗간에서 아무짝에도 쓸모가 없었다!⋯⋯

아, 사실 이 종이에서 늙은 크리스티네에 대해 너무 조금 이야기했다. 아, 지금 그리고 있는 과거에 존재했던 피스터 방앗간 그림 속에 그 무엇이 있다면, 그것은 나의 불쌍하고 사랑스러운, 늙은 보모이자 유모, 일을 많이 해서 거칠어진 손, 아버지의 집과 가게, 부엌과 지하실, 들판과 정원의 소중하고 신실한 여성적인 영혼, 이 지방의 마지막 남은 '예쁜 방앗간 가정부'[108]이다.

나는 라틴어와 그리스어를 배웠고 현대어와 그 밖의 많은 것을 배웠다. 베를린과 예나, 하이델베르크에서 학교를 다녔다. 그리고 또 제법 세상을 향해, 현대어가 일상생활에서 사용되는 여러 나라에 갔었다. 대도시 베를린에서 가정을 꾸렸고, 그곳에서 젊은 아내를 맞았다. 그리고 나와 내 아내, 우리는, 법률적으로는 논쟁의 여지가 없는 아버지의 상속인이지만, 피스터 방앗간의 마지막 손님들에 불과했다. 단골손님이었을지라도 말이다.

하지만 늙은 크리스티네에게는 이제 세상에 아무것도 없었고, 방앗간 말고는 아는 게 아무것도 없었다. 그래서 이제 그녀의 작별은 쓰디쓴, 피를 토하는 진심이었다. 그녀는 거의 전부를 잃어버렸다. 만약 누군가가 황야에서 그녀를 부드럽고 조심스럽게 대해야 할 사람이 주변에 있다면 그것은 바로 나다. 나, 에버트 피스터, 돌아가신 내 아버지의 아들이자 상속자인 바로 나.

이제는 이곳저곳에 앉아 있는 그녀의 모습이 보인다. 계단, 다락방, 텅 빈 물레방아의 광 옆 아니면 강가에 웅크리고 앉아 있는 그 모습이. 따뜻한 여름인데도 오한을 느끼고, 할 일 없는 손은 앞치마에 감싸여 있다. 그 오랜 세월 동안 그녀는 마로니에 아래 그 흥겨운 벤치와 탁자를 자기 주인의 유쾌한 손님들에게 양보해야 했다. 하지만 지금은 그것들을 독차지하고 있다. 나는 그녀가 다시 개울가 정자에 앉아 있는 것을 발견했다. 밖에는 나뭇잎이 촘촘히 쌓인 지붕 위로 부드러운 여름비가 나지막하게 내리고 있었다.

그녀는 늙고 둔중한 머리를 두 손으로 감싸고, 두려움과 불안에 사로잡혀 흐느껴 우느라 상체를 떨고 있었다. 내가 다가가자 훌쩍이며 말했다.

"오 에버트, 이런 것을 견디내야 하다니! 이런 일을 겪어야만 하다니!……"

> 그때 작은 창문 하나 열리더니,
> 유일하고 온전한 창문에서,
> 예쁘고 창백한 소녀가
> 달빛에 모습을 드러내며
> 끝없는 소음을 뚫고 크고
> 달콤한 목소리로 외친다.
> 여러분, 이제 오늘 쓸
> 밀가루 충분하겠죠![109]

몰락한 시인의 노래가, 비유와 문학이 서로 완전히 일치하는 아름다운 알레고리가 전율을 일으키며 떠올랐다. 이 노래에서 가수가 말하는 창백하고 예쁜 소녀는 시문학 자신이다. 시문학은 낭만적인 숲에 있는 자신의 방앗간이 낮의 투기꾼들 손에 넘어가는 것을 지켜본다. 그리고 나는 문헌학자로서 이에 대한 의견을 말하고 있다. 하지만 나는 또 시인이기도 하기에 하늘이 회색빛이 되고 조용히 비가 내릴 때 지상의 삶이 들려주는 그 기이하고 은밀한 심장박동 소리를 엿듣는다. 그 순간 지상에서 정말 심장박동 소리가 들려왔다. 나는 절망에 빠진 노파의 거칠고 깡마른 손을 잡아주고, 머리를 내 어깨에 기대게 한 채 귀를 기울였다. 그때 우리 뒤 피스터 방앗간에서 아직 온전한 창문 하나가 열리더니 나의 어린 분홍빛 아가씨가 몸을 내밀면서 소리쳤다.

"그런데 여러분, 비에 다 젖겠어요. 왜 그렇게 벤치에 앉아서 삼십 분이나 꼼짝도 안 해요?"

나는 그 삼십 분 동안 내 옆의 늙은 여인을 위로해주려고 최대한 노력했다. 그리고 몸이 젖는다고 했지만, 그 저녁, 오래된 나무들이 아직은 시문학과 피스터 방앗간의 법률상 후계자를 보호해주고 있었다.

"오, 에버트, 나를 여기에 내버려둬! 여기 남고 싶어. 그리고 저들이 파려는 구덩이에 나를 파묻고 싶어! 어렸을 때 사람들이 말하기를, 집을 튼튼하게 지으려고 언제나 살아 있는 애 하나를 같이 파묻었다고 했어. 이제 늙었으니 같이 파묻혀서 밤마다 저들의 담벼락을 흔들어댈 거야. 아, 에버트, 사랑하는 에버트, 이렇게 되리라고는 생각도 못했는데. 못 견딜 것 같아. 견뎌내고 싶지도 않고!"

"잠제도 견뎌냈잖아요, 불쌍한, 사랑하는 크리스티네."

"그래, 그도 그랬지! 하지만 돌아가신 네 아버지는 안 그랬어! 그분에게는 천장이 무너져 내리지도 바닥이 없어지지도 않았어. 대신 크리커로데 공장과 우리 아셰 박사님의, 라틴어 이름으로 된 한심한 곰팡이에서 나는 나쁜 냄새에 대해 분노하고 근심하기만 하셨지."

"크리스티네, 사람은 아주 많은 걸 견뎌야 해요. 그리고 고통을 참아내야 하고요. 우리의 사랑스러운 친구 알베르티네 양만 봐도 그래요. 그녀가 피스터 방앗간과 방앗간 물 때문에 얼마나 힘들었

나요. 그 때문에 얼마나 끔찍한 일을 당했나요. 그런데 그녀도 지금 베를린에서 살고 있어요. 베를린에서 아주 잘 지내고 있어요. 예쁘고 건강한 그녀의 아이들을 보면 큰 기쁨을 느낄 거예요. 그리고— 들어봐요, 크리스티네. 우리, 에미와 나는 아직 어리고 살림살이가 미숙해서 당신 없이는 절대 안돼요! 나를 내 어머니의 팔에서 받아 지금껏 길러주셨잖아요. 게다가 누가 알아요? 피스터 가족이 당신에게서 또 이런 일을 기대하게 될지. 누가 또 요람에서 당신의 현존을 확신하고 있을지!"

분명 그 노인이 제일 힘들어하는 부분을 제대로 만져준 것 같았다. 그녀는 앞치마로 눈물을 닦아내고 한숨을 쉬더니 자세를 바르게 하고 벤치에 앉았다. 우리 위의 빽빽한 나뭇잎 사이로 비가 점점 더 많이 내리치더니 이제는 나뭇잎을 뚫고 떨어지고 있었다.

"여기 더 앉아 있으면 정말 흠뻑 젖겠어, 에버트. 그리고 네 어린 아내는 우리가 여기서 무슨 비밀 대화라도 나누는 줄 알고 이상하게 생각하겠어. 그런데 방금 네가 알베르티네 양에 대해 한 말은 유감이지만 맞는 말이야. 사람들이 말하는 것처럼, 피스터 방앗간은 수백 년 전부터 수많은 고통과 곤경을 보아왔어. 온갖 즐거운 일과 좋은 음식, 노래하고 건배하는 장면도 보아왔지만. 아, 그래, 저기가 바로 거기야. 그를, 그 불쌍한 신사를 발견했던 곳이. 반쯤 물에 잠긴 그를 붙들고 있던 저기 저 수풀도 여전히 그대로 있구나. 사람들이 그를 물에서 건져내자 돌아가신 네 아버님과 아세 박사가 여기 이 정자로 끌어올렸지. 그리고 그를 주막으로 옮기는 걸 돕기 위해 잠제와 다른 시동들이 올 때까지, 그는 여기 우리 발치에 누워 있었어. 아이고, 손님과 저녁과 밤 그리고 그다음의 낮, 이런 것들은 무너져내리는 피스터 방앗간과 화해할 수도 있겠지! 그런데 참, 네 어린 아내에게 자세히 얘기해줬니? 어떻게 해서 그 유명한 리폴데스 박사님 장례를 우리 주막에서 치렀는지, 그리고 어떻게 해서 알베르티네 양이 방앗간 덕분에 결혼식을 올리게 되었는지?"

나는 고개를 저었다.

"시내에서 하는 말처럼 우리는 여기서 여름휴가를 보내고 있어요, 크리스티네. 나는 피스터 방앗간과 내 젊은 날의 태양과 나무, 초원과 냇물을 보여주려고 에미를 여기에 데려왔어요. 만약 에미가 이 비극이 유령처럼 여기를 떠돌아다닌다고 생각했다면, 안 그래도 방앗간을 기이하게 여기는 그녀가 지난 몇 주 동안 그렇게 천진난만하고 즐겁게 지내진 못했겠죠. 하지만 여기에 있을 수 있는 시간이 이젠 손가락으로 꼽을 수 있을 정도로 몇 시간밖에 안 남았어요. 아내는 훌륭하고 낡은 이 집과 정원에 관한 이 마지막 이야기까지 현장에서 들어 알기 전에는 떠나려고 하지 않을 거예요."

"그것도 다 여기에 속하고말고." 노파가 말했다. 우리는 우리의 잃어버린 유산의 기와지붕 아래에서, 오래되어 검게 그을린 기와지붕 아래에서 하늘의 촉촉한 축복을 맞이하기 위해 조금 걸었다.

여섯시경 그 축복이 멎었다. 그리고 저녁 햇살이 멋지게 모습을 드러냈다. 마을 주변의 길이 조금 젖어 있었지만 시내로 가는 대로는 얼마 안 있어서 다시 말끔하게 말랐다. 시내로 나가 산보 나온 수많은 행인들과 마주치면서 저녁 산책을 했다. 우리는 건축가와 마주쳤다. 이번에는 아버지의 집이 있는 자리에다 '돈벌이가 더 잘 되고 시대에 걸맞은' 새로운 기업을 세우고자 하는 몇몇 부유한 신사들과 함께 오고 있었다. 당연히 우리는 통상적인 예의를 차리기 위해 잠시 멈춰섰다.

"아주 해맑게 느끼셨으면 하는 이곳 마을이야기[110]에서 이제 박사 부인을 불같은 검으로 쫓아내야 하다니[111] 정말 유감입니다." 신사 한 사람이 다정한 말투로 말했다. "하지만 어찌 됐든 가을이 다

가기 전에 공장 지붕까지 다 지어야 하니까 유감이지만 어쩔 수가 없습니다, 부인."

"오, 불같은 검을 들이대지 않아도 우리는 여러분에게 자리를 비워줄 준비가 다 되어 있어요." 나의 부인 마님이 명랑한 목소리로 외쳤다. "우린 벌써 잡동사니를 거의 다 꾸렸답니다. 정말 아주 멋지고 편안했어요. 그리고 난 여러분에게, 내 남편도 분명히 같은 생각일 텐데, 편안했던 지난 몇 주에 대해 감사의 말을 전하고 싶어요. 그리고 이렇게 조용하게!…… 이렇게 건강하게!…… 올해에는 확실히 튀링겐이나 하르츠산지, 람자우[112]보다는 오히려 여러분의 방앗간이 더 좋았어요. 날씨도 대개 화창했고요. 그리고 건축가님, 다음에 또 베를린에 오시면 무슨 일이 있어도 꼭 우리 집에 들르셔야 해요."

"네, 꼭 그러지요, 부인." 건축가가 말했다.

그들은 자신들의 방앗간을 향해 가던 길을 계속 갔고, 우리는 무언가를 사기 위해 시내로 갔다. 황혼녘 집으로 돌아가는 길에 우리는 또 마주쳤다. 하지만 다시 서로를 멈춰 세우지 않고 그냥 인사만 건넸다.

"참 좋은 사람들이에요. 이제 베를린에 가더라도 누가 여기를 차지하고 있는지, 당신 또는 우리의 사랑스럽고 기이한 방앗간에 누가 막을 내렸는지 알 수 있어서 기뻐요."

"나도 그렇소!" 나는 한숨 쉬듯 말했다.

이 저녁 정원의 나무 아래는 우리가 있기에 너무 축축했다. 물레방아의 광에는 작업도구가 가득 들어 있었다. 주막에는 이미 말했듯이 건축가가 자신의 설계도를 펼쳐놓았다. 그리고— 어떻게 해서 펠릭스 리폴데스 박사가 거기에 누워 있었는지, 어떻게 그것이 바로 지금 너무나 선명하게 내 기억 속으로 밀려들어왔는지를, 나는 말할 수 없다. —다시 우리의 이층 골방에 머물면서 가장 좋은 건 창문을 활짝 열어 온화한 공기가 들어오게 하고, 한 번 더 번갯불이 멀리서 여기 우리 쪽으로 치도록 하는 것이다.

나는 피스터 방앗간에서 보내는 이 마지막 낮과 밤에 가능한 한 계속 나의 늙고 우울한 보모 곁을 지켰다. 그녀는 지금도 자신의 뜨개질감을 갖고 탁자에 앉아 있었다. 나와 아내는 다시 창가에 나란히 누워서 향기로운 밤의 냄새를 들이마시고 있었다.

작은 강물이 그 어느 때보다도 더 활기차게 흐르는 듯했다. 에미도 그것을 느꼈는지 나를 툭 치면서 말했다.

"들어봐요, 당신의 냇물이 이 저녁에 얼마나 생기 있게 흐르고 있는지! 산에는 여기 평지보다 비가 더 많이 온 게 분명해요."

"산에는 어제나 지난밤에 많이 왔을 거예요." 크리스티네가 말했다. "산에 내린 저런 소나기가 피스터 방앗간에 도달하기까지는 대충 그 정도 걸려요."

"오늘 저녁 신문을 보면 알 수 있을 거야." 내가 말했다.

"그래, 신문, 신문." 탁자에 앉아 있던 노파가 중얼거렸다. "신문이 뭘 다 안다고! 신문은 모든 걸 너무 빨리 알거나 너무 늦게 알아. 게다가 아는 것도 쓰고 모르는 것도 쓰고, 전부 다 쓰지. 에버트, 아직도 기억하니? 전에 불행한 사건이 일어나자 알베르티네 부인의 불쌍한 아빠에 대해 신문에서 뭐라고 떠들었는지? 돌아가신 네 아버님이 우리에게 읽어주셨어. 우리 모두 눈물을 글썽거렸지. 충분히 존중받을 가치가 있는 분인데 우리가 이 세상에서 제대로 평가해드리지 못한 것에 대한 후회와 통한의 눈물을. 어리석고 가련한 영혼인 나 자신도 비통해하면서 동의해야 했어. 우리 모두는 위대하고 유명한 사람들을 조금도 존중할 줄 모르는 악하고 이해심 없는, 감사할 줄 모르는 세상 사람이라는 말에 말이야."

"대체 그 한심한 신문들이 뭐라고 했는데요, 크리스티네?" 에미가 웃으면서 돌아누우며 물었다.

"응, 실제로 그들은 뒤늦게 자기들의 손만 무죄라는 물에 담가 씻더니, 그간 피스터 방앗간 근처 물에서 인양된 걸 전부 다 악하고 비이성적인 우리 세상 탓으로 돌렸어."

"이런 맙소사— 에버트?!" 가엾은 어린 아내는 말을 더듬거렸다. "저기 우리의 예쁜 냇물에서? 여기 물에서? 오, 자기 당장 내게 자세히 말해줘요. 너무나 끔찍하고 흥미로운 일이네요! 맙소사, 그러면 그분은 여기 자기들 방앗간에서도 멍석 뙈기 위에 누워 있었어요? 나도 베를린에서 어린 소녀의 시체가 멍석 뙈기 위에 놓여 있는 걸 본 적이 있어요. 성령강림절에 아빠를 겨우 그의 교회묘지에서 떼어내어 피헬스베르더[113]로 산보를 나갔다가요. 그건 평생 잊을 수가 없어요!"

나는 대도시 출신인 사랑스러운 여인의 신경을 대체로 너무 과소평가해왔다. 다른 사람들처럼 그녀에게도 피스터 방앗간의 무시무시한 유령을 비밀로 해왔으니 말이다. 이제 나는 제법 침착하게 말할 수 있게 되었다. "다른 것과 이어져 있어요, 자기. 바로 아담 아세와 알베르티네의 얘기와. 크리스티네와 당신이 말을 꺼냈으니 펠릭스 리폴데스의 비극을 끝까지 다 이야기할 수 있게 됐군요. 아버지가 유산으로 남긴 곳에서 보내는 마지막 이 밤에 당신의 등골이 오싹하게 하지 않으면서 말이지."

"자, 자, 바보 양반! 자기가 내 곁에 있잖아요! 만약에 나 혼자 자기의 유령들과 앉아 있는 거라면 그땐 완전히 다르겠죠. 그리고 한번 생각해봐요. 아빠는 아주 오랫동안 웃기지도 않는 그의 교회묘지로 날 데리고 산보를 다녔어요. 그래서 난 유령들과 아주 사이좋게 지내요. 게다가 난 천성적으로 이성적인 베를린 여자라고요!"

그녀는 창턱에 있던 내 손을 잡아 자기 입으로 가져가더니 손에

피스터의 방앗간 167

사랑스럽고 따스한, 생기 있는 호흡을 불어넣었다. 그리고 웃으면서 말했다.

"겁먹지 말고 이야기해요. 지금이 바로 여기 자기 고향에서 보내는 우리의 마지막 시간이니 더 잘 어울리네요. 그러니 하나하나 얘기해줘요― 내가 자기들의 학문사와 문학사에 대해 너무 모른다고 생각하지 말아요. 자기와 크리스티네가 말 안 해줘도 대충은 알고 있었어요. 아빠는 신문을 구독하면서, 때로는 어떤 기사를 크게 읽었어요. 난 가끔 그것에 귀를 기울였죠. 당시 난 학생에 불과했고 다른 일을 생각해야 했지만요. 알베르티네 부인의 불쌍한 아빠 때문에 그렇게도 낭만적이고 흥미로웠던 그 방앗간이 바로 자기네 것이었다는 것만 몰랐어요."

불쌍한 펠릭스 리폴데스의 이야기가 피헬스베르더 근교의 어린 소녀 이야기처럼 그렇게 낭만적이었는지는 모르겠다. 어쨌든 나는 아주 침착하게 계속해서 이야기했다. 그리고 여기 이 종이들을 통해 나 자신에게 한 번 더 이야기하고 있다.

나는 대학생활의 처음 몇 학기를 베를린에서 보냈다. 학업을 위해 다른 대학들도 다녔다. 이젠 다시 베를린에서 본격적으로 더 공부를 하면서 옛 멘토인 A. A. 아세와 교제했다. 그는 이번에도 예전처럼 종종 자신의 정력적인 행위와 활동의 중심에서 사라지곤 했다. 짧은 기간이긴 했지만. 하지만 넓은 세상으로 사라진 것이 아니었다. 나는 그가 어디로 가는지 항상 알고 있었다. 그러니까 피스터 방앗간이었다.

나중에 그것을 매우 자세히 전해들으면서 나는 깊은 감명을 받았다. 그 두 사람, 아버지와 친구가 그들의 영리한 머리뿐 아니라 그들의 선량한 마음도 한데 모아놓았다는 것에 대해. 피스터 방앗간 대 크리커로데 공장 사이에서 벌어진 위대한 재판의 승리를 위해서만은 아니었다. 재판은 리햐이 박사 덕분에 이 법원, 저 법원에서 모두 승리했다. 그리고 또다시 크리스마스 무렵, 우리는 마지막 재판을 앞두고 있었고 승리했다. 하지만 그렇다고 그토록 유쾌했던 피스터 방앗간 위의 석양을 한 시간이라도 더 하늘에 붙잡아둘 수는 없었다.

그것은 이 여름방학 공책에서 한번 묘사된 적이 있는 어느 오후와도 같은 그런 오후였다. 금방이라도 눈이 올 것 같았고, 골목에는 바람이 불었으며, 생각은 먼 곳을 향해 있었다. 그리고 이런저런 불길한 두려움과 별의별 나쁜 냄새가 가까이에, 그리고 주변에 깔려 있었다. 예전에는 나의 학창 시절이, 이번에는 나의 대학 시절이 다 끝나가던 참이었다. 나는 또 창가에 앉아 있었다. 두 손으로 턱을 괸 채 즐거웠던 피스터 방앗간의 크리스마스트리와 포트기서 교장 선생님에 대해 생각하는 건 아니었다. 피스터 방앗간과 아버지에 대해서, 그의 초록색 크리스마스 전나무들에 대해서 생각하고 있었다. 그리고— 다시— 당시처럼— 계단을 올라오는 발소리가 들렸다. 그리고 누군가가 내 문을 두드렸다. —나는 하마터면 황혼녘의 비몽사몽 중에 또 소리를 지를 뻔했다.

"어, 아버지잖아? 아버지가 오늘, 그것도 다 늦은 저녁에 시내에서 뭐 하시려는 거지?"

"나다, 아들아." A. A. 아셰가 말했다. 그는 예전에 치밀어오르는 짜증과 근심걱정에 사로잡혔던 아버지처럼 그렇게 내 어깨에 묵직한 손을 얹었다. "에버하르트 피스터, 너는 책을 많이 읽은 젊은이야. 게다가 문헌학자이고. —독일 서사문학의 짧은 명작인데 혹시 기억나니? 이렇게 시작하는데. '한 소년은 다른 소년들처럼 일평생 대추야자를 즐겨 먹었네……'"

"그리고 야자를 많이 가지려고

야자 씨를 심었네."[114]

내가 더듬거리며 말했다.
"아주 잘했어, 텔레마코스. 어쩌면 완전히 똑같진 않을지도 모르지만. 사실은 내가 그 소년이었어. 하지만 저 우화작가는 윤리적으로 덜 교만한 덕분에 훨씬 더 영리하게 자신의 운율을 되풀이했지."
"무슨 말인지 도통 모르겠어요, 아담."
"세상을 조금이라도 이해하는 사람한텐 절대 안 그래. 자신의 야자나무 씨앗을 온상에 심지 않으면, 그 열매를 따서 자기 입과 자기 주머니에 넣기란 너무 힘들어. 로마 황제의 말처럼 돈에서는 악취가 나지 않아.[115] 난 그걸 관철할 거야. 그리고 볼테르라고 불린 프랑수아마리 아루에처럼 돈을 벌 거야.[116] 내 생각을 말할 수 있게 되기 위해, 그리고 모든 누더기가 어떤 가치를 갖고 있는지 말할 수 있게 되기 위해. 내년 봄에 우리는 회색빛 슈프레 강변에다 A. A. 아셰 자신의 지상형겊누더기얼룩세탁연구소[117]의 초석을 놓을 거야. 내일 집에 갈 거지? 나도 같이 가자. 손을 깨끗이 닦고 피스터 방앗간에서 너희와 함께 크리스마스를 보낼 거야."

나는 환호성을 질렀다.
"아셰, 정말 굉장해요!"
"절대 그런 게 아냐." 친구이자 옛 멘토가 한숨 쉬듯 말했다. "아주 적적하고 주눅 든 기분이란 말이야."

밤이 여전히 매우 아름답고 향기로울지라도 계속해서 팔꿈치로 몸을 받치고 창가에 누워 있을 수는 없었다. 우리는 크리스티네의 작은 등불의 빛이 미치는 곳으로 되돌아왔다. 하지만 탁자에 앉지는 않고, 우리의 여행용 가방 위에 마주보고 앉아 수다를 떨면서 남은 밤을 보냈다.

열아홉번째 종이
펠릭스 리폴데스의 첫번째 결정적인 비극

"에버트, 한번 들어봐요." 에미가 말했다. "친구 아세 박사에 대해 꽤 정확히 알아서 정말 다행이에요. 우리가 여기 머무는 동안 자기는 근본적으로 그를 아주 밉살스럽게 묘사했죠. 끝없이 지긋지긋한 그의 말투로요. 그리고 자기네 남자들이 자기들 사이에서 그리고 또 너무 자주 우리 가련하고 연약한 영혼을 상대로 자기네 철학이라고 부르는 것으로 말이죠. 아아, 그렇지만 난 다행히 좋은 예비학교를 다녔어요. 베를린 아빠의 학교는 이런 점에서 충분히 가치가 있어요."

"여보, 우리는 지금 자신의 덕성보다는 다른 이의 약점과 부도덕, 악덕에 훨씬 더 많이 매달리는 그런 세상에 살고 있소. 그리고 한번 생각해봐요. 매우 간절한 마음으로 당장 당신 아버지와 아주 친밀한 관계를 맺고 싶어하는, 침착하지 못하고 미숙한 젊은이에게 후원자를 곁에 두는 것만큼 바람직한 일이 있었겠는지. 그 후원자는 다른 사랑스러운 소녀 때문에(바로 그게 목적이었지요) 피스터 방앗간에서의 마지막 크리스마스 연회에 그 젊은이를 데려가려고 했거든요."

"자기 말이 맞을지도요." 에미 피스터 부인은 한참을 곰곰이 생각하더니 말했다. 나는— 이왕 시작을 했으니 계속하련다. 이 좋은 여름날이 이렇게 꿈과 깨어남 사이에서, 현재와 과거 사이에서 나를 잔잔하게 출렁이는 파도에 실어 내 여름방학의 끝자락으로, 피스터 방앗간 이야기의 종결부로 데려왔으니— 그렇게 나는 한 번 더 우리의 작은 강물의 상류 쪽 크리커로데로 가는 길을 걸어간다. 나의 옛 스승이자 지금은 친구인 A. A. 아세와 함께.

리햐이가 크리커로데와의 소송에서 완전한 승리를 거두어주었지만 아버지는 병이 났고 딱하고 무감각해졌다. 어쩌면 승리했기 때문인지도 몰랐다. 너무 늦게 찾아온 승리 때문에 허탈한 웃음만 짓게 되는 그런 경우가 지상에는 너무나 많다.

"그래, 좋아, 맘대로 해. 괜찮다면 다시 위층에 묵게, 아담." 아버지는 갑자기 자신의 피후견인이 어릴 때 사용했던 친밀감을 드러내주는 낮춤말을 사용하면서 예를 표했다. "하지만 크리스마스 연회는 예전 같지 않을 거야. 무언가 험하고 힘든 일을 겪고 나면, 더는 오락을 위한 유희를 즐기지 않게 되지. 꼭 필요하지 않다면."

그래서 우리, 막 자본가가 되려는 자와 철학과 학생은 또 첫눈이 내리던 날 피스터 방앗간에서 묵었다. 각자 자기 방식대로 계속해서 이 세상에 대한 그림을 그리면서. 아담 아세의 경우, 그는 자신을 우주의 가장 거대한 붓으로 간주했다. 말하자면 불쌍한 알베르티네 리폴데스와의 관계에 있어서. 하지만 그렇다고 그것을 거창하게 떠벌리려는 것은 결코 아니었다.

"그녀는 내게 짐이 되고 싶지 않대. 그게 문 앞에 의자를 놓아주면서 내게 둘러대는 공식적인 이유야!" 그는 화가 나서 투덜거렸다. "너무 바보 같지 않아? …… 내게 짐이 된다고? ……오히려 균형을 맞춰주지, 얘야. 미스, 또는 멍청이, 아니면 아가씨. 쌍돛대 범선이 랜즈엔드[118]를 왕복하는 첫 항해에서 전복되지 않게 균형을 유지해준다고! ─어떻게 해도 다 소용이 없어! 로첸이나 라우라, 베아트리체[119]보다, 또는 이름이 어떻든 간에 그 사랑스러운 영혼들, 그 작고 착한 여인들보다 더 고집 센 존재는 없어. 흰색 천으로 몸을 가리고 우리 같은 사람들 위 저 하늘로 멀리 떠나버려야겠다고 느낄 때면, 자기들의 훌륭하고도 어리석은 가슴을 눈물로 달래기 위해서 고집을 부려야만 한다고 생각할 때면! ……지금 난 아내와 가족뿐 아니라 장인도 먹여 살릴 수 있다고 마음속 깊이 확신하고 있어. 넌 내가 슐렌 골목에서 빨래하는 모습을 봤잖아. ─제발 부탁한다, 이 멍청아. 그렇게 초등학생 같은 눈으로 쳐다보지 마! 내가 슈무키&콤파니에서 어떻게 일하는지 봤잖아. 그리고 이젠 다시 피스터 방앗간에 앉아 있어. 또 퇴짜를 맞고서. 아델베르트 폰 샤미소의 늙은 세탁부의 감정을 위해서라면 기꺼이 왕국도 내어주련만.[120] 이봐, 네게 맹세하건대, 그 소녀 없이는 내 인생의 결실에서는 악취와 역겨움과 무미건조함만 느껴질 것 같아. 그래서 어느 화창한 아침에 리폴데스 아빠처럼 무일푼인 상태인 내가 발견되겠지. 그의 비극 〈모나코〉 5막에서 주인공이 올리브나무인지 월계수인지에 목매달았듯이, 또다른 비극인 〈리비에라〉에서 주인공이 '총알 말고는 가슴에 아무것도 없는' 상태로 발견된 것처럼, 영혼이 떠나간 상태인 내 모습이 발견되고야 말 것 같아. 그녀는 그래야만 한대, 그래야만 한대! 이제 정말 네게 물어볼게, 그녀는 왜 그러지 않으면 안 되는 거지? 어머니 지구의 이 비열한 헝겊과 누더기, 얼룩의 경제 속에 있는 내가 그녀보다 형편이 더 낫단 말이야? 피스터 방앗간과 그 주변의 이쪽 끝에서 저쪽 끝까지 연기와 악취로 가득한 대기 위의 맑은 천공 아래에서, 난 그녀를 사랑해. 그녀를 내 곁에 두고 싶어. 그리고 오염된 우물, 송어가 노는 개천, 배가 다닐 수 있는 강들과 벤진의 세상에서 할 수 있는 한 잘 지켜주고 싶어. 그런데 그 어리석은 여인은 내 청춘의 이상, 내 소년 시절 밤들의 파토스와 눈물, 심장의 두근거림을 두려워하고 있어. 슐렌 골목과 외트펠트의 살림에 그녀의 아빠를 혼수와 같이 데려오는 것을 두려워하고 있어! 그녀에게 입맞춤도 못하게 하니 심장이 쥐어뜯기는 것만 같아! 우리 같이 네 아버지의 개천에 나가자, 에베트. 사방이 벽으로 둘러싸인 곳에서 자신의 속마음이라는 것을 털어놓고 나면 언제나 밖에 나가서 숨을 들이마실 필요를 느끼게 되는 법이니까.”

이제 나는 피스터 방앗간이 겪었던 날 중에서 적어도 인간의 생각으로는 가장 안 좋았던 날에 대해 에미에게 보고해야만 했다. 그러니까 관심이 많은 미녀의 바람대로 '아주 정확하게 그리고 가능한 한 하나하나 상세하게.' 짐을 조금 많이 넣는 바람에 트렁크를 닫기가 무척 힘들었다. 우리는 약간 기진맥진하여 트렁크 위에 마주보고 앉아서 지나간 그림과 날에 대해 계속해서 잡담을 나누었다. 가정부 크리스티네 포크트도 그 온화한 여름밤에 예술과 인생을 이해하는 말로 잡담에 끼어들었다. 내 영혼 속에서, 내 담배 연기 속에서 그날은 다시 크리스마스이브, 크리스마스 전날이었다. 나는 아버지 방앗간의 물가 짙은 안개 속에 다시 아담 아세와 함께 서 있었다.

오후 세시에서 네시 사이였다. 벌써 황혼이 살그머니 기어오고 있었다. 우리 왼쪽에는 겨우겨우 연명하고 있는 알베르티네의 집 지붕이 벌거벗은 숲 위로 솟아 있었다. 아세가 말했다.

"우리가 자기 아버지를 방문하는 것까지 막지는 못할 거야. 그녀가 날 생각 없는 사람으로 여길 수도 있지만 내가 예민하고 섬세한 감정의 환심이나 사려고 세상에 태어났담? 관목 수풀 아래서 굶주리는― 이스마엘 같은 내가?[121] 발은 청소하는 사람의 앞발 같고 옷은 정말 누빈 것을 입은 이 누더기 왕이? 한 시간을 걸어도 여전히 생업의 악취를 풍기는 내가? 애야, 가자. 어쨌든 널 앞세울 수 있어서 다행이야. 웃기는 일이긴 한데, 사랑스럽고 고귀한 그 여인이 코를 찌푸릴 때마다 되게 겁이 나거든!"

크리커로데를 찾기 위해 안개를 헤치며 외출했던 크리스마스의 그 둘째 날처럼 이번에도 안개가 자욱했다. 강 상류 쪽으로 스무 걸음쯤 갔을 때 친구는 다시 멈춰 서서 투덜거렸다.

"방금 난 소리가 뭐지? 연기가 눈만 가리는 게 아니라 귀까지도 가리네. 공중에서 난 소린가, 땅에서 아니면 물에서? ……너도 들었지?"

"네. 기이한 소리였어요. 내 생각에는 저기 정원과 농가 주택 쪽에서 난 것 같은데."

"내가 보기엔 아니야!" 성급하게 나를 냇가 수풀 쪽으로 끌어당기면서 아세가 중얼거렸다. ―아버지 피스터의 방앗간 하상河床은 이 계절이면 보통 그렇듯이 냇가 끝자락까지 물이 들어찼다. 흐린 물결이 여기저기 좁은 인도까지 들어차 있었다.

우리는 한 번 더 멈춰 서서 귀를 기울였다……

"쓸데없는 짓이야!" 아세가 말했다. 그리고 얼마 후 우리는 펠릭스 리폴데스가 이 지상의 사람들 사이에서 거주하는, 마지막 가련한 거처의 문을 두드렸다.

알베르티네 양이 창가 의자에서 일어났다. 나의 옛 멘토는 그 젊은 여인을 몹시 두려워했다. 하지만 그 순간에는 그가 그녀를 두려워하는 이유로 댈 수 있을 만한 그 어떤 일도 일어나지 않았다.

그 아가씨는 평온한 모습으로 우리 두 사람에게 악수를 청했다.

"아버지와 안 만나셨어요, 박사님? 방앗간으로 찾아간다고 하셨는데요, 피스터 씨. 잠시들 앉으시겠어요?"

그녀는 우리에게 왕가의 공주 같은 손짓으로 질이 떨어지는 농부 의자 두 개를 가리켰다. 그녀는 공주였다. 가장 고귀한 부인만이 가장 염려스러운 사회적 상황에서 그럴 수 있는 것처럼, 그렇게 아무 구김살 없이 다시 자기 자리에 앉았다. 그녀의 아름답고 용감한 영혼의 힘이 가장 가련하고 황량한, 절망적인 환경 속에서 더욱더 빛을 발했다. 그녀는 미소까지 지으면서 자신의 손동작을 반복했다.

그런데 조금 전까지만 해도 이 의자 하나를 위해서 자신이 세상에서 의미를 두는 것 전부를 내어놓겠다던 아담 아세가 이제는 기이한 불안감에 사로잡혀 의자에 앉는 걸 망설였다.

그는 자기 앞 의자의 팔걸이를 신경질적으로 만지작거렸다.

"피스터 방앗간으로 갔다고?…… 그렇다면 우리와 만났어야 하는데!…… 또 크리커로데 쪽으로 간 게 아닐까요, 알, 아니 존경하는 아가씨?"

그 불쌍한 비극작가가 오래전부터 크리커로데와 친밀한 관계를 맺고 있는 건 사실이었다. 그는 그 거대한 공장의 젊은 사무원, 점원과 회계원, 기술자 몇몇과 친구가 되었다. 그들은 그의 상황이 나아지게 하지는 못했지만, 유감스럽게도 그가 원하는 방식으로 기분좋게 하는 데는 크게 기여할 수 있었다. 그 신사들은 모종의 존경심으로 가득한 두려움을 느끼면서도 그를 조롱거리로 삼았다. 왜냐하면 그가 자신의 파토스로, 분노에 찬 농담과 신랄한 비판으로, 무엇보다도 자기 작품을 직접 낭송하는 그 재능으로 그 젊은이들을 열광과 감동의 도가니에 빠져들게 만드는 그런 순간이 여전히 생겨났기 때문이었다. 그리고 그 신사들은 대부분 수위가 낮은 탕아들였기에 그는 미학적 열정과 숭고함, 감각과 높은 수준의 반어법을 사용하면서도 언제나 그가 가장 선호하는 것을 그들에게서 얻어냈다. 그러니까 좋은 럼주나 그 비슷한 것이 담긴 병을. 이런 관점에서도 크리커로데가 피스터 방앗간 가까이에 정주해 있다는 것은 좋지 않았다. 아셰의 입에서 이익을 추구하는 그 연구소의 이름이 언급되자 그것만으로도 벌써 펠릭스 리폴데스의 딸은 불안감에 사로잡혔다.

이제는 친구가 상상했던 대로 그 젊은 여인과 날씨며 다가올 축제에 대해 부담 없이 대화를 나누는 것조차도 불가능해졌다. 아담은 결국 의자에 앉기는 했지만 불안한 듯 몸을 이리저리 움직이며 좌불안석이었다. 그는 성급하게 다시 일어서면서 말했다.

"아버님과 오늘 할 이야기가 있습니다, 아가씨. 걱정하지 마세요. 잡지 편집에 관한 건이니까요. 신문 편집 건이에요, 알베르티네 양. 신문과 잡지에서 A. A. 아셰&콤파니 광고를 합니다. 간단히 말해서— 에버트, 우리가 박사님을 쫓아 크리커로데 쪽으로 가면 어떨까?"

"오, 그래 주세요, 여러분!" 팔짱을 끼고 있던 알베르티네가 나의 옛 멘토에게 감사의 눈길을 보내면서 큰 소리로 말했다. 그녀는 할 수 있는 게 아무것도 없었기에 나의 옛 멘토를 책임질 수 없었다. 하지만 그는 마치 번개처럼 빛의 제국에서 A. A. 아셰&콤파니 회사 위로 떨어져야 했었다.

"자 가자, 얘야!" 그 '비상한' 화학회사 사장은 기이하게 억눌린 목소리로 말했다. 그리고 기관지의 부담을 덜어줄 요량인 듯 후두부를 만졌다. 그는 대문 앞에서 겁먹은 표정으로 그 아가씨가 앉아 있는 창가 쪽을 돌아다보았다. 그리고 우리가 안개에 가려서 도저히 보이지 않을 만큼 멀리 떨어져 나오자 그는 내 어깨를 붙들고 흔들어대면서 소리쳤다.

"이봐, 지금껏 나의 외양이나 내면에서 두번째 얼굴, 예감이라고 부르는 것, 또는 늙은 여인네들의 망상이라고 부르곤 하는 것을 느껴본 적 있어?"

"아니, 전혀 없는데요!"

"그럼 이제 네 마음대로 내 이름을 정해서 불러도 돼. 그런데 십오 분 전부터는 이런 인간적인 것도 더는 낯설지가 않아. 에버트, 만약 인생의 희비극이 어떤 식으로든 그 종말에 이르러야만 한다면, 그게 일관성이 있다 하더라도 소름이 끼쳐. 물론 이번에는 그 희비극 관중의 관심이 한동안 펠릭스 리폴데스에게 몰릴 만큼 충분히 선정적일 거야."

"무슨 말인지 도무지……"

"난들 알 거 같아? ……아마 나의 터무니없는 상상력에 불과할 거야. 저 쓸모없는 안개가 몹시 성가시군. 하지만 개인적으로 내 영혼 안에 이런 새로운 성향이 생긴 책임이 어딘가에 있다면 그것은 무조건 선행에 대한 책임일 거야. 자, 적어도 오 분 후에는 내 따귀를 때릴 수 있는 것으로 보상할 수 있겠지. 하지만 이 순간에는 아무 도움이 안 돼. 그러니 강을 따라서, 너희의 저주받은 시골 스틱스 강을 따라서 빨리 가자. 제기랄, 이번에도 잠제를 데리고 왔더라면 좋았을걸."

"하지만……"

"아까 들린 소리가 시간이 갈수록 점점 더 귓가에 맴도는 그의 목소리처럼 들려."

"잠제의 목소리?"

"짜증나게 할래?" 그 기이한 인간은 짜증을 내며 소리쳤다. "펠릭스 리폴데스의 신음 말이야. 파토스는 없지만 실제로 극적인 곤경에 빠진 소리야. 젠장, 난 바보 멍텅구리야. 돌아가신 카산드라

아주머니.[122] 하지만 내가 원하는 건, 그 불행한 사람과 빨리 마주치는 거야. 어떤 상태로 만나든 상관없어."

"아세?"

"그래, 아세, 아세! 이제 함께 크리커로데 쪽으로 올라가자. 최대한 빨리, 그리고 최대한 냇물에 바짝 붙어서 말이야. 난 지금 이 피스터식의 가족— 플레게톤 강[123]을 조금도 신뢰하지 않아. 조금 전에는 약간 너무 솔직하게, 그의 사악한 님프들과 요정들에게 가족처럼 행동했지만— 저 무시무시한 끓는 물이 내 목까지 차오르고 있어. 앞으로!"

우리는 이제 숲을 가로질렀다. 때때로 길까지 들어찬 진창에 빠져서 멈춰 서기도 하고 서로 상대방의 흥분을 더 고조시키기도 했다. 나는 갑자기 공포의 외마디를 내뱉을 수밖에 없었다. 모형 항구에서처럼 물이 소리 없이 소용돌이치는 어느 깎아지른 듯한 비탈 아래에서, 그 작은 소용돌이 속에서 밀짚모자 하나가 물에 떠서 빙빙 돌고 있었다. 그것은 내가 오래전부터 알고 있던 눌려서 망가지고 낡아빠진, 차양이 넓은 밀짚모자였다. 마침 공장 쪽에서 우리 쪽으로 안개를 헤치며 다가온 크리커로데의 노동자 한 명이 우리에게 소식을 전해주었다. 박사님은 오늘 오후에 크리커로데에 왔었고 사람들과 매우 떠들썩하고 흥겨운 시간을 보내다가, 작별을 고하고 간 지 벌써 한 시간도 더 됐다고 했다. "자, 자, 제 말이 무슨 뜻인지 아실 테니까……"

"정말 끔찍한 얘기군요." 자신의 트렁크 위에 앉아 있던 에미가 무릎 위에 양손을 얹어 맞잡고 말했다. "여기 자기네 방앗간을 떠나기 전날인 지금, 그걸 말하는 방식이 정말이지 신경질 나네요. 자기는 그렇게 셔츠만 걸친 채 우리 가방 위에 앉아서 모든 걸 아주 선명히 그려 보이고 있어요. 그래서 더 끔찍하게 느껴지는 것 같아요.

맙소사, 불쌍한 알베르티네가 마침내 오늘 우리 같은 상황에 처했을 때, 그러니까 피스터 방앗간을 떠날 준비가 됐을 때, 얼마나 기뻤을런지! 이 지방이 아름답고 주위의 자연경관이 사랑스럽다 해도 그녀는 여기서 너무 많은 걸 경험하고 견뎌야 했네요. 아셰 박사가 그녀를 이곳에서 빼낸 것은 아주 잘 한 일이에요. 그것도— 가능한 한 빨리 빼낸 것이!"

"그런데 여러분, 이 늙은이의 충고를 하나 들어봐요." 크리스티네가 뜨개질감을 내려놓고 팔짱을 낀 채 말했다. "이야기의 나머지 부분에는 태양이, 아님 적어도 밝은 날이 비추게 해주게. 젊은 부인의 말이 맞아. 아셰 박사는 자신의 일을 아주 멋지게 해냈어. 하지만 에버트, 이제 돌아가신 아버님이 이 일과 관련해서 어떤 일을 하셨는지 사랑스러운 아내에게 보고할 차례야. 그리고 이 얘길 하기 위해서는 아침햇살을 기다리는 게 좋을 게야. —내일은 분명 아주 최상의 날씨가 될 거야!— 우리가 피스터의 방앗간에서 보내는 마지막 날을 맑은 날씨 속에 지낼 수 있게요. 마을의 야경꾼이 벌써 한참 전에 외쳐댔어. 교회탑에서 열한시를 알리는 종도 울렸고. 오, 신이시여, 오, 자비로운 하나님. 이제 두 번 다시는 그 소리에 귀 기울일 수 없다니!"

나는 크리커로데에서 돌아오는 길에 아버지의 흐린 방앗간 물에서 소멸한 천재적인 극작가의 모자가 원을 그리며 돌게 내버려두었다. 그리고— 다행히도, 어리고 마음이 여린 내 아내는 아주 발랄하게 일어나 달려가더니 딸처럼 다정하게 노파의 목을 감싸안고 숙인 이마에 입을 맞추었다. 그리고 계속해서 사랑스러운, 짧은 위로의 말을 속삭이면서 손수건으로 그녀의 눈과 주름살 많은 뺨에서 눈물을 닦아주었다.

스무번째 종이
멀리서 들려오는 오래되고 아름다운 노래들, 대문에 서 있는 늙고 아름다운 최후의 방앗간 여인

이것은 정말로 여름방학 공책이다. 나는 지금 따로따로 떨어져 있는 낱장의 공책에다 마지막 종이를 찾아 붙이고 있다. 푸른색 표지를 두르고 둘둘 말기 전에, 집안의 명예를 기리려는 어린 마음에 그 위를 붉은 끈으로 둘러 묶기 전에, 그것을 우리 가정 문고의 가장 깊숙한 곳에 넣어두기 전에. 어떻게 해서 이렇게 끼적거리게 되었지? 문자와 얼룩, 줄표와 느낌표는 대도시 베를린의 내 책상 아래 궤짝의 어둠 속에서 틀림없이 아연실색하리라! 이것은 다락방에서, 저것은 초원의 수풀에서 쓴 것이다. 이 페이지에는 밝고 무더운 7월의 태양이 비췄고, 이 부분의 글씨는 번져 있다. 그리고 버텨주는 한에서 어떤 종이는 갑작스러운 소나기를 간신히 피해 에미의 광주리로 구출된 흔적을 간직하게 되리라. 종이는 평평하게 쌓이지도 않았다. 때때로 바람이 이 종이에 너무 흥겹게 장난을 치기도 했다. 그리고— 여기 이 종이에는, 아버지의 남은 유산 중에서 내가 가져가는 모든 게 적혀 있다. 그것은 바람에 날려서 아버지의 방앗간 정원 쪽으로 날아가기도 했다. 나는 강가에 있는 마지막 벤치 아래에서 그것을 다시 낚아채기까지 마로니에 주위를 한참이나 뛰어다녀야 했다.

그 그림들 다 어디 갔지?

'사고의 유희' 속에서 이 일을 시작했다면 이제는 이 일을 끝내야 한다. 가장 강렬한 진지함도 이 마지막 종이 위에 기이한 형태로 남아야만 하리라. 단 한 번의 특별한 여름휴가만이 그런 형태에 그런 진지함을 부여할 수 있었다.

가정부 크리스티네가 말한 대로 아침해가 웃으면서 우리 방을 비춰주었다. 이제 피스터 방앗간에서의 마지막 날을 앞두고 있다. 또다시 몹시 아름다운 이 세상을 앞에 두고 있다!

다음날 아침 우리는 우리의 기이한 방랑자의 살림살이─소지품을 꾸려서 일상으로 귀환해야 했다. '자신의 부엌'으로, 라틴어 숙제와 규정을 준수하는 독일어 논문으로─ 요컨대 모든 보통의 문체연습과 견고한 생활조건으로. 그리고 에미가 적확하게 표현한 것처럼 '지상에서 우리의 원래 현재 생활'로. 고향에서 보내는 햇살 가득한 마지막 날을 과거의 퇴색한 그림 앞에 마음 먹은 대로 온전히 바치는 것은 불가능한 일이었고, 그렇게 순조롭게 진행되지도 않았다! 무슨 일이 생겨 아내에게 피스터 방앗간의 종말에 관해 끝까지 이야기하는 걸 방해받지 않는 한, 우리에게 아직 마지막 저녁이 남아 있기는 했지만 말이다.

마지막 태양이 아버지의 집 위에 떠 있는 동안에는 아버지 피스터 방앗간의 혼탁한 진흙탕 물속에서 아담 아세와 함께 모자를 건져내는 일이 불가능했다. 에미는 '예쁜 담쟁이덩굴'이 자라는 덤불을 알고 있었다. 우리는 베를린 집의 창가 정원에 심을 담쟁이덩굴을 뿌리째 파내려고 아침 일찍 그곳에 갔다.

"여기 이 집 탁자에 마지막으로 돌아올 때까지 알베르티네의 불쌍한 아빠에 대한 이야기는 남겨둬요." 아내가 말했다. "아침은 또 이렇게 황홀한데 그 얘기는 너무 슬프잖아요. 오, 이게 잘 자라주면 좋겠어요. 우리, 이 넝쿨이 자기의 멍청하고 지루한 책상 주위를 감싸면서 자라나게 해요. 그래서 자기의 유쾌하고 슬픈 고향에서, 자기 아버지의 방앗간에서 가져온 초록의 무엇이 언제나 우리 주위에 있을 수 있게요. 난 그럴 때마다 분명 대체로 매우 매력적이었던 이곳에서의 몇 주를 생각하게 될 거예요."

우리는 그 풀을 갖고 집으로 돌아왔다. 그러니까 이번에는 피스터 방앗간의 집으로. 정원에는 소음과 말다툼 소리로 가득했다. 건축가는 자신의 마부들과 일꾼들 때문에 몹시 화가 나 있었다. 마로니에 아래 가장 멀찍이 떨어져 있는 벤치에서조차 이곳의 지나간 그림들에 관해 마지막 이야기를 조용히 나눌 수가 없었다. 아마도 오후가 더 적합했을 게다. 하지만 아내는 아침 일찍 숲으로 소풍을 다녀왔기에, 꽃을 꺾고 담쟁이덩굴을 파내느라 피곤해져서 오후를 잠으로 보냈다.

그래서 우리에게는 피스터 방앗간의 마지막 저녁만이 남았을 터이다. 만약 또 중간에 무슨 일이 끼어들지만 않았더라면. 그러니까 다섯시경에 리햐이 박사에게서 쪽지가 하나 날아왔다. 그는 그 쪽지에서 표현한 것처럼, 많은 이들이 찾던, 당시 영광스럽게도 원상태로 온전히 재건되었던 아버지의 유산에서 보내는, 아마도 꽤 불편할 마지막 시간을 우리와 함께하고 싶다고 알려왔다.

"멋있어!" 건축가가 말했다. "그럼 나도 남아 있지! 이럴 때 제일 좋은 방법은, 여기서는 먹을거리가 시원치 않으니 소풍을 가는 거예요, 박사 부인. 사환에게 쪽지를 하나 들려서 우리의 몹쓸 변호사에게 보내겠습니다. 제대로 된 포도주를 가져오라고요. 그 밖에는 마을이 제공하는 것에 만족합시다. 부인과 가정부 크리스티네가 그 일을 맡아주세요. 친애하는 에버하르트, 내 생각엔 그렇게 하면 당신의 모래시계에서 마지막 남은 모래가 가장 편안하게 아래로 흘러내릴 수 있을 거예요. 내일 당신과 부인께서 우리를 떠나고 나면 나는 즉시 그 시계를 거꾸로 세울 겁니다. 그러면 모래는 다시 흘러내리겠지요. —하지만 오백 년 후에는 나도 같은 길을 가려 합니다. 고인이 된 뤼케르트[124]가 이렇게 말했지요?"

"네, 그렇게 말했지요!" 내가 말했다.

지붕 아래서 맞이하는 아버지와 아버지들의 이 최후의 저녁을 나는 속으로 얼마나 두려워했던가! 그런데 이제 그날이 왔고, 가장 통속적인 방식으로, 가장 편안한 방식으로 흘러갔다. 지극히 평범한 대화를 나누는 사이에. 나의 좋은 친구들인 두 신사는 기이한 작별 소풍이 가능한 한 즐거운 결말에 이르도록 그들의 몫을 다했다. 그들은 우리의 대접에 기꺼이 만족해했다. 그리고 무엇보다도 명랑한 기분으로 대화를 나누었다. 그것은 아버지의 대지를 매도할 당시에 내가 아주 훌륭한 거래를 성사시켰고, 대지를 영혼과 손에서 털어버린 것에 대해 가슴 깊은 곳에서는 진심으로 기뻐할 것이라고 확신하기 때문이었다. 나와 아내가 피스터 방앗간에서 즐거운 여름휴가를 보낼 수 있게 '기업 연합'에서 기꺼이 몇 주를 허락해준 것에 대해 나는 또 한 번 마땅한 감사의 뜻을 표했고 아내는 높은 존중의 뜻을 표했다. 그런 다음 우리는 비스마르크와 문화투쟁과 사회문제에 대해 이야기했다.[125] 그리고 좋은 친구들과 함께 시간이 흘러가는 것을 별로 의식하지 않고 작별의 밤을 보낼 때면 말하곤 하는 것에 대해 이야기했다.

나는 결코 대화의 주제를 피스터 방앗간에 맞추려고 하지 않았다. 흥겨웠던 마지막 정원 탁자 위의 오래된 나무둥치들도 아주 고요했다. 컴컴한 하늘에는 무수한 별이 반짝거렸다. 마을에서 빌려온 등불의 둥근 유리 덮개 속 불꽃을 흔드는 그 어떤 잔잔한 공기의 입김도 없었다. 나는 대화 소리에, 강물 소리에 귀를 기울였다. 강물은 여전히 크리커로데에서 흘러왔다. 하지만 피스터의 방앗간 곁을 지나쳐 흘러가는 건 이제 다음주가 마지막이리라.

"저건 저 마을 저편에 새로 생긴 술집의 학생조합원들이야." 리햐이가 말했다. "우리도 얼마나 자주 저렇게 여기 이 나무 아래에서—이 탁자 옆에서—네 아버님 곁에서—사람 좋은 늙은 피스터 아버지 곁에서— 노래했었니, 에버트……

　'이끼 덮인 오래된 돌 위로
　종종 형상들이 방랑자에게
　다정하고 온화하게 나타나네!'"[126]

"우리 즐겁게 보내요." 건축가가 흥얼거렸다. "제목이 '크람밤불리'예요[127]……

　물레방아는 물이 돌려주지 않으면
　금방 아무것도 얻지 못하네……"[128]

하지만 멀리서 들려오는 유서 깊은 학생조합 '색채'의 노래와 가까이서 들려오는 건축가의 메들리를 들으면서 보내는 편안한 시간을 더는 견딜 수가 없었다. 나는 탁자에서 일어나 집 쪽으로 슬금슬금 걸어갔다. 이제는 돌아가지 않을 옛 방앗간의 문가에 누군가 웅크리고 앉아서 아버지의 대지 위에서 보내는 마지막 저녁을 견뎌내려고 애쓰고 있었다.

집에서 해야 하거나 살펴야 할 일이 더 없으면, 마찬가지로 정원의 향응이 그녀의 손을 자유롭게 놔주면, 크리스티네 포크트는 아름다운 저녁에는 언제나 거기 앉아서 피곤한 손을 앞치마로 감싸곤 했다. 나는 그녀 곁에 앉았다. 예전에 아이일 때, 소년일 때 그랬던 것처럼. 잘레 강의 밝은 백사장에 관한 노래가 들려오고 즐겁게 보내자는 노래가 우리의 마로니에 아래에서 완전히 합창을 이루며 들려올 때면 그랬던 것처럼. 두근거리는 가슴을 안고 귀를 기울일 때면 그랬던 것처럼.

이제 나는 그 낡은 푸른색 앞치마를 늙은 보모의 눈에서 떼어내야 했다.

"어머니, 우리 함께 있을 거잖아요!…… 바꿀 수만 있었다면 심장이라도 내어주고 싶었어요! 하지만 아버지도 별다른 도리가 없다는 걸 아셨어요. 오늘 이렇게 된 건 아버지의 뜻이에요! 아버지는 우리가 남게 될 거고 함께할 거라는 것도 아셨어요. —그게 어느 낯선 곳에서든 간에 말이에요!"

"에버트, 네가 날 데려간다면 아마 너희와 끝까지 함께할 거야. 하지만, 오 신이시여, 내가 만약 네 사랑스러운 아내와 네게 여전히 도우미로서 쓸모가 있다는 걸 생각하지 못했더라면, 아마 난 기꺼이 여기에 묻혔을 거야. 네 아버님과 어머님이 누워 계신 저 교회묘지보다도, 바로 여기에 말이다."

"맞았어, 또 여기 노파 곁에 앉아 있네요, 박사 부인!" 리햐이가 바지 주머니에 손을 넣은 채 물가 탁자에서 우리 쪽으로 걸어오면서 어깨 너머 저쪽으로 고개를 돌려 명랑하게 외쳤다. "피스터 부인, 제가 부인이라면 이제 조금 질투가 나겠는걸요. 응, 어디 갔었어, 피스터? 네 병따개를 한참 찾았어. 매우 편안한 이 작별의 시간을 기념하며 네 여행 가방에 든 병따개를 다시 꺼내서 신新피스테리아[129]의 주춧돌과 함께 묻으면 어떨까? 그럼 나는 어떻게든 피스터 아버지 대 크리커로데 건의 최종 판결문 복사본을 그 옆에 놓고, 저기 건축가는 자신의 명함을 놓으려고 하는데."

"저리로 가. 다시 네 어린, 착한 아내에게로 가, 에버트." 보모가 내게 속삭였다. "그래, 주인님이, 돌아가신 아버님이 옳았어. 다른 수가 없다는 걸 아셨으니까. 피스터 방앗간에서 보내는 마지막 저녁을 위해 필요한 것 이상은 하지 않는 저 신사들이 정말 옳아."

나는 평판 좋은 변호사, 크리커로데를 상대로 한 우리 재판의 승리자, 법률에 정통한 보좌인이 쾌활하게 내민 손을 제법 세게 잡았다……

"예쁜 방앗간 아가씨가 창문을 닫네,
모든 것은 깊은 고요 속에 잠겨 있네,
아침 안개가
방앗간을 완전히 파묻었네."[130]

다음날 아침 우리는 역에 있었다.

"나머지는 기차에서 말해줘야 해요. 아니면 집에 가서 순서대로 전부 다 읽어주든지요. 그럼 더 좋고요." 이제는 정말 아버지 집에서의 마지막 잠자리에 들면서 에미가 말했다. 그녀는 즐거웠던 저녁 덕분에 몹시 피곤해서, 기차를 탈 때마다 가벼운 두통이 생겨 정말 재미있는 이야기에도 귀 기울일 수 없다는 것을 기억하지 못했다.

스물한번째 종이
이동중에 그리고 평화 속에서

    우리가 모자 상자와 짐가방을 챙긴 뒤 나이 든 크리스티네와 함께 시내 역까지 갈 마차에 올라타자마자, 마로니에가 도끼에 찍혀 쓰러졌다. 건축가는 벌써 일부가 철거된 피스터의 정원 울타리 옆에 서서 쾌활하게 모자를 흔들어 우리에게 인사했다. 이제는 역에서 아름다운 꽃다발을 참아내는 일만 남아 있었다. 그 꽃은 피스터와 크리커로데 사이의 유명한 소송에서 멋지게 싸워 승리한 법학박사 리햐이가 아내에게 객실 안으로 건네준 것이었다. 그러면─이제 피스터 방앗간은, 이 덜커덩거리고 삐거덕거리며 달그락거리는 급행열차를 타고 가는 내가 시공간을 지나치며 지니고 가는 것 속에서만 존재했다.
    이제는 이렇게 질문할 필요가 없었다. 그 그림들 다 어디 갔지?……남아 있는 그림들은 알록달록하고 변화무쌍한 세상을 쏜살같이 지나쳐가는 기차의 객실 창가에서 비몽사몽 중에 가장 잘 관찰할 수 있다.

피스터 방앗간은 내 영혼 속에 지워지지 않고 분명하게 그려져 있었다!

맞은편에서는 붉게 충혈된 늙은 보모의 눈이 나와 마주하고 있었다. 어린 아내는 거의 내내 내 어깨에 고개를 기대고 있었다. 이번에는 타고 내리는 승객들과 여행의 작은 모험 중 그 어떤 것도 기억에 남지 않았다. 나는 불쌍한 비극시인 펠릭스 리폴데스 박사를 한 번 더 피스터 방앗간에 매장했다. 나는 사랑하는 나의 아버지를, 선량한 아버지 피스터를 그의 방앗간에서 무덤으로 모셔갔다. 그리고 그 그림들이 다 어디로 갔는지 찾지도 질문하지도 않아야 했다. 예를 들면 우리 제방 바로 옆에서 시인의 시체를 발견했을 때, 아버지가 말할 때의 그 음색을 내 어찌 잊을 수 있으랴!

"얘들아, 내 심정이 꼭 이렇구나!"

하지만 아버지는 전혀 다른 목소리와 말투로 이야기하기도 했다.

"하지만 그 불쌍한 소녀도 내 가족이야. 너희 둘, 에베트와 아담은 우선은 집을 떠나 있는 게 좋겠다. 마을이든 시내든 어디 다른 곳에서 묵는 게 좋겠어. 앞으로 서면으로 나를 도와주겠다면 며칠간 너희의 베를린 집에 가 있든지. 아세 박사, 아마 내가 자네에게 예언을 게야. 이제 피스터 방앗간에서 크리스마스가 전처럼 성대하지 않을 거라고."

그 노인, 방앗간 주인이자 주막 주인이 자신의 집과 겨울 정원에서 그 젊은 여인을 얼마나 다정하게 대했는지를, 멀리서나마 들으면서 어렴풋이 느낄 때면 가슴이 찡해졌다.

알베르티네 리폴데스가 밤낮으로 곤경과 수치를 감내하며 영리하고 불안한 눈으로 자기 아버지를 감시했던, 하지만 그를 마지막 운명으로부터 지켜줄 수 없었던 농가 주택에 그녀의 것이라고는 아무엇도 없었다. 이것은 그 유명한 남자의 죽음에 대한 소문이 말과 신문을 통해 퍼지자마자 금방 드러났다. 하지만 아버지는 나를 가리키면서 말했다.

"저기 저 아이가 나의 유산이란다. 하지만 사랑스러운 아가씨, 그대는 나의 마지막 손님이에요. 잠제, 사다리를 가져다 문에서 간판을 내리게. 오늘은 주막을 닫을 거야. 불쌍한 아가씨, 착한 딸아, 내게 손을 다오. —이 유쾌한 세상에서 피스터 아버지의 가장 사랑스러운 마지막 손님아!……"

아셰는 우리의 여행용 가방을 실은 손수레를 뒤따라 마을 주막으로 가면서 화를 내며 퉁명스럽게 말했다. 그는 막 지나가던 교회묘지의 낮은 담벼락을 우산으로 두들겼다.

"에버하르트 피스터, 만약 저들이 언젠가 네 아버지를, 피스터 아버지를 여기 펠릭스 리폴데스 박사 옆에 묻게 된다면, 자기들이 얼마나 위대하고 진정한 시인을 땅속에 묻었는지 예감조차 못할 거야. 하늘이 아직은 한참 더 기다려주시길!"

하늘은 그렇게 하지 않았다. 하지만 예전에 항상 명랑하고 남 돕기를 좋아하던 피스터 방앗간의 마지막 주인에게 한 가지 또는 두 가지 좋은 일을 할 수 있는 시간을 허락했다. 그리고 그가 어두운 현관 앞에 불을 밝히는 등을 명랑하게 세울 수 있는 시간을 허락했다. 그가 가고 나면 금방, 유감스럽게도 아주 금방 영원히 닫혀야 할 현관 앞에.

"얘야, 크리스티네가 다락방에 마련해줄 네 잠자리는 내 아내의 침대란다." 늙은 주인이 말했다. "아가야, 나와 함께 있자꾸나. 안정을 되찾을 때까지만이라도. 네가 고상한 젊은 여인이고, 젊고 예쁜 학자이며, 여러 언어를 할 줄 안다 하더라도 타지에서 무슨 일을 하겠니? 내 곁에 있어라. 여기선 죽은 내 아내와 나 말고는 그 누구와도 상대하지 않아도 되니까. 나 또한 그 누구와도 상대하고 싶지 않구나. 그녀를 조금 더 사귀면 알게 되겠지만 저기 크리스티네가 같이 있어도 너와 나, 우리 둘이 있는 것이나 마찬가지란다. 그리고 또 저 밖에서 피스터 방앗간의 늙은 피스터보다 네 아빠에 대해 더 잘 알았고 네 아빠를 더 존중할 줄 알았던 사람이 누가 있겠니? 사람들이 몇 년 전에 그를 마치 무슨 기적이라도 보듯 바라봤을 때, 정원이나 술청에서 그 자신의 현존이 우리에게 영광이 되었을 때, 나만큼 마음을 열고 그의 고귀하고 유창한 말을 들어주었던 사람이 누가 또 있겠니? 그리고 저기 저 벌거벗은 나무들에 꽃이 피거나 잎이 무성하고 또 달빛이 비출 때, 그리고 그가 집으로 돌아간 밤 두 시경까지 시내에서 온 사람 누구도 자리를 뜨지 않았던 겨울밤에 나만큼 박사에 대해 자부심을 느끼던 사람이 누가 있었겠니? 박사 자신이 자부심을 느꼈던 것보다 더 많이 자랑스러워했던 사람이 나 말고 또 누가 있었겠어? 그가 시를 낭송할 때면, 사랑하는 애야, 그의 명예와 명성은 몇 번이고 나의 명예이자 영광이었단다. 난 그의 의자 뒤에 서 있거나 그와 함께 탁자에 앉을 수 있었지. 이제 그는 자신의 소송에서 졌어. 내 소송은 리햐이 박사 덕에 이겼고. 하지만 결과는 똑같아— 신은 아시지! ……난 그가 어떤 심정으로 저기에 누워 있는지 안단다. 내 곁에 머무는 자애를 보여다오. 네겐 내가 필요 없다는 걸 알아. —넌 대학 공부를 한 영리한 여성이라 내일이라도 당장 세상에 나갈 수 있고, 어디에서든 양식을 구할 수 있을 거야. 하지만— 네 아버님이 피스터 방앗간에서 보내신 좋았던 시간을 위해서라도 여기 있어다오. 우선은 여기에 머물러다오. 내 약속하마. 그 누구도—내 아들이나 그 밖의 어느 누구도 너에게 방해가 되지는 않을 거야. 너 자신이 꺼리지만 않는다면 말이다. 그러니 당분간 곁에 있으면서 나와 함께 피스터 방앗간을 정리하자꾸나,

나의 불쌍한, 사랑하는 아가."

그러자 알베르티네 양은 그 상처받은 몸을 노신사의 가슴에 대고 기댔다. 그리고 아버지의 동정과 호의에 죽을 때까지— 그가 죽을 때까지 보답했다. 그래, 아버지가 심한 악취를 풍기며 입맛을 뺏어 간 이 세상을 조용히 하직할 때까지 알베르티네 리폴데스는, 이제 자기 아버지는 도울 수 없었던 그녀는 그의 마지막 날들이 한결 수월하고 정감 어리도록 최선을 다했다.

리폴데스도 이름 없는 마을 교회묘지 초록색 무덤 아래에서 안식을 찾았다. 그 무덤에는 이름과 생몰년 등이 새겨진 비석 하나도 세워지지 않았다. 그러니 어떤 문학사가나 사후 탐방을 원하는 사람도 그 묘지를 찾기는 쉽지 않으리라……

아버지는 약속을 굳게 지켰다. 잠제가 대문에서 간판을 내린 이후에는 자신의 문으로 통하는 길에 풀 한 포기도 심지 않았다. 부활절이나 성령강림절에도. 알베르티네 양은 다음 여름에 방앗간 정원을 독차지했다.

"자기하고 둘이서만요, 에베트. 적어도 자기가 국가고시를 공부하는 동안만이라도요. 오늘은 조금 질투가 나려고 하네요." 에미가 말했다. 하지만 덧붙여서 말했다. "그때 이미 아셰 박사가 존재했다는 게 정말 다행이에요."

아담 아셰 박사는 여름 내내 피스터 방앗간에 나타나지 않았다. 그는 슈프레 강가에다 계속해서 자신의 재산을, 자신의 가까운 미래와 먼 미래를 쌓아올렸다. 그리고 이따금 부정기적인 방식으로 내게 편지를 보내 '피스터 아버지의 지붕 아래 거하는 모든 이들에게 다정한' 안부를 전해달라고 부탁했다.

그는 당시에 이상하게도 꽤 자주 편지를 보내왔다. 이런 점에서 보통 그는 (업무 외에는) 편지 상대의 마음을 애타게 하곤 했었다.

하지만 이제 나는 그가 전에 지은 태만죄를 은혜로 되갚아서 뉘우칠 수 있게 해주었다. 나는 신속히 상세한 내용의 답장을 보냈고, 나의 상황과 희망, 염려에 대해 아주 정확하게 알려주곤 했다.

그런데 그는 편지에서 그것에 대해 갈수록 점점 더 빈정댔고 거칠게 말했다. 그리고 적어도 내가 종종 그에게 행간을 전하는 것이 자신의 권리라고 주장하는 것 같았다. '이 으르렁거리는 후원자이자 친구 혹평가'의 말을 듣는 것과 편지 읽는 것 둘 다를 똑같이 좋아했던 아버지는 편지를 하나도 빼놓지 말고 전부 다 읽어달라고 했다. 알베르티네 양은 그 요구에 늘 응하지는 않았다. 그녀는 집이나 정원에서 부른다는 핑계를 대며 자리를 뜨곤 했다.

그럴 때마다 아버지는 내 옆구리를 치고 곁으로 가까이 다가와서는 고개를 흔들면서, 하지만 미소를 지으면서 말했다.

"저것 좀 봐라. 내가 여기 우리 방앗간과 피스터의 홍겨운 정원에서 얻은 인간 지식에 따르면(우리 손님 중에 여기 이 나무 아래와 이 탁자 옆에서 결혼식을 올린 이들이 여럿 있었다) 아담은 알베르티네에게 호감이 있어. 그것도 아주 많이! 그래, 아세가 그렇게 불쾌한 놈은 아니야. 예민한 젊은 여자라면 그의 온갖 기이한 점을 비난할지도 모르겠지만. 봐라, 만약 일이 잘돼서 이다음에 너희 모두 한데 모여 서로 의지하며 산다면, 내겐 정말 아주 잘된 일이고 진정한 위안이 될 거야. 늙은 피스터와 그의 방앗간이 이제는 신의 오염된 땅과 진창이 된 물가에서 발견된다 할지라도 말이야. 예를 들어 거기 그 남자가 써 보내는 악취 나는 자기 직업과 사업에 대한 편지 때문에 네 자산을 거기에 투자하는 데 주저할 필요는 없어. 그리고 만약 저 사랑스러운 아이가 내 초원의 꽃다발과 향기를 너희에게로 가져가서 너희와 함께한다면 또 얼마나 좋겠니! 그리고 너도 아내를 얻어서 다른 정원에서 꽃다발과 꽃향기를 가져오게 한다면. 크리스티네와 잠제도 함께 데려가거라. 그러면 이제 내가 없어도 아마 아이들과 아이들의 아이들이 보는 손해가 그렇게 크진 않을 거야. 사람들이 내 코앞에 크리커로데를 지어서 내 방아와 내 개천을 혐오하게 하고, 나의 삶과 행복이 네 아버지들의 유산을 혐오하게 되었을 때 예상했던 것보다는 말이야."

그리고 바퀴들이 우리 밑에서 덜거덩거리고 달그락거리며 삐거덕거렸다. 게다가 내 마음은 어떤 도취감에 사로잡혀 있었다. 옆에 앉은 아내나 앞에 앉은 크리스티네처럼 눈을 감으면, 세월은 흘러가지 않았다. 나는 아직도 아버지의 방앗간 광에 있는 어린아이이고, 내 주위에서는 방아 돌아가는 소리와 바깥 둑에서 나는 소리가 들리는 것 같았다. 하지만 나는 억지로 눈을 뜬다. 꿈에 잠겨서 지나간 것과 장난하기에는 이제 시간이 너무 없다. ……피스터 방앗간에서 맞이하는 날은 지나갔다. 그리고 현재의 일과 근심이 온전하고 견고한 권리로서 다가왔다.

우리는 생각했던 것보다 훨씬 일찍 베를린에 도착했다. 오늘날 지평선 위로 가장 먼저 보이는 것이 도시의 교회탑 대신 공장 굴뚝일지라도, 그 때문에 건강하고 복되게 그리고—이 지상에서 인간에게 가능한 한에서—자신의 운명에 만족한 채, 신들의 뜻에 순종하며 귀갓길을 방해받지는 않는다.

"다행이야!" 에미 피스터 부인은 몸을 일으켜 세우고 눈을 비비면서 한숨 쉬듯 말했다. 그녀는 눈을 반짝였다. 그런 다음…… 즐거워하고 행복해하면서 주위를 둘러보았다. 그러고는 조금은 어색한 듯한 수줍음과 두려움으로 내 얼굴을 바라보았다. 그러니 나 또한 가능한 한 즐겁고 편안한 모습으로 그녀를 바라보는 것 말고 달리 무엇을 할 수 있었을까?

나의 어린 아내는 기관차에서 날카로운 기적 소리가 나자 내 곁으로 바짝 다가와서 찰싹 달라붙더니 다른 사람은 아랑곳하지 않고 내게 속삭였다.

"오, 자기, 사랑하는 최고의 남편, 어쩔 수가 없었어요. 하지만 이제 우리의 집에, 자기 방에, 자기 책상 옆 창가의 내 자리에 있게 되어 정말 말할 수 없이 기뻐요! 자기는 종종 나 때문에 제법 화가 났죠. 하지만 난 정말이지 어쩔 수가 없었어요. 그리고 나 자신을 잔뜩 질책하곤 했어요. 그 마지막 몇 주 동안 자기가 보고, 알고, 느끼는 그 모든 것을 내가 공유할 수 없는 것 때문에요. 그곳은 정말 무척 아름다웠어요. 날씨도 좋았고요. 울타리 옆에서 그리고 자기의 초원에서 보낸 좋은 시간들. 하지만―오 제발, 제발, 제발 화내지 말아요!―이제는 자기 소유가 아닌 그 마법에 걸린 방앗간에서 자기의 가련하고 어리석은 소녀, 자기의 어리석은 어린 아내도 때로는 조금 겁이 났어요. 그곳에는 우리가 가져간 짐가방과 사용하지도 않은 석유난로, 그리고 마을에서 빌려온 의자들과 탁자들, 침대들밖에 없었잖아요. 그것들이 얼마나 유용했다고요! 아빠는 내가 다시 아빠의 치명적인 교회묘지 가까이로 돌아온 것 때문에 얼마나 좋아하시겠어요. 물론 당신의 방식으로만 그것을 암시하시면서 이상한 농담을 하시겠지만요. 사람들이 마지막 남은 마차마저 빼앗아가지 않게 주의해서 보세요. 그리고 나는 자기가 피스터 방앗간에서 베를린으로 최상의 것을 가져왔다고 생각하게끔 자기와 내게 잘하려고 해요. 만약 자기의 불쌍하고 사랑스러운 아빠가 그걸 볼 수 있다면 기뻐하실 거예요. 자기의 선하고 연로한 영혼, 자기의 크리스티네도 그 황무지에서 우리에게 데려왔잖아요. 그녀는 어린 내가 살림살이 하는 걸 도와줄 거예요― 그렇지요, 크리스티네?!"

"신이 도우시기를― 힘이 닿는 한 그렇게요!" 나의 늙은 보모가 흐느끼며 말했다. 정신이 멍해져서 넋을 놓은 채 혼잡한 대도시를 바라보면서.

그리고 내 여자, 내 아내! 지난 사 주 동안 내가 현실의 피스터 방앗간에 있으면서 꿈속에 있었던 것처럼, 그녀에게도 자신의 권리가 있지 않을까?

그녀는 내가 여름방학 꿈을 꾸는 동안 자기와 어울리지 않는 환경에 에워싸여 있었다. 이제 그녀는 자신의 환경을 되찾았다. 그리고 다행히도 나는— 왜 내가 그녀의 기이한 아빠의 음울한 산보 장소에서 그녀를 찾았고, 데려와서 나를 위해 꽉 붙잡았는지를 알게 됐다. 그녀는 이제 자신의 집과 내 집에서(단지 현대식의 비영구적인 임대주택일지라도) 다시 온전히 내 아내이고 내 여자이며 내 행복이고 즐거움이었다. 사실 피스터 방앗간이나 위대한 무명 극작가 펠릭스 리폴데스가 무슨 그럴듯한 근거로 에미와의 상관성을 주장할 수 있겠는가! 우리가 서로를 갖게 된 것과, '착한 알베르티네가 다행스럽게도 그녀의 아담과 그녀의 확실한 새 고향'을 갖게 되어서—?

스물두번째 종이
아버지의 유언장, 방앗간의 종말과 영속 그리고
결국 그리스어가 어디에 필요한지에 대하여

    지금 나는 다시 굳건하고도 견고한 나의 사무용 책상에 앉아 있다. 푸른색 학교 공책의 첫번째 교정지를 가까운 의자 위에 두고서. 이제 나 자신이 문학자인 양 문체에 신경을 쓰고, 아내와 다른 이들이 재미있게 담소를 나누도록 내버려두면서, 적어도 마지막에는 매우 성실한 연습생처럼 작문 연습을 할 수 있으리라. 원한다면 이제라도 이 모든 걸 파기할 수 있을 테고, 흩어져 있는 피스터─방앗간─종이를 정말 인쇄소에 넘길 수도 있으며, 비평에 견딜 수 있는 글 한 편을 만들어서 다음 세기의 손자를 위해 가정 문고에 남기는 시도를 감행할 수 있으리라.

    그런데 그럴 생각이 없다. ─추호도 그럴 생각이 없다! 지금도 나는 가능한 동안만이라도 계속 꿈꾸면서 예전에 삶, 빛, 형태, 색채를 지녔던 그림들을 꽉 붙들고 있고 싶다!

    그래서 나는 계속 쓴다. 옆에서 즐겁게 웃는 에미가 연로한 가정부이자 보모를 '인생의 진정한 위로자'라고 부르는 소리가 들린다.

용감한 늙은 소녀, 크리스티네! 다행히 그녀는 베를린에서도 지난 일에 대해 한가하게 상념에 잠길 만큼 할 일이 적지는 않았다. 우리 모두는 할 일이 많았다. 에미는 살림을 맡았는데, 기이하게도 가까운 장래에 대해서 기묘한 생각을 많이 했다. 나는 6학년 학생들을 맡아 가르쳐야 했고, A. A. 아세 박사는 리폴데스하임 아니면, 라코피르고스나 아륵스 파니쿨로룸, 즉 룸펜부르크[131]라고 부르곤 하는 거대한 '기업'에서 일했다. 알베르티네 아세 부인, 처녀적 이름 리폴데스도 아침부터 저녁까지 리폴데스하임에서 일했다……

"리폴데스하임이라니!" 유명한 화학적 우주얼룩제거인, 채색가이자 신新염색가가 투덜대며 말했다. "피스터, 보편적인 독일 드라마에, 그리고 또 용감하고 불쌍하며 착한 악마인 돌아가신 내 장인에게 집착하는 것 같은 느낌이 들지 않아? 그래, 그런데 이름들은 어떻게 해서 세상에 나오지?"

"그래, 이름들은 어떻게 해서 세상에 나오는 걸까요? 이건 일종의 질문이에요. 그 그림들 다 어디 갔지, 친구 아담?"

저기 리폴데스하임, 라코피르고스에서 온 아담 아세 박사가 있다. 그는 이 도시에서 사업을 한다. 심지어 주식 거래도 한다. 그는 소시민적인 행복에 젖어 우리 집에 찾아온다. 다행히도 그것 때문에 에미와 크리스티네는 조금도 당황하지 않는다. 그는 우리를 초대한다. 오후에 자기와 함께 차를 타고 나가, 저녁과 내일 일요일을 '아름다운 자연'에서 보내자며. 뻔뻔하게도 그는 자신의 거대한 공장을 '아름다운 자연'이라고 부른다. 우리는 그것을 정말 기뻐한다. 우리는 차를 타고 나갈 준비를 한다. 가정부 크리스티네도. 잠제는 그녀가 오는 것을 매우 좋아한다.

그건 그렇고, 나의 옛 멘토는 기이할 만큼 빠르게 살이 쪘다. 그것이 전혀 나빠 보이지 않는다. 그는 이미 오래전부터 자신의 오후 휴식을 그저 아무렇게나 들판의 수풀에 누워서 보내지 않는다. 오늘은 탁자에 발을 올리고 내 소파에 눕는다. 하지만 팔은 여전히 예전 방식대로 뒤통수를 받친다. 그리고 깊고 달콤한 졸음에 빠진 이로 담배를 문다―언급할 만한 가치가 있을 만큼 흠 없는 이로.

토요일 오후 시간은 주중의 시간들과는 달리 내 뜻대로 보낼 수 있다. 이제 나는 토요일 오후에 삶이 계속해서 날 건드릴지라도 아버지의 마지막 날들에 대해서 쓴다.

크리커로데는 법률적으로 유죄판결을 받았다. 판결문은 그 거대한 공장에게 하루에 백 마르크씩 벌금을 부과할 것을 명시했다. 공장 하수로 인해 피스터 방앗간의 방아 돌리는 물을 오염시키고, 증기실과 실내 공간에 도를 넘어서는 악취를 풍기고, 또 일 년 중 몇 달은 방앗간 일을 방해하는 넝쿨식물 같은 끈적끈적한 덩어리로 방아를 휘감은 것에 대한 벌금이었다.

그것은 물레방아가 있든 없든 강변에 사는 다른 거주자들에게도 아주 잘된 일이다. 하지만 아버지는 리햐이 박사가 쟁취해준 승리를 더는 이용하지 않는다. 그 승리는 일찍 와야 했다. ―그의 맑은 강물이―수백 년 동안 활기차게 흐르던 그의 아버지들의 유쾌한 영양의 근원이―어디 있는지, 누가 저렇게 그의 물고기들을 죽이는지, 손님들을 쫓아내는지 맨 처음 질문하던 그날에 와야 했다. 그 노인은 처음에 너무 오랫동안 그 힘에 겨운 수수께끼를 직접 풀고자 했다. 그는 그렇게도 흥겨웠던 지상에서의 자기 소유지 안팎에서 너무 많이 화를 내야 했다. 자신의 이웃과 일꾼 그리고 손님 들에 대한 화가 그의 심장을 갉아먹었다. 그래서 '그의 아들이 자기 조상들의 정직한 유산이 물려준 오랜 명예와 명성을 바로 세워서 지켜나가지는 못하지만, 대신 다행히도 학자로서의 옆길을 개척한 것에서' 위안을 찾아야 했다.

  그리고 그에게 더 좋은 위안은, 임종할 때 햇살이 예전처럼 그렇게 쾌활하진 않았지만, 그래도 보통 때보다는 더 아름답게 피스터 방앗간을 비추었다는 점이다. 그러니까 불쌍한, 몰락한 시인의 아이, 알베르티네 리폴데스라는 햇살이!

  그것은 그 불행했던 크리스마스의 이듬해 가을이었다. 크리스마스 이후 고향을 잃은 소녀는 마지막 손님이자 가장 사랑스러운 손님으로 내 아버지의 지붕 아래로 초대되어 다정함과 안전함을 누리며 머물렀다. 내가 지금의 장인과 막 알게 된 때였다. 그러니까 또 다른 교제를 통해서. 에미는 당시 이야기가 나오면 오늘도 꽤 놀라워한다.

  "우리는 서로에 대해서 아무 감정도 없었어요." 아내는 이렇게 말하곤 한다. 하지만—그녀가 어떻게 생각하든 간에—나는 바로 그 가을에 먼저 회계원 슐체의 특이한 산책 장소에서 그와 산책을 했다. 하지만 산책하는 동안 그분 자신에 대해서는 필요한 만큼만 어쩔 수 없이 생각했다. 그것 때문에 약간이라도 대화가 단절되지는 않았다. 오히려 나는 가능한 한 말을 많이 하려고 노력하기도 했고, 백발의 엉뚱한 익살꾼이 주목朱木과 수양버들 옆에서 제기하는 주제마다 그와 생각이 같음을 보여주려고 노력했다.

  10월 초순이었다. 햇살 좋은 포근한 날들이 계속됐다. 신들은 이 계절의 북독일에 늘 그런 햇살을 비춰주시지는 않는다. 그해에는 여느 해보다 오랫동안 나무들에 이파리와 꽃이 달려 있는 것 같았다. 많은 정원들과 슐체 아버지의 공동묘지에도 열매가 더 오랫동안 매달려 있었다. 신문들은 '횡설수설'란에서 이런 식의 기이한 여러 가지 일들을 상세하게 다루었다. 에미 슐체 양이 내게 말했다.

  "아니에요, 박사님. 아빠 말씀이 옳아요. 요즘은 너무 쾌적해요!

그리고 아빠, 그렇게 말하지 마세요. 날씨가 계속해서 이렇게 좋지 않으리라는 건 누구나 다 아는 사실이잖아요."

우체부가 교회묘지 주변의 어느 집 계단에서 슐체 아버지의 교회묘지에 있는 나를 알아보고는 공동묘지의 담장 창살 너머로 편지를 건네주었다. 피스터 방앗간에서 아버지가 보낸 마지막 편지를. 필체는 많이 바뀌었지만 양식은 조금도 변하지 않은 노신사의 편지를.

"아들아, 여드레 정도 휴가를 내주면 좋겠구나. 집안일이라고 이유를 대면 어떨까? 그리고 되도록 아세 박사와 함께 오너라. 그하고도 몇 가지 상의할 일이 있단다. 새로운 소식이 있는데, 이미 종종 체험한 적이 있어서 기묘하다고 알릴 정도는 아니야. 물가에 있는 마로니에 중 오른쪽에서 세번째 탁자 위의 나무 하나가 또 꽃을 피웠다.

우리 모두 네게 안부를 전한다. 알베르티네 양도. 우리는 모두 건강하다. 그래도 며칠 다녀가면 좋겠다.

아버지가."

아담 아세 박사는 늘 그렇듯이 그의 기이한, 하지만 이익을 창출하는 사업으로 '두 손 가득 일이 있었다.' 하지만 고향에서 온 이 편지를 보여주자, 편지를 받아쥘 때의 그 성급함과 되돌려줄 때의 그 느긋함 그리고 나와 동행할 준비가 되어 있음을 표명하면서 보인 그 열성으로 나를 놀라게 했다.

그는 노인네가 내게 무슨 말을 하려는 건지 묻지 않았다. 그는 내 어깨를 붙잡고 자신의 현대식 연금술사의 궁륭으로부터 나를 밀어내면서 큰 소리로 말했다.

"짐을 싸! 당장 짐을 싸! 당장 여기저기 기관들에 가서 필요한 조치를 취하라고. 나는 여행 가방을 챙겨서 무슨 일이 있어도 내일 저녁에는 출발할 거야. 밤기차를 타고 가면 좋은 시간에 방앗간에 도착할 거야. 이제 너나 나나 더 지체하지 말자고, 응? 최대한 빨리 짐을 싸!"

이번에는 하늘이 환하고 맑을 때 집에 도착했다. 저 멀리 햇살 사이로 깔려 있는 연한 운무가 겨울보다는 오히려 새봄을 암시하는 것 같았다. 웬일로 잠제가 방앗간 마차를 끌고 우리를 역으로 마중 나왔다. 사실 충실한 하인이 몹시 즐거워하는 표정을 지은 적은 한 번도 없었지만 그래도 찌푸린 그의 얼굴을 대하자 나는 화들짝 놀랐다.

"집에 무슨 일 있어요, 오랜 친구?"

"안 좋아." 잠제가 짤막하게 대답했다. "편지에서 아무 말씀도 안 하셨어?"

"나와 아셰 박사에게 할 말이 있다고, 다들 건강하다면서 우리 정원의 마로니에에 또 꽃이 만발했다고만 하셨는데."

"맙소사!" 잠제가 한숨을 내쉬었다. "그렇다면 유감이지만 문제의 핵심을 속였다는 것을 알게 하기 위해서라도 최대한 서둘러 집에 가야겠군. 하지만 잠깐 약국에 들러야 해."

우리는 몹시 서둘러서 얼마 안 되는 짐을 친숙한 달구지에 집어 던졌다. 그리고 달그락거리면서 익숙한 시내 골목을 빠른 속도로 지나갔다. 골목은 아침햇살을 받아 활기차 보였다. 잠제는 약국 앞에서 말고삐를 내게 넘겨주었다. 독이 든 것 같은 약병을 들고 다시 나오더니 한숨을 쉬며 투덜거렸다.

"이게 효과가 있으면 좋겠는데! 그래, 몇 년 전에 크리커로데 옆 그의 개천에다 이걸 부었으면 좋았을걸! 그래서 그분의 삶과 기분을 맑게 유지해줄 수 있으면 좋았을걸! 박사께선 너무 잘 알고 계시죠? 이게 희극에 불과하다는 걸. 주인어른 자신도 이제야 비로소 제대로 알게 됐어요. 신사들, 더는 묻지 마요. 우리 정원의 나무들이 두번째로 꽃을 피웠는데도 우리 기분이 어떤지는 이제 곧 직접 보게 될 테니까."

우리는 피스터 방앗간에 도착했다. 그리고 직접 보았다. 그러니까 사랑하는 늙은 아버지의 병든, 임종 직전의 모습을. 아버지는 팔걸이가 달린 자기 의자에 앉아서 심한 호흡곤란을 느끼며 숨을 헐떡이고 있었다. 하지만 우리가 소음의 세상, 교육학적 실험의 세상, 넝마 세탁과 돈벌이의 세상에서 와 이곳에 도착했을 때는, 다행히도 가망 없어 보이는 푸른색 입술에 다시 예전의 선한 미소가 감돌았다. 그는 깨끗한 차림으로 자신의 밝은색 방앗간 제복을 입고 오래된 쿠션이 들어간 조상들의 참나무 의자에 앉아 있었다. 그의 발치에 있는 어머니의 낮은 의자에는 알베르티네 리폴데스가 책 한 권을 들고 무릎 꿇고 앉아 있었다.

그녀는 아버지에게 책―그녀의 아버지가 쓴 역사극 한 권―을 읽어주고 있었다. '그분이 자신의 마지막 시간에 다른 어떤 것보다도 그걸 듣는 걸 더 좋아했기' 때문이라고 나중에 크리스티네가 말했다. "그 내용을 조금이라도 이해하게 되면 우리 같은 사람은 깜짝 놀라서 숨을 죽이게 돼요. 하지만 그는 숨을 더 잘 쉬어요. 황제나 왕, 잔혹한 그리스와 로마의 군인들 그리고 온갖 고귀한 부인들의 희극 결말이 대부분 피스터 방앗간 주인보다 더 낫지 않았다는 사실이 그의 마음을 가라앉혀 주었거든요."

우리가 들어서자 아가씨는 놀라 얼굴이 빨개져서 일어나려고 했다. 그러자 아버지가 그녀의 어깨에 팔을 얹어 부드럽게 눌러서 다시 앉혔다. 그리고 다른 손은 우리를 향해 내밀었다.

"이런, 이렇게 빨리들 와줬구나! 고맙기도 하지! 너, 아담 박사도. 신문에 네가 온 세상의 빨래로 사업하고 있는 요란한 사진이 안 실린 때가 없을 만큼 바쁜데도 말이야. 고맙구나! 그리고 얘, 아들아, 에버트, 얼굴 찡그리지 말아라. 나는 나 자신과 우리의 현명하신 하나님에 대해 무척 만족한단다. 이번에도 또 최선의 길을 아실 테고, 어찌됐든 늙은 피스터를 당신의 진정한, 근본적으로 위대한 세탁소에 받아들여주실 테니까. 그러시려고 미리 활기차고 맑은 날씨까지 보내주셨어. 나 같은 환자를 위해서 당신이 갖고 계신 최고의 공기까지도. 10월인데도 온종일 창문을 열어놓을 수 있고, 점심에는 휠체어에 앉아서 꽃이 만발한 나무 아래에 있을 수 있다니! 내가 뭘 더 바라겠니!…… 이제 편히 앉아라. 그리고 너희를 피스터 방앗간의 마지막 연회에 불러들인 것 같은 생각이 들더라도 그렇게 바보처럼 굴지 마라, 친구들! 내가 평정심을 잃지 않게 도와다오. 그리고 너희의 늙은 술집 주인이 지난 몇 해 동안 너무 완고하게 속물처럼 행동했다 하더라도 원한을 품지는 말아다오. 마지막으로 동맹에 가담한 걸 환영한다. ―에버트, 보아라. 이 사랑스러운 아가씨, 여기 이 사랑스러운 아이가 내게 또 가르침을 주었단다. 그리고 아담, 이번에는 크리커로데 쪽에 가서 방앗간 물을 조사하라고 부른 게 아니야. 실은 학문을 많이 쌓았고, 화학제품과 올바른 개념을 가진 네게 지상에서의 우리의 교제와 관련해서 한 번 더 가르침을 주려고 부른 거야."

"오, 잘못을 저지른 학생의 심정으로 기꺼이 무릎을 꿇을게요, 피스터 아버지!" 아담 아셰가 몹시 떨리는 목소리로 말했다. 그 사랑스러운 아가씨는 일어서더니 노인이 엄호물이나 설교대라도 되는 듯 병든 노인의 뒤로 갔다. 피스터의 방앗간이 호시절에 누렸던 웃음, 그 웃음이 피스터 유원지 정원의 마지막 주인, 착하고 영리한 주인의 열로 뜨거워진 얼굴을 변화시키고 있었다.

어느 날 점심때 가을햇살이 텅 빈 정원 위로 또다시 한여름 같은 미소를 지었다. 우리는 첫눈이 내리기 바로 전에 한 번 더 꽃을 피운 마로니에 아래 오른쪽에서 세번째 탁자에 모여 앉았다. 물레방아가 멈추었고 술집 상호도 떼어냈지만, 그래도 여전히 우리 모두는 함께 있었다. 그러니까 우리의 사랑스러운 주인 베르트람 피스터 아버지, 알베르티네 리폴데스 양, A. A. 아세 박사, 가정부 크리스티네 포크트, 잠제 그리고 나 에버하르트 피스터 박사. 아버지 피스터는 숨을 가쁘게 몰아쉬면서, 발에서 시작해서 위쪽으로 올라가는 수종水腫에도 불구하고 자신의 정원 탁자에 앉아 마지막 연설을 했다. 유감스럽게도 당시에 그의 연설은 지금 여기 내 손에 쥐어 있는 펜처럼 그렇게 술술 흘러나오지 않았다.

"얘들아." 그가 말했다. "명랑한 얼굴! 이것이 나의 신조였단다. 만약에 내가 마지막에 가서는 그런 얼굴을 하지 못하고 반대로 영락없는 바보와 불평꾼처럼 굴었다면, 그건 마음에 두지 말아다오. 그 대신 진정한 피스터 방앗간의 늙고 명랑한, 진정한 피스터 아버지를 생각해다오. 만약 나중에 너희가 노래를 부르거나 탁자에 앉아 있을 때, 또는 다른 술집에 있으면서 내 생각이 나거든 말이다. 조용히 사랑스러운 아내와 아이들 곁에 앉아 있을 때 내 생각이 나거든 말이야. 사람들은 여기서 노래를 자주 불렀어. 연설도 많이 했고. 유쾌한 연설과 진지한 연설을. 나는 여기 탁자 위에다 볼주酒[132] 잔도 많이 놨어. 그리고 탁자 아래로 쓰러져 잠든 이들도 여럿 있었다. 다른 이들은 계속해서 노래를 부르면서 해와 달이 멈칫하지 않고 제 갈 길을 가게 했지. 이제 에버트, 내 불쌍한 아들아, 그리고 너희 다른 이들, 제일 사랑하는 친구들아, 지금 내가 이 마지막 예를 흉내 내서 나 자신의 손님용 탁자 밑으로 미끄러진다 하더라도 괘념치 말아라!…… 아무도 내가 말하는 데 끼어들지 마라. 어떻게 해서 이렇게 됐는지, 지금의 심신 상태로는 나 자신도 정확히 말해 줄 수가 없구나. 그런데 지금 조금은 너무 무리하는 것 같구나. 집이 멀지 않아서 다행이다. 신이 보내신 야경꾼이 내 팔을 잡으려고 벌써 몇 번이나 의자 뒤에 서서 말했어. '자, 이제 괜찮으시다면, 피스터 씨!' —손수건을 눈에서 거두렴, 사랑하는 아가야. 방금 그 야경꾼은 널 말하는 게 아니야, 나의 사랑하는 사람아! 너희 다른 이들은 내 신조를 생각해라! 그래, 그것이 정말 진심으로 내 마음에 들었단다. 그리고 내 삶이 얼마 안 남은 걸 알기에 너희에게도 이걸 알려주고 싶구나. 어느 낯선 사람이 저기 지붕 아래와 여기 나무들 아래에서 내 명성과 이름을 깔고 앉아 있는 게 아니라 늙은 피스터와 함께 피스터의 오래된 방앗간도 끝이 난다는 게 내 마음을 진정시켜준다는 것을. —이제 내 유언을 들어라. 유언을 작성한 문서는 책상에도 있단다. 어쩌면 내 침대 앞에서 너희에게 그걸 읽어주라고 리햐이 박사를 부를 수도 있었을 게야. 하지만 내겐 즐거운 게 즐거운 거야. 그리고 여기 우리 위의 나무도 공연히 또 어린 꽃을 피운 건 아닐 게다. 꽃을 피우면서 내 정원이 내 최후의 의지에 대해 마지막으로 명랑한 얼굴을 지어 보인 것만 같구나! 세상과 대학생 양반들이 나를 피스터 방앗간의 정당한 주인으로 평가했다 하더라도, 난 언제나 순리에 따르는 남자였으니 지금도 모든 게 순리에 따라 진행되어야 하는데도 꽃이 피었으니 말이다.

'복되게 죽고자 하는 자,
가장 가까운 혈육에게
유산을 물려줘야 하리,
자신의 자유로운 소유를……'[133]

이건 법대생 양반들이 여기 탁자에서 자기들 아버지의 재산과 얼마 안 되는 내 재산에 대해 이야기할 때 종종 내게 들려준 시구란다. 자, 이리 와라, 나의 가장 가까운 혈육, 내 사랑하는 아들 철학박사 에버트 피스터야. 이성과 평정심을 잃지 마라. 지금은 명랑한 표정을 지을 수 없겠지만 즐거운 마음으로 피스터 방앗간과 그에 딸린 모든 것, 네 아버지가 좋을 때나 나쁠 때나, 달든지 쓰든지, 여름이나 겨울이나, 향기가 나건 악취가 나건 신실하게 지켜온 모든 것과 함께 이 유산을 물려받아라. 유산을 받고 내 손 말고 저기 있는 크리스티네와 잠제의 손을 잡으렴. 더 좋은 건 네 옆에 있는 사람 누구하고든 그와 어깨동무를 하는 것이야. 그리고 '노인네 생각이 무언지 알겠다'라고 생각해라.

그럴 것 같진 않지만 만약 가정부 크리스티네 포크트가 이 마을에 머문다면, 그녀의 마님, 돌아가신 네 어머니의 유품인 침대와 그릇, 가재도구 중 무엇이든 골라서 노후 지참금으로 충분히 챙겨주어라. 그리고 잠제에게는 마차와 말 그리고 자신의 침대와 탁자, 의자 중에서 필요한 것을 주고. 그리고 살아 있는 동안에는 각각 삼백 마르크 자산의 이자를 받게 될 거야. 자세한 것은 문서화해서 책상에 두었다. ─내게 지상에서의 즐거움을 더해준 두 명의 가장 충실한 조력자에 대한 이외의 네 의무는 문서화되지 않았더라도 가슴에 잘 간직해라, 에버하르트! 나와 너 그리고 그들의 집과 마당, 정원이 이제 종말을 맞았으니, 이미 말했듯이 그들이 여기에 머물 것 같지 않아서란다. 나라도 여기 있지 않을 게다. 이런 상황에서는 저기 마을에 가서 살 거야. 그리고 이제…… 가장 힘든 문제를 처리할 차례야! 그러니까 내 친아들, 이름과 유산의 상속자는 나와 조상의 방식에서 완전히 벗어나 방앗간 주인이 되지 않았어. 이것에 대해 난 지금 하늘에 감사하고 있어. 그래서 내가 원하는 건 아담 아세 박사가, 죽은 내 오랜 친구 채색가 아세와 똑같은 성격을 타고났고 내 아들의 첫 스승이 되어주었던 그가, 이번에도 피스터 방앗간을 가능한 한 자신의 것으로 생각하고 자신의 모든 권리와 일과 도구로 모든 당사자가 유익한 결말을 맺을 수 있게 해주었으면 하는 거야. 리햐이 박사가 크리커로데와의 소송에서 멋지게 이겨줬지만, 지금 이 순간 돌아가신 포트기서 교장선생이 수요일 오후에 여기서 커피를 마시면서 종종 하시던 말씀이 생각났거든. 누군가가 명예롭게 되기를 바라지만 그럴 사람이 아무도 없을 때면 하시던 말씀이. '여기 달베르크 아무도 없나?'[134]라며 매번 교사들과 보조교사들 그리고 그들의 사랑스러운 부인들을 둘러보면서 묻곤 하셨지. 그러면 아무도 입을 열어 '여기 있어요!'라고 말하지 않았다. 나도 마찬가지야. 만약 달베르크가 한 명도 없고 그것을 이용할 피스터가 한 명도 존재하지 않는다면, 쟁취해낸 정의가 다 무슨 소용이겠나. 그래서 내 생각에, 잠제와 크리스티네는 노후자금으로 버티고, 아담 아세는 추이를 살피면서 새 세상과 새 시대가 이 땅과 물에 대해 정당한 것으로 보상할 때까지 기다리면 좋겠네. 그런 다음 길을 개척하면 좋겠어. 그리고 에버하르트 박사가 자기 자산을 친구의 새로운 사업에 투자한다면 나도 찬성하겠네. 다만 이런 수고를 할 아담 아세에게 내 방앗간 도끼를 물려주려고 해. 내가 들것에 실려 나가면 아세는 내 침대 위에서 도끼를 꺼내도록 해라. 종종 이야기했던 자기 사업을 하면서 지난 수백 년 동안 얼마나 많은 피스터들이 명예를 걸고 그 도끼를 들었는지 생각해야 할 거야."

"여기요, 피스터 아버지!" 내 친구는 이상할 만치 어정쩡한 자세로 노인의 손을 잡으면서 떨리는 목소리로 외쳤다. 어쨌든 그래서 새 시대의 누군가가 가라앉는 시대가 외치는 질문에 답을 한 것 같았다. '여기 달베르크 아무도 없나?'

"주연이 벌어지는 여기 나무 위에 올라가 앉아 있거나 초원에서 건초 더미에 누워 있는 자넬 보았을 때, 더욱이 자네 학문으로 크리커로데에 맞서서 도와달라고 불렀을 때는 정말 생각도 하지 못했네." 아버지는 고개를 흔들고 미소를 지으면서 말했다.

두 눈 가득 촉촉이 눈물이 맺혔는데도 놀라울 만치 고상한 광채를 뿜어내는 알베르티네 리폴데스가 노인의 지친 몸 뒤로 똑바로 쿠션을 받쳐주었다. 노인은 그녀를 올려다보고 손을 부드럽게 쓰다듬으면서 말했다.

"그래 애야, 내가 여기 탁자에서 손님들 뒤에 그냥 쓸데없이 서 있었던 건 아니란다. 이런저런 대화가 즐겁기도 했고, 그 대화를 통해 배우고 익히는 것 또한 즐거웠어. 그래서 지금 제일 위안이 되는 건 내가 정확히 알고 있다는 거야. 우리가 재판에서는 이겼지만 왜 크리커로데를 상대로 다시 일어설 수 없는지를. 주막과 여기 마로니에 아래에서 노인과 젊은이, 배운 이와 못 배운 이, 시민, 교수, 농민, 걸인, 아내와 남편 사이의 모든 대화를 통해―신은 손에 팽이를 쥔 아이들에서 유모차에 탄 아이들에 이르기까지 피스터 방앗간에서 한데 엉켜서 돌아다니게 하셨지―차츰 알게 되었단다. 우리가 왜 크리커로데 앞에서 더는 존재할 수 없는지를 말이야. 그리고 알베르티네 양, 죽은 내 친구 채색가 아셰의 아들이 결정적으로 그걸 이해할 수 있게 도와주었지. 왜냐하면 저 애는 피스터 방앗간의 주막과 정원, 초원과 강, 태양을 내어주느니 차라리 자기 심장을 내어줄 것이라고, 내가 가장 굳게 믿었던 사람이거든! 그가 성장하는 모습과 빈둥거리는 모습을 보면서 어릴 때부터 내 자식으로 생각해왔다. 그리고 이상적인 것에 대한 감각을 유지하면서 내 탁자 밑에 다리를 두거나 벤치 또는 풀밭에 몸을 쭉 뻗고 길게 드러누운 사람은 아무도 없었고, 내 오랜 친구 채색가 아셰가 남기고 간 환상가 아담 아셰처럼 말이다! 알베르티네, 돌아가신 네 가엾은 아버님도 그렇진 않으셨단다. 그런데 아셰가 새 세상과 새 유행의 편에 서서 여기 왔기 때문에, 그리고 학문뿐 아니라 복식회계와 공장에도 자신의 정력을 쏟아부었기 때문에, 크리커로데를 탐색한 게 날 위한 것일 뿐만 아니라 자기 자신을 위해 다른 방식으로 너희의 베를린 방앗간 물에 맞서려고 했던 것이기 때문에, 난 내 주장을 굽히고 말하려고 해. '그렇다면 사랑하는 하나님께서는 다가올 해와 시간을 위해 그게 최상이라고 여기시는 것이겠지.' 알베르티네, 이 더벅머리의 피조물이 산사나무 아래 들길에서 복된 잠에 빠져 고개를 꾸벅이던 모습과 후에 화학세제로 세탁하는 모습을 본 사람은, 그리고 오늘 그가 자신의 본성과 행동, 재미와 진심에 빠져 있는 모습을 본 사람은 고백할 수밖에 없단다. 진정한 인간은 이제 올바른 사람이 되기 위해 깨끗한 공기와 푸른 나무, 꽃이 만발한 수풀, 샘과 개천, 강에서 넘실거리며 흘러나오는 맑은 물이 필요하지 않다고.

친구 아담, 자네는 피스터 아버지에게 희한한 방식으로 알려주었네. 지상의 이 사람에게 내 방앗간 물이 어떻게 될 수 있는지를 말이야. 자네가 이 늙고 어리석은 사람의 이상에 대해서 아무렇지도 않은 듯 너무나 천연덕스럽게 평정심을 내보였을지라도 자네를 나쁘게 생각하지 않았다는 걸 알려주려고, 이제 너의 굴뚝 연기와 세탁기계 연기 속에 들어 있는 자네 이상, 최고의 동경, 가장 큰 소망에 도움을 주려고 하네. ─한 치의 거짓도 없는 진심일세! 그러니까 지난 크리스마스부터 지금 10월까지 나와 여기 이 사랑스러운 아이 사이에 때때로 자네에 대한 말이 오갔다네, 박사. 그럴 때면 난 이미 말한 대로 종종 주장했지. 바로 자네와 같은 부류의 사람들이 가장 높은 공장 굴뚝과 가장 오염된 수로 속에서도 피스터 방앗간의 전통을 누구보다도 잘 보존할 거라고. 그리고 아셰 박사, 알베르티네는 진심으로 내 생각에 동의해주었어. ―응, 이게 어찌 된 일이지? 그릇 조심해, 잠제. 이제 마로니에 아래에서 열띤 논쟁이 벌어지겠군. ―오른쪽에서 세번째 탁자에서!……"

만약 언젠가 의자에 앉은 채로 망부석이 돼버린 사람이 있다면, 그는 나의 좋은 친구 A. A. 아세 박사였다. 그런데 그는 아주 잠시 미동도 하지 않은 채 늙은 아버지와 젊은 아가씨를 차례로 주시했다. 그리고 만약 언젠가 예쁘고 용감하며 영리한 소녀를 가슴에 꼭 안은 남자가 있었다면, 그건 나의 멍청한 친구 아담이었다.

"그래요, 내 생각도 그랬어요." 영락한 시인의 딸이 흐느끼며 속삭였다. "당신은 나와 아버지께 아주 잘해주었어요. 하지만 처음에는 당신을 제대로 알지 못했어요. 그리고 나중에는 어떻게 감사해야 할지 몰랐고요."

그때 아담 아세가 짤막하게 '피스터 아버지!'라고 외쳤던 그 목소리는 라코피르고스 창설자의 평소 목소리가 아니었다. 아버지는 침울한 표정으로 웃으면서 말했다.

"이것이 피스터 방앗간에서 이루어진 첫 결혼은 아니야. 하지만 아마도 마지막 결혼이 될 거야. 네 여자를 사랑하고 내 도끼를 귀하게 여겨라, 아담. 탁자를 정리해주게, 잠제. 담요를 덮어다오, 크리스티네. 그리고 너, 내 사랑하는 아들아, 이곳의 마지막 방앗간 주인이자 주막 주인을 그의 정원에서 집까지 데려가다오. 다행히도 넌 머리로 일할 때나 손으로 일할 때나 네 아버지들에게 있던 명예의 지팡이자 무기가 필요 없어. 넌 학교에서 피스터 방앗간의 명성을 아버지들의 노래에서나 들어봤다고 말하는 그 사람들을 지팡이 삼아라!……"

그는 심한 고통을 겪다 이레 후 우리 모두가 자리한 가운데 온화하고 평화롭게 잠드셨다. 사랑하는 나의 아버지, 착하고 명랑한 아버지 피스터. 아담과 알베르티네는 나중에 결혼식을 올렸다. 그리고 슐체 아버지는 나와 에미의 약혼을 허락해주었다. 내 생각을 마음에 들어하면서. 물론 아주 미묘한 거리낌과 잡아당기기, 허세 부리기가 전혀 없었던 건 아니다.

그 그림들 다 어디 갔지?

친구 아셰는 또 내 소파에서 낮잠을 잤다. 우리는 그와 함께 리폴데스하임으로 나갔다가 일요일 저녁에 집으로 돌아왔다. 그 그림들 다 어디 갔지? 나는 여기 이 알록달록한 공책의 마지막 종이를 꽉 움켜쥐고 있다. 나는 그림을 그리고 있는 이 종이의 운명을 이번에도 결코 책임지지 못한다.

두 여인은 룸펜부르크─리폴데스하임의 베란다에 앉아 있다. 참아리속의 꽃들과 아이들의 소음 틈에. 두 남자는 슈프레 강변을 산책한다. 예전에 아버지 방앗간의 냇가 수양버들 수풀 사이에서 산보했던 것처럼.

또 한 남자가 빌라에서 우리 쪽으로 다가와 다정한 청을 전한다. 신이 나서 즐거운 투는 아니다.

"신사분들 차 드시러 오시랍니다."

그는 잠제다. 그와 크리스티네는 완전히 우리 사람이다. 그 두 사람 없이는 리폴데스하임도, 베를린 시의 우리 집도, 예전에 존재했던 그림들도 상상할 수가─ 생각할 수가 없다.

우리는 베란다로 차를 마시러 간다. 옆에서는 거대한 얼룩제거 기관이 덜커덩거리며 소음을 자아내면서 저녁하늘을 향해 크리커로데와 비슷한 매연을 뿜어내고 있다. 큰 강은 아니더라도 중간 규모는 되는 그 강은 우리가 실컷 오염시키는데도 온갖 나룻배와 범선으로 북적인다. 그리고 라코피르고스를 아주 당연한 그 무엇으로, 아무 상관 없는 그 무엇으로 받아들이는 것 같다.

아셰의 막내아들의 요람에서 갑자기 격한 울음소리가 터져나왔다. 그러자 아버지 아셰가 말한다.

"저 아이도 다 알고 있어! 자, 들어봐. 너도 비슷한 일에 대비해야 할 거야, 텔레마코스 소년. 자신의 뜻을 이루려는 저 갓난아이의 심도 있는 요구를 들어봐! 저러면 되게 되어 있어. 저건 크뉘제마나 흐느낌도, 올로루게나 울음도 클라우마나 오이모게나 오두르모스도 아니야— 이건 제대로 된 거야. 블레헤, 비명, 오루그모스, 울부짖음, 간단히 말해서 저 녀석이 금방 엄마 젖을 먹게 도와주는 코르코뤼게야.¹³⁵ 저기 벌써 그녀가 팔을 벌리고 히아킨토스색 곱슬머리¹³⁶를 날리며 오고 있잖아. 그래, 피스터, 내 생각에 저 아이는 나중에 잘될 것 같아. 잘못된 길로 빠져 자기 아버지의 수치가 되진 않을 거야."

"원 세상에, 알베르티네의 히아킨토스 곱슬머리는 차치한다 하더라도, 어떻게 인간과 아이의 외침에 관한 그 합성어를 다 알게 된 거예요, 아담?"

"응, 저것 봐(저 어린 녀석, 울보 녀석이 아내의 젖꼭지를 꽉 무는 바람에 그녀는 보지도 듣지도 못해). 너도 알지, 생업은 너무 지독해. 게다가 우리가 누리는 이런 가정의 목가도 권태를 물리치기에는 부족하고. 밤마다 낡은 바지와 속치마, 연회복, 무대의상, 전 연대의 제복 세탁으로부터 최고의 아내와 차茶가 있는 집으로 돌아오는 게 존재의 전부는 아니잖아. 그래서 나는 그리스어 지식을 조금씩 되살려서 틈틈이 호메로스를 읽고 있어. 그렇다고 해서 지울 수 없는 태양에서 온 케케묵은 인용구를 소독기계 위로 끌어올리려고 하는 건 아니고."¹³⁷

주

1 빌란트C. M. Wieland(1733~1813)의 장편서사시 『오베론Oberon』에 나오는 첫 구절 "너희 뮤즈들아, 다시 한번 히포그리프에 안장을 얹어다오. 예전의 낭만적인 땅으로 타고 가게!"를 각색하여 인용했다.
히포그리프는 말의 몸에 독수리 머리와 날개를 단 상상동물로, 작가적 상상력을 상징하는 그리스 신화의 '페가수스'와 유사한 의미로 사용되었다.

2 바빌론은 고대 바빌로니아의 수도이고, 술탄은 이슬람 군주의 칭호이다. 독일의 빌란트가 지은 장편서사시 『오베론』에 빗대어서 말한 것이다. 이 서사시의 주인공인 젊은 기사 휘온은 카를 대제가 내린 과제를 수행해서 그 노여움을 풀기 위해 마왕 오베론의 도움을 받아 '예전의 낭만적인 땅'인 바빌론으로 떠난다. 이 서사시는 상당 부분 바빌론과 술탄의 궁정에서 전개된다.

3 『쾰른 신문』은 1762년에 창간된 대표적인 자유주의 일간지로 쾰른뿐 아니라 여러 지역에서 널리 구독했다.

4 빌란트의 장편서사시 『오베론』에 나오는 인물들. 그중 로크는 거대하고 힘이 센, 아라비아 신화와 동방 전설에 나오는 괴조이다.

5 히브리어로 '검은 냇물'이라는 뜻이며, 예루살렘과 감람산 골짜기 사이를 지나는 냇물로 우기에만 흐른다.

6 「창세기」 2장 10~14절. "강이 에덴에서 흘러나와 동산을 적시고 거기서부터 갈라져 네 근원이 되었으니, [……] 비손, [……] 기혼, [……] 힛데겔, [……] 유브라데더라."

7 1780년은 『오베론』이 출간된 해이다.

8 독일의 A. F. A. 슈네츨러(1809~1853)가 쓴 시 「쓸쓸한 물방앗간」의 구절로, 피스터의 방앗간 분위기가 흡사해서 자주 인용된다.

9 19세기 독일의 자유주의 학생동맹으로, 통일을 목적으로 다양한 활동을 펼쳤다.

10 중부 독일의 도시 괴팅겐 근교의 한 유원지에서 대학생들이 부르던 노래이다.

11 「요한계시록」 3장 1~6절 참조. 요한이 그리스도의 명령으로 사데 교회에 보낸 편

지 중 "사데 교회의 사자에게 편지하라 하나님의 일곱 영과 일곱 별을 가지신 이가 이르시되 내가 네 행위를 아노니 네가 살았다 하는 이름은 가졌으나 죽은 자로다"라는 구절이 있다.

12 슈말칼덴전쟁(1545~1547)과 삼십년전쟁(1618~1648)은 종교전쟁이었다. 두 전쟁 사이라 함은 식자층에서 독일 이름을 라틴어로 바꿔 사용하던 인문주의 시대를 말한다.

13 19세기 독일에서 널리 통용되던 질서체계에 따른 것으로, 나머지 네 감각이란 시각 외에 감정, 취향, 후각, 청각을 말한다.

14 그로쿠주는 럼주에 시럽을 섞은 술이고, 글뤼바인은 설탕 또는 꿀과 향료를 넣어 데운 적포도주이다.

15 「요한계시록」 3장 1절에서 따온 것으로, 주 11을 참조하라.

16 여기서 모자는 16세기부터 독일어권에 전해오는, 학생조합의 일원임을 알려주는 모자이다. 펜싱 검은 18세기 말에 등장한 대학생들의 검투 및 방어용 무기이다.

17 『피스터의 방앗간』이 집필될 당시의 철학과에서는 철학뿐만 아니라 고전어와 자연과학도 같이 가르쳤다.

18 뒤에 나오는 것들과 함께 라틴어 성어의 규칙을 연습하는 문제로, 작가 라베가 1857년에서 1861년까지 필명으로 사용한 야콥 코르비누스Jakob Corvinus를 암시하기도 한다.

19 튜튼족은 게르만족의 일파인데, 학생조합의 이름으로 흔히 사용되곤 했다.

20 고대 그리스의 현악기이다.

21 슈네츨러의 시로, 주 8을 참조하라.

22 아버지 같은 친구, 지도자, 스승을 말한다. 오디세우스가 트로이전쟁에 출정하면서 친구인 멘토에게 아들 텔레마코스의 교육을 맡겼는데, 바로 이 충실한 조언자에게서 유래한 말이다.

23 호메로스의 『오디세이아』에 나오는 아틀라스의 딸로 난파한 오디세우스를 구출해 간호했다. 칼립소는 그를 너무나 사랑해서 고향으로 돌아가고 싶어하는 그를 칠 년 동안 놓아주지 않았다.

24 독일 뉘른베르크 출신의 화가 알브레히트 뒤러(1471~1528)를 말한다. 뒤러는 북유럽 미술의 르네상스를 이끈 화가로 '독일 미술의 아버지'로 불린다.

25 독일의 바덴바덴과 비스바덴, 오스트리아의 바덴은 당시에 유명했던 온천 휴양지이다.

26 오스트리아의 오페레타 작곡가 프란츠 폰 주페(1819~1895)의 오페레타 작품(1876)이다. 빈풍의 경쾌함과 이탈리아풍의 밝은 선율로 당시에 인기가 높았다.

27 레무리아 대륙Land Lemuria은 레무리아(여우원숭이lemur)의 분포로 보아 인도양에 존재했을 것으로 추정되는 전설의 고대 육지이다. 또 종교학이나 신화학에서는 저승에서 귀환한 악령인 레무레스Lémures를 연상시키는 말로, 여기서는 소멸한 과거의 유령들이 떠도는 현세의 공동묘지 이미지를 은유하고 있는 듯하다.

28 갈레오토Galeotto는 중세 기사도문학에서 원탁의 기사 랜슬럿 이야기에 나오는 등장인물로, 랜슬럿의 친구이다. 랜슬럿과 왕비 기네비어의 어긋난 사랑 이야기는 단테의 『신곡』「지옥」편 제5곡에서 지옥에 떨어진 파올로 말라테스타와 프란체스카 다 리미니의 비극적인 연인 이야기로 변형된다. 정략결혼이 예정된 못생긴 절름발이인 지오반니 말라테스타 대신 잘생긴 동생 파올로 말라테스타와 사랑에 빠진 프란체스카 다 리미니의 비극적 사랑을 이어주는 게 바로 랜슬럿의 사랑 이야기가 적혀 있던 갈레오토의 책이다. 프란체스카와 파올로는 책을 읽던 와중에 서로에 대한 불타오르는 욕망과 애처로운 사랑을 확인하게 된다.

29 『독일속담격언사전』(Friedrich Wilhelm Wander, *Deutsches Sprichwörter-Lexikon*, 5 Bde., Leipzig 1867-80)에 나오는 격언을 변용한 것이다.

30 슈네츨러의 시를 말한다. 주 8을 참조하라.

31 독일의 인문계 중고등학교로 9년제이다. 초등학교 4학년을 마치고 진학한다.

32 9월 29일, 천사장 미카엘을 기념하는 날로 독일의 여러 지역에서는 여름과 수확이 끝나는 날인 동시에 새 학년이 시작하는 날이다.

33 1866년 프로이센은 오스트리아와의 전쟁에서 이긴 후 북독일연방을 성립시켰고 통일 독일의 기초를 다져나갔다. 이 시기 북독일연방에서는 경제와 산업 분야에서도 괄목할 만한 도약이 일어났다. 또한 1870년에서 1871년까지 벌어졌던 프랑스와의 전쟁에서 독일이 승리하고 독일제국이 창건된 후에는 경제발전 및 산업화에 가속도가 붙었는데, 수많은 회사가 난립하는 소위 회사범람시대가 도래한다. 하지만 1873년 이후 경제 위기가 발생한다.

34 요아힘 하인리히 캄페(1746~1818)는 교육자이자 언어연구가, 출판업자이다. 다니

엘 디포의 『로빈슨 크루소』(1719)를 『로빈슨 1세. 어린이용 독본』으로 출판하여 많은 인기를 얻고 매우 유명해졌다. 라베는 어머니에게서 이 책으로 읽기를 배웠다.

35 『로빈슨 1세』는 액자소설의 형식으로 되어 있다. 로빈슨 1세와 프라이타크는 이 소설에 나오는 인물들이다.

36 『천일야화』(8~16세기)에 나오는 인물들과 그들의 상황에 빗대어서 말하고 있다. 왕 샤리아르는 결혼한 다음날 아침이면 신부를 죽이는 일을 반복했다. 그런데 세에라자드는 밤마다 왕에게 재미있는 이야기를 해주었기에 왕은 이야기를 더 듣고 싶은 마음에 그녀를 죽이지 않았다. 그렇게 천일 밤이 계속되었고, 왕은 결국 마음을 바꾸어 셰에라자드와 행복하게 살았다.

37 서술자의 아내인 에미를 가리키는 것으로, 샤리야르 왕에 빗대어서 말하고 있다.

38 독일-프랑스 전쟁과 전쟁의 승리 이후의 회사범람시대를 말한다. 주 33을 참조하라.

39 구약성서 「창세기」 19장 24~26절에 나오는 소돔과 고모라 지역의 몰락에 대한 비유이다. 신은 죄악이 심한 소돔과 고모라를 유황과 불로 멸했는데, 롯의 아내는 성에서 도망치던 중 명을 어기고 성이 몰락하는 장면을 뒤돌아보다가 소금기둥으로 변했다.

40 프리드리히 실러(1759~1805)의 시 「자이스의 베일에 가려진 그림」(1795)에 대한 풍자이다. 지식에 목말라 신관의 지혜를 얻기 위해 이집트의 자이스에 간 청년의 이야기로, 청년은 베일에 가려진 거대한 그림을 보고 궁금해하는데, 신관은 베일 뒤에 진리가 가려져 있다고 말한다. 청년은 신 외에는 아무도 베일을 들춰보면 안된다는 명령을 어기고 그 베일을 들춰본 뒤 이지스의 여신상 아래에서 죽는다.

41 실러의 시 「자이스의 베일에 가려진 그림」 39~41행을 인용하면서 '네 양심'이라는 구절을 '내 지갑'으로 바꾸었다.

42 중세의 연금술사들이 비금속을 황금이나 은으로 바꿀 수 있다고 믿었던 물질로, 모든 수수께끼를 풀 수 있는 해결책에 대한 총칭이기도 하다.

43 성경에서 뱀은 호기심과 탐구 욕구 및 인식 욕구를 자극하는 미지의 것에 대한 상징으로 나온다(「창세기」 3장 1~14절, 「마태복음」 10장 16절, 「요한계시록」 12장 9절 참조).

44 요한 볼프강 폰 괴테(1749~1832)의 시 「인간성의 한계」(1789)에 빗대어 말하고 있다.

45 라베는 임마누엘 칸트(1724~1804)의 인식론의 근본 개념인 '물 자체'를 빗대어 말했다는 것을 드러내기 위해 이 부분을 강조해놓았다.
46 시칠리아 섬의 도시로, 그리스의 수학자이자 물리학자인 아르키메데스(기원전 287~212)가 태어나 살다가 죽은 곳이다. 여기서는 아르키메데스를 가리킨다.
47 지렛대의 반비례법칙을 발견한 아르키메데스는 시라쿠사의 왕에게 "긴 지렛대와 지렛목(지점)만 있으면 지구라도 움직여 보이겠다"라고 장담했다고 한다. "내가 여기에 서 있어"라는 말은 마르틴 루터(1483~1546)가 보름스 제국의회에서 종교재판(1521)을 받을 때 카를 5세와 신하들 앞에서 "내가 여기에 서 있나이다. 나는 달리 행할 수 없나이다. 하나님, 나를 도우소서! 아멘"이라고 말한 것에 빗대어 말한 것이다.
48 고대 그리스에서 연주하던 현악기의 한 종류이다.
49 럼주와 설탕, 레몬, 차, 물 등 다섯 가지 재료로 만드는 술로 오색주라고도 불린다.
50 기원전 212년 로마가 시라쿠사 섬을 정복했을 때의 일로, 아르키메데스는 뜰의 모래 위에 도형들을 그리며 기하학 연구에 몰두했는데, 어떤 그림자가 도형을 가리자 그것이 로마 군인의 것인지 모르고 "물러서라. 내 도형이 망가진다"라고 말했다. 그러자 그 군인은 아르키메데스를 몰라보고 그의 목을 쳤다.
51 퀼른에 있는 광장이다. 퀼른은 향수로 유명하다.
52 12월 24일을 말한다.
53 헤라클레스의 열두 노역 중 하나로, 여기서는 아우기아스 왕의 더러운 외양간을 강물을 끌어들여 하루 만에 청소한 위업에 빗대어 말한 것이다.
54 회사범람시대에 사람들이 회사를 세워 사기 행각을 벌이던 것을 말하는데, 회사들이 주로 베를린에 세워졌다.
55 아르카디아는 그리스 펠로폰네소스의 한 지방으로 목가적 이상향에 비유된다. 그리고 스틱스 강은 그리스신화에서 저승을 일곱 바퀴 돌아 흐르는 강이다. 실제로 아르카디아 지방에 스틱스 강이 있다. 여기에서 라베는 아르카디아를 목가적 이상향을 뜻하는 허구의 나라로 설정하고 허구적인 지하세계의 강 스틱스와 결합시켜, 스틱스 강이 아르카디아를 굽이굽이 돌아서 흐르고 있다고 말한다.
56 목양신이라고도 한다. 아르카디아 지방에서 믿던 그리스 신화에 나오는 목신牧神으로, 춤과 음악을 좋아하며 님프들과 잘 어울렸다.
57 오르페우스는 고대 그리스신화에 나오는 시인으로 하프의 명수였다. 아내의 죽음

을 슬퍼한 나머지 다른 여인들을 돌보지 않은 탓에 트라키아 여인들의 원한을 사서 살해되었고, 시체는 산산조각이 나서 하프와 함께 강물에 던져졌다.

58 오르페우스의 이름을 딴 음악 홀로 유흥장을 말한다.

59 고대 그리스의 과일과 식물, 포도주의 신 디오니소스를 열광적으로 찬미했던 여인들인 마이나데스는 포도나무 잎과 파슬리 잎으로 화관을 만들어 몸을 치장했다.

60 사회보장제도(1881)의 도입을 둘러싸고 의회에서 벌인 논쟁에서 심한 반대에 부딪친 독일제국 수상 오토 폰 비스마르크(1815~1898)는 건강상의 이유로 퇴각하려고 했다. 1884년 3월 15일, 그러니까 『피스터의 방앗간』이 집필되던 시기에 행한 제국의회 연설에서 그는 이렇게 말했다. "나는 지금까지 수행한 직업에 작별을 고한다는 조건하에서만 앞으로도 건강할 것입니다."

61 구약성서의 첫번째 책 「창세기」에는 천지창조에 관한 이야기가 쓰여 있다.

62 성경에 나오는 여자의 창조에 대한 풍자이다. 「창세기」 2장 21~22절에는 신이 남자의 갈빗대로 여자를 만든 이야기가 나온다. "여호와 하나님이 아담을 깊이 잠들게 하시니 잠들매 그가 그 갈빗대 하나를 취하고 살로 대신 채우시고 여호와 하나님이 아담에게서 취하신 그 갈빗대로 여자를 만드시고 그를 아담에게로 이끌어 오시니……"

63 신이 아담의 갈빗대로 여자를 만들어 데려오자 아담은 이렇게 말한다. "이는 내 뼈 중의 뼈요 살 중의 살이라."(「창세기」 2장 23절)

64 아이들이나 대학생들의 노래 가사에서 취한 것으로 보인다.

65 종교 개혁자 마르틴 루터는 라틴어 성경을 독일어로 번역했다. 그의 성경 번역은 현대 독일어 형성에 커다란 영향을 미쳤다. 루터는 「창세기」 1장 27절을 처음에는 이렇게 번역했다. "하나님이 자기 형상 곧 하나님의 형상대로 사람을 창조하시되 총각과 아가씨를 창조하시고……" 그런데 나중에는 '남자와 여자를 창조하시고'로 바꾸었다.

66 가장 많이 인쇄되고 가장 널리 퍼진 책인 성서를 말한다.

67 사과의 품종이다.

68 프리드리히 실러의 시 「네 개의 시대」(1803)를 풍자한 것이다. 이 시의 5연 3, 4, 7행에 이렇게 나와 있다. "시인이 나타났다. 그가 들어온다 / 좋은 것에 최상의 것을 가져다준다[……] / 신들이 그에게 순수한 정감을 주었다."

69 독문학자 카를 치글러가 쓴 『그라베의 삶과 성품』(함부르크, 1855)을 말한다. 뒤의 인용은 이 책 84~85쪽에서 따온 것이다. 독일의 극작가 크리스티안 디트리히 그라베(1801~1836)는 불행한 결혼과 음주벽 때문에 고뇌와 궁핍 속에 살다가 요절했다.

70 이 도시들은 그라베와 또다른 극작가인 볼프강 로베르트 그리펜케를(1810~1868)과 연관이 있는 곳들이다. 그라베는 데트몰트에서 태어나 죽었으며 라이프치히에서 대학에 다녔다. 그리펜케를은 라베가 개인적으로 알던 사람으로, 브라운슈바이크에서 자라 그곳에서 학생들을 가르치다 죽었다. 1860년에 부정한 수단으로 파산을 맞아 징역을 선고받기도 했으며 씁쓸한 말년을 보냈다. 하지만 그라베와 그리펜케를 두 사람은 술 때문이라기보다는 당시 독일의 시대적 정치적 문제 때문에 몰락했다고 평가된다.

71 그라베는 12세기부터 13세기까지 신성로마제국을 지배하던 독일의 호엔슈타우펜 왕가의 이야기를 다룬 『황제 프리드리히 바르바로사』(1829), 『황제 하인리히 6세』(1830) 등을 썼고, 그리펜케를은 프랑스혁명기를 다룬 비극 『막시밀리앙 로베스피에르』(1851), 『지롱드 당원』(1852), 『세인트헬레나섬에서』(1862) 등을 집필했다.

72 테르치네는 3행 시구를, 슈탄체는 8행 시구를 가리키는 작시법이며, 여기서 말하는 서사시인은 아마도 스위스의 서정시인이자 서사시인인 하인리히 로이트홀트(1827~1879)인 듯하다. 로이트홀트는 여러 해 동안 물질적 궁핍을 겪은 끝에 정신 착란증에 시달렸다.

73 아네테 폰 드로스테휠스호프(1797~1848)는 19세기 독일 비더마이어 시대의 대표적인 여성 운문작가이다.

74 '탈라타Thalatta'는 리스어로 바다를 뜻하며, 쿠낙사전투(기원전 401년)에서 돌아오던 그리스 군대가 고향이 가까움을 알리는 바다가 보이자 "바다, 바다!"라고 외치던 기쁨의 탄성이었다. 여기서는 희곡의 제목이다. 알라리크 1세(370~410)는 서고트 족의 왕으로, 395년부터 396년까지 펠로폰네소스 등 발칸반도를 약탈했다.

75 올림포스 산에 살던 그리스 신들의 별명으로, 여기서는 펠릭스 리폴데스가 신에게 헌납된 시인이라는, 앞에서 나온 표현과 연관되어 사용됐다.

76 독일의 식물학자로 미생물학의 창시자라고 불리는 페르디난트 콘(1828~1898)을 말한다. 뒤에 나오는 '동료 퀸'도 콘을 가리킨다.

77 「창세기」 1장 8절, 천지창조에 대한 묘사에 빗대어 한 말이다. "저녁이 되고 아침

이 되니 이는 둘째 날이니라."

78 멜루지네는 옛 프랑스 민담에 나오는 물의 요정이다. 멜루지네에 관한 민담은 독일로 건너와 여러 작가들에 의해 널리 퍼졌다.

79 고대 로마의 시인 호라티우스(기원전 65~68년)의 영지에 있는 샘의 이름이다. 호라츠는 한 송가에서 이 샘을 노래했다.

80 고대 그리스신화에서 천마 페가수스의 발자국이 만든 샘으로, 시인들이 얻는 시상의 샘이라는 뜻으로 사용된다.

81 윌리엄 셰익스피어(1564~1616)의 비극 『오셀로』(1604)에 나오는 여주인공 데스데모나의 노래 후렴구를 인용했다. "노래하라 목장아, 푸른 목장아! ……노래하라 목장아, 목장아, 목장아!"

82 셰익스피어의 『햄릿』(1602) 중 오필리어가 한 말에서 따온 것이다. "회향꽃 여기 있어요. 그리고 매발톱꽃도, 당신에게는 / 운향꽃을. 그리고 나도 좀 갖고요."(4막 5장)

83 셰익스피어의 『햄릿』에서 왕비가 오필리어의 죽음을 보고하는 장면에서 따온 것이다. "거울 같은 물 위에 하얀 잎을 비추며 / 냇가에 비스듬이 수양버들 자라는데, / 그것으로 네 누이가 기막힌 화환을 / 미나리아재비, 쐐기풀, 들국화, 그리고"(4막 7장). 즉 여기에서는 펠릭스 리폴데스의 죽음을 암시한다.

84 『햄릿』의 줄거리와 연관해서 말하고 있다.

85 『햄릿』에서 오필리어가 한 말을 거의 그대로 따왔다. "당신에게는 제비꽃을 드리고 싶지만, 아버님이 돌아가시고 나자 죄다 시들어버렸어요. 그분은 끝이 좋았다고들 해요."(4막 5장)

86 다시 오필리어의 모습과 관련해서 말하고 있다. 『햄릿』 4막 5장에서 오필리어는 '풀과 꽃으로 환상적인 장식을 한 채' 등장한다. 플로라는 고대 로마의 곡식과 꽃의 여신으로, '플로라의 자녀'란 만발한 꽃을 말한다. 카밀레 또는 캐모마일은 국화과에 속하는 풀로, 독일에서는 감기에 걸렸을 때 많이 마신다.

87 우물과 냇물에 사는 요정이다. 여기서는 냇물 대신에 사용되었다.

88 그리스비극에는 합창대가 등장하는데, 합창대는 앞 장면에 대해 해설하거나 논평하고 다음에 올 내용에 대해 예고하는 역할 등을 한다. 여기서는 해설을 하는 동행인을 말한다.

89 예언자 스바냐의 예언을 말한다. 바로 이어서 구약성경 서른세 권 중 한 권인 「스바냐」 1장 11절이 인용된다.

90 「스바냐」 1장 11절에는 이렇게 적혀 있다. "막데스 주민들아 너희는 슬피 울라. 가나안 백성이 다 패망하고 은을 거래하는 자들이 끊어졌음이라."

91 독일의 자코뱅 당원 오이로기우스 슈(요한 게오르크 쉬, 1756~1794)는 프랑스혁명 혁명의회 동지들 모임의 부회장이자 스트라스부르에 있던 알자스 혁명재판소(프랑스혁명 때 자코뱅파가 세웠음)의 감찰관이었는데, 그 자신도 혁명재판소의 희생양이 되어 1794년 처형되었다. 여기서는 희곡 제목이다.

92 중부 독일 하르츠산맥 남쪽 기슭에 있는 도시 노르트하우젠에서 생산하는 브랜디 이름이다.

93 모로코 서쪽 대서양의 마데이라제도에서 생산되는 포르투갈의 포도주이다.

94 그리스신화에 나오는 청춘의 여신으로, 제우스와 헤라의 딸이며, 신들에게 술을 따라주는 시녀이다. 헤바라고도 한다.

95 가톨릭 교리에 따르면 세례받지 않고 죽은 아이들을 위해 지옥 옆에 따로 구분된 장소로, 아이들은 그곳에서 원죄를 씻고 천국으로 가기를 기다린다.

96 포도주 이름이다.

97 로마신화에 나오는 전쟁의 여신으로, 여기서는 군대를 말한다.

98 옥타비오 피콜로미니(1599~1656)는 삼십년전쟁에서 황제 군대의 야전사령관이었고, 렌나르트 토르스텐손(1603~1651)은 스웨덴의 최고지휘관이었다.

99 이탈리아 시인 자코모 레오파르디(1798~1837)의 칸초네 「무한한 것」(1824)의 열두번째 작품에서 인용한 것이다.

100 카를 헤를로스존(1804~1849)은 작가이자 언론인이고, 프란츠 아프트(1819~1885)는 브라운슈바이크의 작곡가이자 궁중음악단 단장이다.

101 헤를로스존이 작사하고 아프트가 작곡한 노래의 제목이자 한 소절이다.

102 예전에는 방앗간 주인들이 장식용으로 도끼를 멨다.

103 이솝우화에는 허기진 개들의 우화가 나온다. 오랫동안 먹이를 먹지 못해 굶주린 개들이 강가로 갔는데, 건너편에 살점이 많이 붙은 동물의 시체가 있었다. 하지만 강에 물이 너무 많아 건널 수가 없자 그 강물을 다 마셔서 건너자는 의견이 나왔고 개들은 강물을 다 먹고는 그만 배가 터져 죽는다.

104 괴테의 소설 『친화력』(1809)에 나오는 건축가로 2부 1장에서 이렇게 묘사된다. "그는 진정한 의미에서의 노총각으로 풍채가 좋고, 너무 크다고 할 정도로 후리후리한 키에다 겸손하면서도 소심하지 않고, 붙임성 있으면서도 뻔뻔하지 않았다."

105 회사범람시대의 절충주의적 혼합 양식에 대한 암시로, 당시에는 르네상스와 같은 옛 시대의 형식 요소를 장식 목적으로 그대로 사용하곤 했다. 리폴데스하임은 '리폴데스의 집'이라는 뜻으로, 여기서는 역설적으로 들리는 이름이다.

106 화학물질을 이용한 세탁 및 의류 수선 분야에서 사용하는 기계 이름에 대한 전문 용어들이다.

107 베를린의 행정지역으로, 베를린 서쪽 교외의 하벨 강과 슈프레 강이 합류하는 지점에 있다.

108 슈네츨러의 '예쁜 방앗간 아가씨'에서 따온 것이다. 187쪽을 참조하라.

109 슈네츨러의 시「쓸쓸한 물방앗간」을 인용했다.

110 당시에 인기가 있던 문학 장르 중 하나인 마을이야기에 대한 풍자이다.

111 「창세기」 3장 24절에서 신이 아담과 하와를 쫓아내는 이야기에 빗대어서 말하고 있다. "이같이 하나님이 그 사람을 쫓아내시고 에덴동산 동쪽의 그룹과 두루 도는 불칼을 두어 생명나무의 길을 지키게 하시니라."

112 관광휴양지들로, 튀링겐과 하르츠산지는 독일, 람자우는 오스트리아에 있다.

113 베를린 근교 하벨 강가에 있는 유원지이다.

114 독일 시인 고틀리프 콘라트 페펠(1736~1809)의 시「소년과 아버지. 젊은 퀴스틴 백작에게」에서 따와 조금 변형시켰다.

115 로마 황제 티투스 베스파시아누스(9~79)는 이 말로 하수도세 도입의 정당성을 주장했다고 전해진다.

116 프랑스의 작가 볼테르(1694~1778)는 프랑수아마리 아루에의 필명이다. 그는 투기를 하여 부자가 되었고 그 덕분에 경제적으로 자유롭게 되었다고 한다.

117 극에서 당돌한 요소를 많이 사용한 고대 그리스의 희극시인 아리스토파네스(B. C. 445~385)를 흉내 내어 만든 긴 이름으로, 회사범람시대의 자본주의적 관점을 반어적으로 조명하기 위함이다.

118 영국 잉글랜드 남서부, 콘월 반도 끝에 있는 곳이다.

119 로첸은 괴테의 소설 『젊은 베르테르의 슬픔』(1774)에 나오는 로테의 원형인 샤를

로테 부프(1753~1828)를 말한다. 라우라는 이탈리아의 시인이자 인문주의자인 프란체스코 페트라르카(1304~1374)가 사랑한 여인으로, 그는 평생 그녀를 찬미하며 노래했다. 단테가 찬미한 여인으로 그에게는 사랑과 시혼詩魂의 원천이었다.

120 프랑스 귀족 출신의 독일 시인인 아델베르트 폰 샤미소(1781~1838)는 「늙은 세탁부」(1833)라는 시의 여주인공에 대해 이렇게 썼다. "그래서 그녀는 항상 땀을 뻘뻘 흘리면서 / 경의와 예의를 갖추고 빵을 먹었다. / 그리고 신이 그녀에게 할애한 지역을 / 신실한 근면성으로 가득 채웠다…… 만약 내가 알았더라면, / 인생의 고난 중에 다시 원기를 회복하게 되리라는 것을, / 그리고 마지막에는 나의 수의에 대해서 / 똑같은 흥미를 가질 수 있다면."

121 「창세기」 21장 14절에 나오는 하갈과 그 아들 이스마엘의 추방에 대한 이야기를 빗대어 말한 것이다. "아브라함이 아침에 일찍이 일어나 떡과 물 한 가죽부대를 가져다가 하갈의 어깨에 메워 주고 그 아이를 데리고 가게 하니 하갈이 나가서 브엘세바 광야에서 방황하더니."

122 트로이의 공주이자 예언자로 트로이전쟁 때 트로이의 불행을 예언했다.

123 그리스신화에 나오는 지하세계에 있는 불의 강이다.

124 프리드리히 뤼케르트(1788~1866)는 독일의 시인이다. 건축가는 뤼케르트의 시 「취드허」의 후렴구를 인용하고 있다.

125 비스마르크는 프로이센의 총리로 독일을 통일시켰고, 1871년부터 1890년까지 독일제국 수상을 지냈다. 문화투쟁은 1872년에서 1887년까지 있었던 독일 가톨릭교회와 국가 사이의 논쟁이다. 비스마르크는 제국통일 이후 반정부당인 중앙당의 세력을 억제하려 했는데, 중앙당은 가톨릭정당이었기 때문에 의회의 정쟁政爭은 교회와 국가의 갈등으로 확대되었다. 독일의 병리학자 루돌프 피르호(1821~1902)가 반가톨릭적인 입장에서 이 논쟁을 '문화를 위한 투쟁'이라 부른 데서 그 명칭이 유래한다. 한편 산업화로 인해 사회문제가 첨예화하면서 사회주의자들의 세력이 급부상하자 비스마르크는 사회민주당의 세력을 막고 노동자들을 국가의 이름 아래 결속시키려는 계산에서 질병보호법(1883)과 재해보호법(1884) 등 사회보장제도를 마련했다.

126 당시 대학생들의 노래 〈루델스부르크〉에서 인용한 것이다. 루델스부르크는 잘레 강가에 있던 성으로, 중세에 대포 공격을 받아 폐허가 되었다. 독일의 예술사가

이자 시인인 프란츠 쿠글러(1808~1858)가 쓴 시 「잘레 강의 밝은 백사장」(1826)에 곡을 붙인 것이다.

127 대학생들 사이에서 인기 있던 노래로, 원 제목은 크레센티우스 코로만델(생몰년 미상)의 〈크람밤불리스트. 그단스크의 라흐스에서 불에 탄 물에 대한 찬가〉(1745)이다.

128 18세기의 〈대학생활 찬가〉라는 대학생들의 노래에서 따온 것이다.

129 물고기의 생존을 위협하는 유기 편모충류를 말한다.

130 슈네츨러의 시 「쓸쓸한 물방앗간」에서 따온 것이다.

131 '넝마'라는 뜻의 'Lumpen'과 '성'이라는 뜻의 'Burg'를 합성한 단어 '룸펜부르크'를 각각 그리스어와 라틴어로 번역한 것이다.

132 포도주에 샴페인, 설탕, 과일 또는 향료를 넣어 만든 음료이다.

133 『독일속담격언사전』에 나오는 속담이다.

134 『독일속담격언사전』에 따르면, 독일 황제는 기사의 시동에게 기사 서품을 줄 때마다 이 질문을 했다고 한다. 이는 독일의 유서 깊은 귀족 집안인 달베르크 가문이 15세기에 독일 황제 막시밀리안 1세로부터 대관식 때 최초로 기사 서품의 영예를 받았던 것에서 유래한다. 기사 서품 의식은 1806년 신성로마제국이 멸망할 때까지 지속되었다.

135 '울음'과 '한탄'을 뜻하는 그리스어 단어들을 그대로 음역한 것이다.

136 호메로스가 『오디세이아』(기원전 8세기)에서 오디세우스의 머리를 '자줏빛 히아킨토스 꽃처럼 고불고불한 머리'로 묘사한 것에 빗대어 말한 것이다. 히아킨토스는 그리스신화에 나오는 미소년의 이름을 따서 붙인 것이다. 히아킨토스는 아폴론과 원반던지기를 하던 중 아폴론이 던진 원반을 이마에 맞아 죽었다. 이때 미소년의 피로 물든 대지에서 핏빛의 히아킨토스 꽃이 피었다고 한다.

137 프리드리히 실러의 시 「산보」(1795)의 유명한 마지막 행에 빗대어 말한 것이다. "그리고 호메로스의 태양, 저것 봐! 우리를 향해 웃고 있어."

해설

빌헬름 라베의 사실주의와 현대성

19세기 산업자본주의와 맞선 독일 최초의 생태소설

빌헬름 라베Wilhelm Raabe(1831~1910)의 소설 『피스터의 방앗간*Pfisters Mühle*』(1884)에는 별명 하나가 따라다닌다. 다름 아닌 '독일 환경소설, 생태소설의 효시'가 그것이다. 오늘날 환경 선진국으로 평가되는 독일 환경운동의 문학사적 근원에는 환경오염 문제와 그로 인한 생태계 파괴를 최초로 다룬 라베의 이 소설이 있다. 그런데 이 작품의 출판 과정은 '오디세우스의 고통스러운 항해'와도 같았다. 작가는 어느 편지에서 "이 책은 세상에 나올 때 매우 지독한 저항을 견뎌내야 했고 나에게 결코 적지 않은 근심을 안겨주었다"라고 했다. 소설의 주제인 환경오염 문제 때문에 여러 번 출판을 거절당한 것이다. 진보만을 외치던 당시의 시대 분위기 속에서, 환경오염 문제는 부차적인 것으로 치부되어 거부되거나 묵살되고 말았다.

자주 소풍을 갔던 브라운슈바이크 근처의 '녹의의 사냥꾼' 사진(위)과 남성 클럽 회원들과 소풍 가는 풍경을 그린 라베의 스케치(아래). 현실의 풍경과 성서의 허구 세계가 뒤엉킨 묘사가 인상적이다. 라베는 소묘와 풍경화에 엄청난 열정을 쏟았던 화가이기도 하다.

라베는 이 논쟁적 화두를 어떻게 작품으로 가져오게 되었을까. 당시 라베는 독일 중북부의 도시 브라운슈바이크의 남성 클럽 클라이더젤러 회원들과 근교 리닥스하우젠에 있는 음식점 '녹의綠衣의 사냥꾼'으로 목요일마다 소풍을 가곤 했는데, 1882년 겨울 어느 날 바베라는 냇물이 오염되어 물고기들이 죽어가는 것을 목격한다. 근처에 있는 설탕공장 라우트하임에서 방류하는 폐수 때문이었다. 냇물이 오염되어 더이상 물레방아를 돌릴 수 없게 된 방앗간 주인 두 명은 설탕공장주를 상대로 소송을 제기한다. 그런데 마침 이 소송의 감정인 브라운슈바이크 공과대학 화학과 강사 베쿠르츠가 클라이더젤러 회원이었기에, 라베는 그에게서 재판에 관해 여러 정보를 얻을 수 있었다. 바로 이것이 계기가 되어 라베는 1883년 4월에서 이듬해 5월 사이에 이 소설을 쓰면서 환경오염 문제, 그리고 그것을 유발한 산업혁명에 대해 논쟁의 축을 밝혔다.

주지하다시피 독일에서는 1850년 이후에 산업화가 집중적으로 진행된다. 그 때문에 노동자 문제, 황금만능주의의 확산, 시민계급의 정체성 위기 문제, 환경오염 등 갖가지 사회 문제가 야기된다. 전체적으로 볼 때 산업혁명은 물질적 풍요보다는 오히려 자본에 의한 사회적 변혁을 초래하면서 19세기 후반의 독일을 일대 변혁의 시기로 만들었다. 1856년에 『슈페를링 골목의 연대기 Die Chronik der Sperlingsgasse』를 발표하면서부터 작품 활동을 시작한 라베는 예순여덟 편의 산문작품을 통해 자신의 시대를 냉철하게 반영 및 조망하고자 했다. 특히 『피스터의 방앗간』 등 일련의 작품은 "이 시기 독일 시민 계급의 시대사에서 나온 문학"[1]이라 칭해질 정도로 그 시대와 밀접한 관련을 맺고 있다. 라베는 "독일이 농업국가에서 산업국가로 넘어가는 소용돌이" 속에서 이런 혼란을 야기한 산업화와 가장 본격적인 작가적 대결을 벌였던 최초의 독일어권 작가이다.

라베의 역사 인식―각각의 등장인물들의 삶이 중개해낸 역사성

 스위스 제네바 대학의 슈라더 교수는 「라베의 역사 해석 및 현재화」라는 논문에서 라베가 개인의 운명 및 체험과 관련한 인간 문제를 역사를 통하여 인식하고 있다고 주장한다.[2] 즉 한 개인이 체험한 역사적 사건의 구체적인 예를 통해 역사의 의미를 드러내는 것이 바로 작가의 과제였다는 것이다. 슈라더의 말은 라베가 『피스터의 방앗간』에서 산업혁명이라는 동시대적 사건을 이용한 방식에도 그대로 적용된다. 대대로 방앗간을 운영하며 살아온 피스터 일가와 그 주변 사람들의 산업화 체험을 통해서 동시대 역사의 과오를 탐색하고 있기 때문이다.

 그런데 몇몇 개인의 체험을 통해 재현, 진단한 시대사는 라베가 창작 과정에서 즐겨 사용한 방법, 즉 "주관성의 거울에 비친 세계"[3]를 보여주는 방식으로 드러난다. 라베는 자신을 주관성의 관점에 정초하고 작품에 서술된 세계를 언제나 한 개인의 의식이 중개해낸 세계로 인식시키려 했다. 따라서 라베 작품의 내용적, 형식적 면모를 특징짓는 것은 바로 주관성인데, 이것은 19세기 후반의 사회 현실에 대한 작가의 인식과 직접적인 연관이 있다. 그러나 산업혁명으로 인해 분업화가 이루어지면서 소외현상이 팽배하고 세상이 수많은 영역으로 세분화되어 더이상 조망할 수 없게 된 현실에 직면하여 라베는, 전래의 소설에서처럼 다양한 줄거리 전개와 수많은 에피소드, 인물들을 통해 사회적 파노라마 즉 총체적 현실을 재현하려고 하지는 않았다. 대신에 줄거리와 등장인물을 줄이고, 한 개인의 관점으로 "집중적으로 조명하고 다각적으로 성찰한 세상의 한 단면"[4]을 제시하려 했다.

 이제 『피스터의 방앗간』에서 작중인물들이 산업혁명을 어떻게 체험하는지, 그리고 주관적 서술이 산업혁명을 어떻게 조명하고 그 시대를 묘사하는지를 살펴보기 위해 먼저 소설에서 "최고의 남자" "진정한 인간"으로 평가되는 아담 아셰에 주목해보자. 어려서 부모를 잃은 아담 아셰는 아버지의 친구인 방앗간 주인 피스터의 손에 자라고 그의 도움으로 철학 박사가 된다. 화학에도 관심이 있는 그는 "세상의 흐름을 다른 사람들에게 그대로 내맡기지 않는 게 진정 기품 있는 사람이 지녀야 할 의무라고 생각"하고 있다. 그는 자신도 산업화의 조류 속에서 돈을 벌려는 생각에 "목가적인 독일 제국의 어떤 물길을 최대한 빨리, 최대한 파렴치하게 오염시킬 확고한 의도"도 지니고 있다. 그래서 방앗간 물이 오염되어 물고기들이 죽고 심한 악취가 나서 더이상 방앗간을 운영할 수 없게 된 양아버지가 냇물 오염의 원인을 밝혀달라고 요청했을 때, 그는 낙원과도 같았던 방앗간이 "흉악한 현실"에 의해 파괴되는 것을 누구보다도 가슴 아파하며 분개하는 한편, 자신이 그런 현실과 한패임을 숨기지 않는다. 그는 양아버지를 위해서뿐만 아니라 자기 자신을 위해서 방앗간 냇물 오염의 원인을 조사하여 그것이 근처에 있는 설탕공장 크리커로데에서 방류한 폐수로 인한 것임을 밝혀낸다. 나중에 그는 베를린의 슈프레 강가에다 크리커로데처럼 시커먼 연기를 내뿜으며 강물을 오염시키는 염색공장을 세운다.

  한편 피스터는 양아들 아담이 제시한 학술적 결과에 근거해서 크리커로데를 상대로 소송을 건다. 방앗간 주인 피스터와 설탕공장 크리커로데의 소송사건은 이 소설을 실화소설로 오해하게 하기도 했다. 앞에서 말했듯이 당시 두 명의 방앗간 주인과 설탕공장 사이에 소송사건이 있었고, 라베가 그 재판에 관심을 기울여 관련 서류를 읽은 것은 사실이다. 하지만 독일의 현대문학 비평가이자 라베 전문가인 헬머스가 말하듯 "라베는 그의 역사소설에서와 마찬가지

라베가 직접 그린 물레방앗간 풍경화. 작가는 일찌감치 생태계 파괴로 인한 목가적 자연세계와 인간세계의 파국을 물레방앗간 농부들의 터전에서 감지했는지도 모른다. 그의 사실적인 화법으로 되살아난 이 낙원에 가까운 풍경화는 무너져가는 현실을 붙들기 위한 최후의 보루이다.

로 여기서도 시대적 사건을 비판적으로 진단하기 위해 사실성을 허구적 사건을 구성하는 계기로 사용했던"[5] 것이다. 따라서 피스터 방앗간은 산업혁명으로 인해 사라진 당시의 수많은 방앗간을 대변하는 것으로, 그리고 크리커로데 공장은 산업혁명의 대표적 개발주자로 이해되어야 한다. 그리하여 그들 사이의 싸움은 돌이킬 수 없는 산업화에 대항한 옛 독일의 사투死鬪라는 상징적인 의미를 띤다. 피스터에게 변호를 부탁받은 변호사 리햐이는 설탕공장을 상대로 한 이 싸움을 즉시 다음과 같이 파악한다.

 흠흠— 시대의 가장 큰 문제는 아니지만 큰 문제 중 하나로군. 독일의 강과 송어가 노는 개천 대對 독일의 배설물들과 다른 물질들. 독일 민족의 초록빛 라인 강, 푸른 도나우 강, 청록색의 네카어 강, 노란 베저 강 대 크리커로데 공장! (141쪽)

피스터의 방앗간과 설탕공장 크리커로데 사이의 싸움을 통해 라베는, 환경오염 등 갖가지 사회 문제를 야기한 산업혁명이라는 시대적 사건을 비판적으로 조명하고 전환기의 독일 현실에 대한 나름대로의 해명을 얻고자 한 것이다. 다시 말해 『피스터의 방앗간』은 실화소설이 아니라 시대소설이다.

방앗간 주인 피스터는 변호사 리햐이와 양아들 아담의 도움으로 재판에서 이기지만 더이상 손님이 찾아오지 않아 방앗간의 문을 닫아야만 했다. 피스터 일가가 조상 대대로 운영해온 이 방앗간은 당시의 다른 방앗간들처럼 전통과 현대, 삶과 일의 일치가 존재하는, 인본주의적 이상이 살아 숨쉬는 곳이었다. 피스터는 자신이 그런 방앗간의 문을 닫아야만 하는 것 때문에 심한 정신적 충격을 받고 곧 세상을 떠난다. 하지만 임종석상에서 아담 아세에게 "바로 자네와 같은 부류의 사람들이 가장 높은 공장 굴뚝과 가장 오염된 수로 속에서도 피스터 방앗간의 전통을 누구보다도 잘 보존할 거라고" 말한다. 공장주이자 산업가인 아담 아세는 산업화 시대라는 새로운 환경하에서도 '피스터 방앗간의 전통을 보존할' 수 있고 또 보존해야 하는 것인데, "진정한 인간은 이제 올바른 사람이 되기 위해 깨끗한 공기와 푸른 나무, ……강에서 넘실거리며 흘러나오는 맑은 물이 필요하지 않"기 때문이다. 또는 아담 아세 자신이 말하듯이 "최고의 남자는 시간과 공간을 지배하는 것에 직면해서 언제나 가장 조악한 물질을 갖고도 올바른 길을 찾아낼 줄 아는 사람"이기 때문이다. 방앗간 주인은 다양한 계급, 연령의 손님들이 주고받는 대화에서 자신들이 크리커로데를 상대로 더는 존속할 수 없는 이유를 점점 깨닫게 되었다. 그리고 아담 아세가 최종적으로 그 이유를 확실히 알게 해주었다. 방앗간을 내어주느니 자신의 심장이라도 내어줄 것으로 피스터가 가장 확신했던 아담 아세가 "새 세상과 새 유행의 편에 서서…… 학문뿐 아니라 복식회계와 공장에도 자신의 정력을 쏟아부었기 때문"이다. 그리고 크리커로데 공장을 탐색한 것이 피스터 자신을 위한 것이기도 했기 때문에 피스터는 이것을 말하자면 신의 섭리로 여기고 그것에 순응하려는 것이다. 그는 아들 에버하르트에게 자신의 유산을 아담 아세의 사업에 투자하라고 유언하고, 사업가 아세에게는 "아버지들에게 있던 명예의 지팡이자 무기"인 방앗간 도끼를 물려준다.

이제 마지막으로 이 소설의 주요인물 중 한 사람이며 동시에 일인칭 서술자인 에버하르트 피스터가 산업화에 대해 보이는 반응에 대해 살펴보자. 베를린의 김나지움 교사인 그는 신혼여행 장소로 조상 대대로 운영해온 방앗간을 선택해 아내 에미와 함께 고향에 온다. 그는 사 주간의 여름방학 동안 회상하고 성찰하며 이 소설의

라베의 작업실 스케치. 라베의 작품에서 서술자는 과거와 현재를 변증법적으로 아우르면서 미래의 방향 설정을 모색하는 자로, 집필이 곧 방향 모색을 위한 성찰이다.

부제인 '여름방학 공책'을 씀으로써 산업화 시대라는 새로운 시대에서 자신의 길을 모색하고자 한다. 조상들이 수백 년 동안 일해온 방앗간을 판 것, 또는 팔아야만 했던 것이 그는 못내 가슴 아프다. 그래서 다른 유명한 곳으로 신혼여행을 가지 않고 버림받은 방앗간에 와서 자신과 아내에게 방앗간의 어제와 오늘을 이야기하는 것이다. 그가 유일하게 위안으로 삼는 것은 아버지가 임종석상에서 "세상은 자신의 이익과 쾌락을 위해서 있는 그대로의 우리를 더는 원치 않았어. 누구에게도 강요해서는 안 된다. 이제 이렇게 된 게 정말이지 가장 잘된 것 아니겠니……"라고 말한 것이다. 이렇게 세상과 타협하거나 순응한 아버지에게 기대어, 자신이 가족의 전통을 깬 것에 대한 죄책감과 슬픔으로부터 벗어나려는 그는, 다른 한편 '매혹

해설 235

적'인 어린 아내와 베를린에서 살아갈 미래에 대해 상상한다.

> 아내는 매혹적이며 우리 둘은 건강하고 젊다. 그리고 베를린은 거대한 도시다. 두 눈 부릅뜨고, 나머지 네 개의 감각을 한데 끌어모으고, 머리에 이상한 게 들어 있는 것만 아니면 그곳에서 많은 것을 이룰 수가 있다. 우리 두 사람은 세상을, 가장 예쁘고 아름답고 가치 있고 소중한 우리의 희망을 선별해서 앞에 모아놓았다.(20쪽)

에버하르트는 '가장 예쁘고 아름답고 가치 있고 소중한 희망'으로 가득 찬 장래를 생각하며 슬픔을 이기려 한다. 말하자면 젊은 피스터는 한편으로는 "예전에 삶, 빛, 형태, 색채를 지녔던 그림들", 즉 생기 있고 아름답던 유년 시절, 청소년 시절의 방앗간에 대한 '그림'의 상실을 슬퍼하고(그는 계속해서 자신에게 "그 그림들 다 어디 갔지?"라고 묻는다), 다른 한편으론 베를린에서 아내와 함께할 앞으로의 삶을 통해 비애감에서 벗어난다. 즉 꿈과 깸, 현재와 과거 사이의 동요가 서술자의 심적 상태를 특징짓는데, 그는 피스터의 방앗간 이야기를 끝마칠 때까지 그런 상태에 빠져 있다.

이런 관점에서 볼 때 에버하르트가 아내를 삼십년전쟁으로 폐허가 된 성채로 데려가는 장면이 의미하는 바가 크다. 이 성채에서 그는 친구이자 개인교사인 아담 아셰와 역사와 인간의 삶에 대해 이야기했다. 그래서 그는 방앗간을 완전히 떠나기 전 마지막으로 이 전쟁터에 작별을 고하고자 하는 것이다. 동시에 그는 그곳에서 어떤 다른 것을 추구한다. 즉 "현대의 산업과는 완전히 다른 적대적인 세력이 지금처럼 피스터 방앗간의 화복禍福을 별로 개의치 않아 하던 시기"에 자신의 시대를 견주면서, 현재의 산업사회에서 자신의 대처 방식을 강구하고 동시에 그것에 역사적 정당성을 부여하고자 하는 것이다. 산업혁명을 역사 속에 나오는 '적대적인 세력들'과 동일한 것으로 이해하면서, 삶은 그것에 좌초하지 않고 그것을 극복하면서 지금까지처럼 계속되어야 하는 것으로 여긴다.

그래서 방앗간에서의 날들을 뒤로 하고 "현재의 일과 근심"을 앞에 두고 있는 젊은 피스터는 이렇게 말한다.

> 우리는 생각했던 것보다 훨씬 일찍 베를린에 도착했다. 오늘날 지평선 위로 가장 먼저 보이는 것이 도시의 교회탑 대신 공장 굴뚝일지라도, 그 때문에 건강하고 복되게 그리고─이 지상에서 인간에게 가능한 한에서─자신의 운명에 만족한 채, 신들의 뜻에 순종하며 귀갓길을 방해받지는 않는다. (194쪽)

에버하르트 피스터는 산업화라는 새로운 힘과 대결하면서 산업사회 속에서 자신의 삶에 정당한 의미를 부여할 수 있는 나름대로의 길을 찾게 되었다. 그는 다시는 되돌릴 수 없는 방앗간과의 이별 때문에 절망에 빠지지 않는다.

라베 작품의 '후모어'가 지닌 사실주의적 정신

소설의 주요인물들이 산업화 과정에서 보이는 반응 및 입장과 관련해서 루카치는 라베의 "화해에 대한 간절한 소망"과 "사회적 한계"[6]를 지적한다. 1870년에서 1871년까지 벌어졌던 프랑스와의 전쟁에서 승리한 독일은 전쟁배상금 등으로 산업화에 가속도가 붙었다. 이 시기 라베는 독일의 진정한 지배자인 자본주의와 논쟁을 벌인다. 그런데 라베는 근본적으로 변화된 상황하에서 자신이 보호해

온 독일 정신을 자본주의적 행위와 조화시키는 인물들을 통해서 생명력 있게 보존하고 구원하여 미래로 전하고자 함으로써, 다시 말해 어떻게 해서든 중도中道를, 즉 '화해'를 추구하고자 함으로써 작가적으로 패배한다는 것이다.

그럼에도 라베는 꿈과 그 실현을 언제나 현실과의 연관성 속에서 보기 때문에, 루카치는 라베를 "진정한 사실주의자"[7]로 평가한다. 이 사실주의자에게서는 어떠한 염세주의적 세계상도 생겨나지 않는데, 그것은 그의 "후모어Humor"[8]에 기인한다고 한다. 루카치에 따르면 라베의 후모어는, 현실에 비추어볼 때 여러 처신방법이 상대적 권리만을 갖는다는 것, 즉 그것들의 상대성을 끊임없이 설정하고 또 파기하는 것이 그 특징인바, 그것은 "문제를 풀 수 없음에 대한 작가적 고백"[9]이라는 것이다. 이것은 라베의 후모어에 대한 정당한 견해로 『피스터의 방앗간』에 특히 설득력 있게 적용된다.

앞에서 언급한 삼십년전쟁 중 폐허가 된 성채 장면에서 에버하르트는 자코모 레오파르디의 칸초네 「무한한 것」(1824)의 열두 절 중 한 부분을 암송한다. 방앗간에서의 아름다운 날들이 이제 돌이킬 수 없이 그 종말에 이르자 침울해진 그는 한편 모든 지상적인 것의 무상성을 한탄하고, 다른 한편 그것을 받아들이면서 자신을 진정시키려고 노력한다. 이런 식으로 그는 "현재의 살아 있는 시대와 그것의 소음"을 극복하고자 하는데, 그것이 유일한 해결책인 것처럼 여겨지기 때문이다. 그런데 방금 암송한 시를 그가 금방 지어낸 것이냐는 아내의 질문에 "용돈은 별로 없었지만 그래도 백작"이었던 "조그만 곱사등이 이탈리아인"의 것이라고 대답하자 그의 "비문학적"인 아내는 말한다. "분명 자기하고 똑같은 괴짜였을 거예요. 다행히도 자기는 꼽추도 아니고 백작도 아니지만요. 그리고 에버트, 베를린 집에 돌아가면 무조건 내 생활비를 올려줘야 해요." 이 '비문학적'인 젊은 아내에게는 무상성이나 영원성보다는 '생활비'가 더 중요하다. 당장 다가올 생활비 문제를 걱정하는 아내는 자신의 모든 생각을 무상성 속에 침전시켜 달콤하고 우울하게 현재를 극복하려던 남편이 베를린 집에서의 실제 삶에 대해 생각하도록 요구한다. 현실을 있는 그대로 받아들이며 극복하려고 하지 않던 에버하르트의 처신방법이 현실과 더 밀접한 관계 속에 있는 아내의 그것에 의해 상대화되는바, 현실과의 연관성을 통해 그 가치를 인정하고자 하는 후모어에 의해 에버하르트의 처신방법이 상대적 가치를 지닌 것으로 밝혀지는 것이다.

이런 후모어적 서술방식은 소설의 끝에서도 발견된다. 방앗간에서 지내는 동안 계속해서 "꿈과 깨어남 사이에서, 현재와 과거 사이에서" 동요하던 에버하르트는 베를린에 도착하면서 앞에서 인용한 그런 인식에 도달한다. 아내의 계속되는 각성 작용과, 방앗간을 판 돈을 아셰의 사업에 투자하라는 아버지의 유언, 그리고 또 이 '여름방학 공책'을 씀으로써, 그는 앞으로의 삶의 방향을 설정했다. 게다가 그에게는 '최상의 것'이 주어졌다. 그가 원하는 만큼 온전히 관심을 보이지 못한 것에 대해 사과하면서 그의 아내는, 그가 "피스터 방앗간에서 베를린으로 최상의 것을 가져왔다고 생각하게끔" 노력하겠다고 말한다. 이제 에버하르트는 베를린에서 김나지움 교사로서 그리고 아담 아셰 공장의 투자자로서 최상의 아내와 함께 행복한 삶을 영위한다. 그런데 어느 날 아셰가 아이의 울음소리를 그리스어로 분석하는 것을 보고 놀라서 어떻게 된 일인가 묻자, 공장주 아셰는 다음과 같이 대답한다.

너도 알지, 생업은 너무 지독해. 게다가 우리가 누리는 이런 가정의 목가도 권태를 물리치기에는 부족하고. 밤마다 낡은 바지와 속치마, 연회복, 무대의상, 전 연대의 제복 세탁으로부터 최고의 아내와 차茶가 있는 집으로 돌아오는 게 존재의 전부는 아니잖아. 그래서 나는 그리스어 지식을 조금씩 되살려서 틈틈이 호메로스를 읽고 있어. 그렇다고 해서 지울 수 없는 태양에서 온 케케묵은 인용구를 소독기계 위로 끌어올리려고 하는 건 아니고.(213쪽)

에버하르트 피스터가 산업세계에 대해 새로이 취한 방향 설정은 여기서 다시 상대화된다. 일터에서 '최고의 아내'와 '집'으로 돌아오는 자신의 생활방식을 반어적으로 묘사하는 아세의 말에 의해, 비슷한 삶을 살고 있는 에버하르트의 존재방식도 동일한 판결을 받는 것이다. 아세는 자신의 그런 현재의 삶이 '존재의 전부'는 아니며, 그래서 말하자면 자신의 '생업'을 보완하기 위해 '틈틈이 호메로스를 읽는다'라고 덧붙인다.

아담 아세의 이런 견해가 소설의 마지막 말이 됨으로써 에버하르트가 새로운 산업사회와 벌인 논쟁의 결론은 그 가치가 제한된다.[10] 게다가 작품의 주요인물들이 산업화를 체험하면서 제시한 모든 방식 및 견해도 비판적으로 조명된다. 이와 같이 생각이나 처신방법이 끊임없이 설정되고 또 파기되는 척도는 언제나 현실이다. 산업사회에서의 바쁜 일상 속에서 고전인 호메로스를 읽는 것이 단조로운 삶에서 벗어나고자 한 시도이기도 하지만 그 역시 케케묵은 인용구에 불과함을 은근슬쩍 비꼬고 있는 것이다. 결국 작품의 마지막에는 산업화라는 시대적 사건과 화해하기 위한 대안으로 볼 수 있는 작가의 한 가지 제안만이 남게 된다.

이런 맥락에서 볼 때 서술자가 자신의 아버지에 대해 성찰하는 다음의 대목은 주목할 만하다.

그는 희멀건 방앗간 주인이자 현명한 남자였다. 하지만 그도 모든 걸 한꺼번에 다 숙고할 수는 없었고 이질적인 것들을 조화롭게 할 수는 없었다.(25쪽)

아마 작가 자신도 그의 '희멀건 방앗간 주인이자 현명한 남자'처럼 '모든 것을 한꺼번에 다 숙고'하고 '이질적인 것들을 조화롭게 할 수는 없었'는지도 모른다. 그리고 저명한 독문학자인 뎅클러도 말하듯이, 라베는 그것을 숨기지 않았다.[11] 라베는 계속해서 상이한 처신방법들을 현실과의 연관성 속에서 상대화하고, 결국에는 문제의 해결을 위한 하나의 제안으로 작품을 마쳤기 때문이다. "말할 수 없는 것에 대해서는 침묵한 것으로…… 이것은 '가장 관용적이고 신실한 열린 형식'으로 서술된 그의 작품의 근본 경향을 증명하는 바, 요컨대 작가의 생각을 계속해서, 아마도 끝까지 사고하도록 독자를 자극하는 열린 형식이다." 라베의 후모어에서 '문제를 풀 수 없음에 대한 작가적 고백'을 엿볼 수 있는 것처럼, 작가는 사실주의적으로 진실하게 산업혁명과 논쟁했다. 세네카의 『마음의 평정에 관하여』에서 따온 이 작품의 모토도 이런 맥락에서 잘 이해된다. '울음'을 유발하는 산업화의 힘든 시기에 라베는 격정적이지 않고 초연하게 시대의 현상을 다루며 문제를 극복할 수 있는 어떤 대안을 제시하고자 시도한 것이다.

회상과 낯설게하기 서술기법을 통한 현실의 재인식과 라베 문학의 현재성

우리는 피스터 방앗간 대 크리커로데 공장의 싸움을 통해 산업화 시대를 재현하며 진단하고자 한 작가의 사실주의적 노력에 동원된 서술기법 내지는 서술방식에 새삼 주목할 필요가 있다. 사실 라베의 후모어도 루카치가 말하듯이 '본질적으로 현대적인' 서술방식에 속한다. 이제 주관적 서술기법을 통해 역사를 주체적으로 인식하려 한 라베의 현대성을 헤아려보자.

작품의 「세번째 종이」에서 일인칭 서술자 에버하르트 피스터는 다음과 같이 회상한다.

> 아, 방앗간에서 주막을 하던 때가 불과 얼마전이었건만! 방금 아내가 미끄러지듯 들어간 저기 저 문에 아버지가 서서 아내와 똑같이 명랑하고도 순수하게 "금방 갈게요!"라고 외치던 일이 몇 해 되지 않았건만.(19쪽)

아내가 크리스티네의 부름에 '금방 갈게요!'라고 대답하며 부엌으로 사라지자 에버하르트는 이전에 아버지가 그렇게 대답하며 손님들을 응대하던 것을 회상한다. 이런 식으로 서술자는 현재의 사건이 유발한 과거를 떠올리며, 현재와 과거를 넘나들며 오늘을 서술해나간다. 그래서 '여름방학 공책'에는 사 주 동안 방앗간에서 체험한 것뿐만 아니라 자신이 그곳에서 유년 시절과 청소년 시절에 체험한 것들이 함께 녹아 있다.

이 회상 기법은 라베가 즐겨 사용하는 서술 방식이다. 라베는 데뷔작 『슈페를링 골목의 연대기』에서부터 이 기법을 사용해 점점 능숙하게 작품에 녹여냈고, "이 회상하는 이야기들은 라베의 최고 작품에 속한다."[12] 영국의 독문학자 로이 파스칼에 따르면, 라베는 무엇보다도 "과거와 현재 사이의 갈등, 인간적이고 관용적이며 개인적인 삶의 형태와 물질적이고 형식적이며 비개인적, 비생산적인 사회 사이의 갈등"을 다루기 때문에 이 서술기법을 즐겼고 "아주 능

숙하게" 다룬 것이다.[13]

그런데 이러한 '과거와 현재 사이의 갈등'을 더 효과적으로 부각시키기 위해 이 소설에서는 낯설게하기 기법 또한 동원된다. 서술자가 어린 시절의 고향을 회상하는 다음의 부분을 살펴보자.

초원과 곡식 들판이 아주 멀리까지 뻗어 있으며, 여기저기 유실수 사이로 교회 탑이 보였고, 마을이 군데군데 흩어져 있었다. 이리저리 굽이치는 포플러 가로수 길과 사방으로 뻗어 있는 들길과 수렛길, 그리고 간혹 연기를 내뿜는 공장 굴뚝도 있었다.(14~15쪽)

지극히 목가적인 시골 풍경을 상상하면서 그 서정적인 분위기에 빠져 편안한 마음으로 읽어나가던 독자는 갑자기 나타난 '연기를 내뿜는 공장 굴뚝'이란 구절에서 주춤한다. 물론 그것이 "그림의 주된 부분"은 아니라고 이어서 말해질지라도, 앞에서와는 전혀 다른 분위기를 자아내는 이질적인 이 표현으로 인해 독자는 지금까지의 서사적 정취로부터 떨어져나와 각성하게 된다. 이것이 바로 독자를 "감정에서 이성으로 전환"[14]시키는 효과를 유발하는 낯설게하기 기법으로, 회상 기법과 더불어 이 작품에 자주 등장한다. 그런데 이런 각성 작용을 유발하는 단어들이 다름 아닌 산업혁명의 산물들이기에 독자는 이에 주의를 기울이게 된다. 즉 "넘어질 뻔했던 자는 각성하게 되고, 이제 작가의 관습적이지 않은 메시지를 받아들일 준비를 하게 된다."[15]

이와 같이 회상 기법과 낯설게하기 기법이 서로 맞물림으로써, 현재와 과거 대립의 원인이 산업혁명과 밀접하게 연관된다는 것이 독자들에게 더 효과적으로 주지된다. 그리고 서술자의 계속되는 회상 속에서 방앗간 물의 오염, 물고기들의 죽음, 악취로 인한 인간들의 고통 등이 차례로 서술됨으로써 산업혁명의 문제가 적나라하게 드러난다. 이런 회상들은 또한 서술자로 하여금 성찰하도록 한다. 앞에서도 언급한 '그 그림들 다 어디 갔지?'라는 라이트모티프처럼 반복되는 질문이 보여주듯이, 과거를 회상하던 서술자는 예전 방앗간의 그림들, '삶, 빛, 형태, 색채를 지녔던 그림들'의 향방에 대해 의문을 제기하면서 시간의 흐름에 따른 주변의 변화를 계기로 생각에 잠기게 된다. 그는 아내에게 이렇게 말한다.

바뀌는 건 단지 윤곽과 색채뿐이에요. 액자와 캔버스는 그대로 있고 말이야. 그래, 나의 불쌍한 당신, 우리 자신도 잠시 왔다가는데, 만약 모든 그림이 그대로 남아 있다면 삶의 공간이 너무 제한적일 거예요!(40쪽)

결국 그는 자기 자신을 '잠시 왔다가는' 존재, 역사적 흐름 속의 하나의 객체로 이해하게 되고, 그럼으로써 예전 그림들이 사라진 것에 대해서뿐만 아니라 지금의 그림들도 언젠가는 사라질 것으로, 그리고 또 그다음에 오는 그림들도 마찬가지의 과정을 겪게 될 것으로 이해하게 된다. 그래서 그는 삼십년전쟁의 유적인 성채에서도 무상함을 느끼며 방앗간과의 이별을 견뎌낼 힘을 얻고 새로운 산업사회에서 자신의 길을 강구할 수 있었다.[16]

이와 같이 이 소설은 회상하고 성찰하며 또 아내와 토론하는 과정을 통해 산업사회에서 자신의 방향 설정을 모색하는 일인칭 서술자에 의해 전개된다. 크리커로데와의 재판, 아버지의 죽음, 그리고 자신의 구애 과정과 결혼 등 방앗간 내지 자신과 관련해서 중요한 일이 하나하나 회상 속에서 재현되어 모자이크식으로 서술되고 또 그것에 대해 성찰되는바, 라베의 이 작품에서는 사건들과 서술자의 성찰이 서로 분리되지 않고 불가분의 관계를 맺는다. 즉, 주관적 서술이 내용 및 형식적인 측면에서 소설의 구조를 특징짓고 있다. 그리고 이런 서술방식에 의해 과거와 현재 그리고 미래가 각각의 분절된 시간 단계가 아닌 서로 연관된 진행의 성격을 갖는 것으로 나타난다. 회상에 의해 이전의 방앗간 이야기를 하던 중에 과거가 점점 현재를 향해 다가오고, 현재는 다시 곧 있을 미래, 즉 자신들이 이곳을 떠나면 방앗간 자리에 공장이 들어서는 미래와 긴장관계 속에 놓이게 된다. 이와 같이 과거, 현재, 미래가 유기적인 과정으로 제시됨으로써 피스터 방앗간의 이야기는 역사적 발전과의 연관성 속에 놓이게 되고, 이로써 한 구체적인 개인들의 이야기를 통해 세상의 현상태가 그려지게 된다.

지금 우리의 현실, 환경파괴 문제가 야기한 이상기후로 날이 갈수록 재앙이 증가하고 있는 고도 자본주의 시대인 오늘날, 우리는 이 작품을 다시 주목할 필요가 있다. 특히, 한때는 시인이자 극작가로 이름을 날려 제법 숭상을 받았지만 변화하는 시대에 적응하지 못하고 술로 세월을 보내다가 물에 빠져 죽은 작중 인물 펠릭스 리폴데스가 피스터 방앗간의 크리스마스 만찬 석상에서 낭송한 시 「언젠가 그런 시간이 온다」는 세상의 종말에 관한 것으로, 산업화와 그로 인한 환경파괴에 대한 작가의 비판과 경고를 현대의 독자들에게 보다 극명하게 보여준다.

산업화 이후 세상이 더이상 조망할 수 없을 만큼 세분화된 19세기 후반의 현실에 직면하여 라베는 『피스터의 방앗간』에서 현실을 진실하게 있는 그대로 묘사했다. 한 개인의 삶에 녹아든 역사성을 바탕으로 한 주관적 서술방식, 바로 이것이 라베 문학이 보여주는 현대성이다. 당대의 객관성을 요구하고 그것에 근거하고자 했던 사실주의를 넘어섰음을 보여주는 것이다.

끝으로, 라베 선집의 일환으로 라베의 소설을 한 편 더 소개하게 되어 전공자로서 한없이 기쁘다. 우리 독자들이 약 백 년 전에 죽은 라베의 글을 읽으며 '재미'를 느껴 즐길 수 있기를 바란다. 라베가 국내 독자들에게 더욱 알려지기를 바라는 마음에 번역을 기획하고 출간을 위해 큰 수고를 아끼지 않은 문학동네 인문팀의 고원효 선생님과 송지선 선생님께 감사의 마음을 전한다.

2012년 10월
권선형

해설 주

1 Fritz Martini, *Deutsche Literatur im bürgerlichen Realismus 1848-1898*, Stuttgart, vierte, mit neuem Vorw. u. erweit. Nachw. verseh. Aufl., 1981, S. 711.
2 Vgl. Hans-Jürgen Schrader, "Zur Vergegenwärtigung und Interpretation der Geschichte bei Wilhelm Raabe," in: *Jahrbuch der Raabe-Gesellschaft*, 1973, S. 12-53, hier S. 33.
3 Joachim Worthmann, *Probleme des Zeitromans. Studien zur Geschichte des deutschen Romans im 19. Jahrhundert*, Heidelberg, 1974, S. 136.
4 같은 글, 135~136쪽.
5 Hermann Helmers, *Wilhelm Raabe*, Stuttgart 2., neu bearb. Aufl., 1978, S. 51.
6 Georg Lukács, "Wilhelm Raabe," in: *Raabe in neuer Sicht*, Hermann Helmers (Hg.), Stuttgart Köln Berlin Mainz, 1968, S. 44-73, hier S. 58.
7 같은 글, 61쪽.
8 같은 글, 63쪽.
9 같은 글, 68쪽.
10 보통 일인칭 소설은 일인칭 화자의 말로 끝이 난다는 점을 생각할 때, 이런 결말 방식은 서술기법상으로도 일인칭 서술자 에버하르트가 마침내 갖게 된 새로운 가치관이 지니는 의미의 상대성을 잘 드러내준다.
11 『피스터의 방앗간』에는 '완전한 해결'이 결여되어 있다는 퐁스(Hermann Pongs, *Wilhelm Raabe. Leben und Werk*, Heidelberg, 1958, S. 498)의 견해에 반발하여 뎅클러는 작가 자신도 그의 방앗간 주인처럼 문제를 해결할 수 없었지만 그것을 숨기지 않았다고 주장한다. Vgl. Horst Denkler, "Die Antwort literarischer Phantasie auf eine der 'größeren Fragen der Zeit'". Zu Wilhelm Raabes Erzähltext *Pfisters Mühle*, in: *Wilhelm Raabe. Studien zu seinem Leben und Werk. Aus Anlaß des 150. Geburtstages(1831-1981)*, hrsg. v. Leo A. Lensing

u. Hans-Werner Peter, Braunschweig, 1981, S. 234-254, hier S. 243. 뎅클러는 공간과 시간의 형성 같은 구조 분석을 통해 작품의 열린 형식을 증명한다.

12 Roy Pascal, "Die Erinnerungstechnik bei Raabe," In: *Raabe in neuer Sicht*, Hermann Helmers (Hg.), S. 130-144, hier S. 130.

13 같은 글, 142쪽.

14 Vgl. H. Helmers, "Die Verfremdung als epische Grundtendenz im Werk Raabes," in: *Jahrbuch der Raabe-Gesellschaft,* 1963, S. 7-30, hier S. 14.

15 같은 곳.

16 이러한 사실에 근거해서 보르트만은 『피스터의 방앗간』을 '시대소설'로뿐만 아니라 '시간 자체에 대한 소설'로 이해한다.

빌헬름 라베 연보

1831년	9월 8일 니더작센 주의 에서스하우젠에서 법원 서기의 아들로 태어남.
1832~42년	에서스하우젠에서 20킬로미터 떨어진 홀츠민덴으로 이주. 시민학교와 김나지움을 다님.
1842~45년	홀츠민덴 내 작은 마을인 슈타트올덴도르프에서 시립학교를 다니고 개인교습을 받음.
1845년	부친 사망. 같은 주 볼펜뷔텔로 이주.
1845~49년	볼펜뷔텔에서 김나지움을 다님.
1849~53년	작센안할트 주의 주도인 마그데부르크에서 서점견습생 생활.
1853~54년	볼펜뷔텔에서 김나지움 졸업시험인 아비투어에 응시했으나 떨어짐.
1854~56년	베를린 대학 강의 청강.
1854년	11월 15일 『슈페를링 골목의 연대기 *Chronik der Sperlingsgasse*』 집필 시작. 이 날을 자신의 '저술 개시일'로 명명함.
1856년	『참새골목의 연대기』 출간.(표지에는 57년으로 되어 있음)
1857년	아돌프 글라저와 교분을 쌓음. 베를린으로 여행. 『웃음에의 길 *Der Weg zum Lachen*』(노벨레), 『봄 *Ein Frübling*』(장편소설) 출간.
1858년	『비텐베르크 대학생 *Der Student von Wittenberg*』(역사노벨레), 『크리스마스의 정령들 *Weihnachtsgeister*』(노벨레), 『로렌츠 슈이벤하르트 *Lorenz Scheibenhart*』(역사

빌헬름 라베 연보 249

	노벨레), 『무리 중의 한 사람 Einer aus der Menge』(노벨레) 출간.
1859년	오스트리아와 남부 독일로 여행. 볼펜뷔텔에서 열린 실러 탄생 100주년 축제에 참석. 『핑켄로데의 아이들 Die Kinder von Finkenrode』(장편소설), 『옛 대학 Die alte Universität』(역사 노벨레), 『데노우의 융커 Der Junker von Denow』(역사 노벨레), 『누가 되돌릴 수 있을까? Wer kann es wenden?』(노벨레) 출간.
1860년	소독일주의적 자유주의자 정치단체인 독일민족연합에 가입하고 코부르크에서 열린 집회에 참석. 『교장 미헬 하스의 인생서에서 Aus dem Lebensbuch des Schulmeisterleins Michel Haas』(역사 노벨레), 『비밀 Ein Geheimnis』(역사 노벨레) 출간.
1861년	하이델베르크에서 열린 독일민족연합 집회에 참석. 베르타 라이스테와 약혼. 『성스러운 샘 Der heilige Born』(역사소설), 『어두운 땅에서 Auf dunkelm Grunde』(스케치), 『검은 갤리선 Die schwarze Galeere』(역사 노벨레), 『큰 전쟁 후에 Nach dem großen Kriege』(역사소설) 출간.
1862년	결혼. 슈투트가르트로 이주. 『우리 하나님의 사무실 Unseres Herrgotts Kanzlei』(역사소설), 『마지막 권리 Das letzte Recht』(역사 노벨레) 출간.
1863년	딸 마르가레테 탄생. 『1609년의 조사(弔辭) Eine Grabrede aus dem Jahre 1609』(역사 노벨레), 『숲에서 온 사람들 Die Leute aus dem Walde』(장편소설), 『딱총나무꽃 Die Holunderblüte』(노벨레), 『하멜른의 아이들 Die Hämelschen Kinder』(역사 노벨레) 출간.

1864년	볼펜뷔텔과 뤼벡, 함부르크, 키일로 여행. 『배고픈 목사 Der Hungerpastor』(장편소설), 『켈트족의 뼈들 Keltische Knochen』(노벨레) 출간.
1865년	『전나무의 엘제 Else von der Tanne』(역사 노벨레), 『세 개의 펜 Drei Federn』(장편소설) 출간.
1866년	빌헬름 옌젠, 마리 옌젠과 교분을 쌓음. 『뷔초우의 거위들 Die Gänse von Bützow』(역사 노벨레), 『성인 토마스 Sankt Thomas』(역사 노벨레), 『게데뢰케 Gedelöcke』(역사 노벨레), 『승리의 화환 속에서 Im Siegeskranze』(역사 노벨레) 출간.
1867년	베저 지역을 여행하고 볼펜뷔텔을 거쳐 쥘트 섬으로 여행. 『아부 텔판 Abu Telfan』(장편소설) 출간.
1868년	딸 엘리자베트 탄생. 친하게 지내던 옌젠 부부가 슈투트가르트를 떠남. 『테클라의 유산 Theklas Erbschaft』(노벨레) 출간.
1869년	옌젠 부부와 함께 브레겐츠와 스위스로 여행. 『시체 운반 수레 Der Schüdderump』(장편소설) 출간.
1870년	브라운슈바이크로 이주. 『귀향 행군 Der Marsch nach Hause』(역사 노벨레), 『제국의 왕관 Des Reiches Krone』(역사 노벨레) 출간.
1871년	『봄』 개작.
1872년	딸 클라라의 탄생. 『드로임링 Der Dräumling』(장편소설) 출간.
1873년	『독일의 달빛 Deutscher Mondschein』(노벨레), 『크리스토프 페히린 Christoph Pechlin』(장편소설) 출간.
1874년	모친상. 『마이스터 아우토어 Meister Autor』(장편소설),

	『거친 사람에게Zum wilden Mann』(노벨레) 출간.
1875년	베저 지역으로 여행. 『획스터와 코르베이Höxter und Corvey』(역사 노벨레), 『오일렌핑스텐Eulenpfingsten』(노벨레), 『살로메 부인Frau Salome』(노벨레) 출간.
1876년	딸 게르트루트 탄생. 『인너스테Die Innerste』(역사 노벨레), 『늙은 프로테우스에 대해Vom alten Proteus』(노벨레), 『좋은 날Der gute Tag』(노벨레, 1912년에 출간됨), 『호라커Horacker』(중편소설) 출간.
1878년	『부니겔Wunnigel』(중편소설), 『노후 대비 재산으로Auf dem Alenteil』(노벨레), 『독일 귀족Deutscher Adel』(중편소설) 출간.
1879년	『까마귀들판의 이야기들Krähenfelder Geschichten』(기출간 노벨레 모음집), 『옛 둥우리Alte Nester』(장편소설) 출간.
1880년	프라이부르크의 엔젠 부부 방문. 그들과 함께 바젤과 알자스로 여행.
1881년	『반차의 뿔피리Das Horn von Wanza』(중편소설) 출간.
1882년	『파비안과 세바스티안Fabian und Sebastian』(중편소설) 출간.
1883년	『물고기 공주Prinzessin Fisch』(중편소설) 출간.
1884년	베스터만 출판사와의 관계 청산. 『쇠노우 빌라Villa Schönow』(중편소설), 『피스터의 방앗간Pfisters Mühle』(중편소설), 『방문Ein Besuch』(노벨레) 출간.
1885년	『불안한 손님들Unruhige Gäste』(장편소설) 출간.
1886년	실러 재단에서 종신 연금을 수여함.
1887년	『옛 아이젠에서Im alten Eisen』(중편소설) 출간.

1888년	『오트펠트 광야 *Das Odfeld*』(역사 중편소설) 출간.
1889년	『긴팔원숭이 *Der Lar*』(중편소설) 출간.
1890년	얀케-베를린 출판사(독일 장편소설신문)를 통해 계속 출판함.
1891년	『슈토프쿠헨 *Stopfkuchen*』(중편소설) 출간.
1892년	『구트만의 여행 *Gutmanns Reisen*』(중편소설) 출간. 딸 게르트루트의 죽음. 페히너가 라베 초상화를 그림.
1893년	남부 독일로 여행.
1894년	『루가우 수도원 *Kloster Lugau*』(중편소설) 출간.
1895년	빌헬름스하펜으로 여행.
1896년	『포겔장의 서류들 *Die Akten des Vogelsangs*』(장편소설) 출간.
1897년	민덴으로 여행.
1899년	『하스텐벡 *Hastenbeck*』(역사 노벨레) 출간.
1899~1900년	『알터스하우젠 *Altershausen*』(미완성) 저술. 1911년 출간.
1901년	괴팅겐 대학과 튀빙겐 대학 명예박사 학위 수여.
1902년	보르쿰으로 여행.
1907년	독일 동해에 있는 니인도르프로 여행.
1909년	렌츠부르크로 여행. 병에 걸림.
1910년	베를린 대학 명예의학박사 학위 받음. 11월 15일 사망.

지은이 빌헬름 라베
1831년 9월 8일 독일 브라운슈바이크 지방의 에셔스하우젠에서 태어났다. 법관 서기였던 아버지를 일찍 여읜 뒤 막데부르크 서점에서 점원으로 일하며 문학작품을 두루 탐독했다. 1856년 야콥 코르비누스라는 필명으로 첫 소설 『슈페를링 골목의 연대기』를 발표했고, 슈투트가르트 시대에 발표한 삼부작 『배고픈 목사』『아부 텔판』『시체 운반 수레』로 비관주의적 색채가 드리운 독특한 작품세계를 인정받았다. 근대에서 현대로 넘어가는 대변혁의 시기를 목도한 라베는 특유의 시적 사실주의를 통해 자본주의가 득세한 당시 독일 사회의 전반적인 문제들을 예리하게 그려냈다.

옮긴이 권선형
연세대학교 독어독문학과와 동대학원을 졸업했다. 독일 튀빙겐 대학에서 「빌헬름 라베의 후기 작품 『포겔장의 서류들』에 나타난 그로테스크」로 박사학위를 받았다. 현재 연세대학교, 숭실대학교 등에서 강의를 하고 있다. 『유년시절의 정체성』으로 제7회 한독문학번역상을 수상했고, 『포겔장의 서류들』『코젤렉의 개념사 사전 4』 등을 우리말로 옮겼다.

빌헬름 라베 선집 02
피스터의 방앗간

초판 인쇄 2012년 10월 15일
초판 발행 2012년 10월 25일

지은이 빌헬름 라베 | 옮긴이 권선형 | 펴낸이 강병선
기획 고원효 | 책임편집 송지선 | 편집 고원효 김영옥 | 디자인 이경란 최미영
마케팅 신정민 서유경 정소영 강병주 | 온라인 마케팅 김희숙 김상만 이원주
제작 안정숙 서동관 임현식 | 제작처 미광원색사(인쇄) 창림피앤비(제본)

펴낸곳 (주)문학동네
출판등록 1993년 10월 22일 제406-2003-000045호
주소 413-756 경기도 파주시 문발동 파주출판도시 513-8
전자우편 editor@munhak.com | 대표전화 031) 955-8888 | 팩스 031) 955-8855
문의전화 031) 955-8890(마케팅), 031) 955-2686(편집)
문학동네카페 http://cafe.naver.com/mhdn
문학동네트위터 http://twitter.com/munhakdongne

ISBN 978-89-546-1944-8 03850

* 이 책의 판권은 지은이와 문학동네에 있습니다.
  이 책 내용의 전부 또는 일부를 재사용하려면 반드시 양측의 서면 동의를 받아야 합니다.
* 이 도서의 국립중앙도서관 출판시도서목록(CIP)은 e-CIP 홈페이지(http://www.nl.go.kr/ecip)와 국가자료공동목록시스템(http://www.nl.go.kr/kolisnet)에서 이용하실 수 있습니다.(CIP제어번호: CIP2012004640)

www.munhak.com